衣装が語るアメリカ文学

西垣内 磨留美・山本　伸・馬場　聡＝編

金星堂

序にかえて

なぜ人は衣装を纏うのか。無論、着衣の始めは、身体の保護、保温など、基本的な機能ゆえのものであったろう。やがてそれに権力や富を表す装飾が加わる。さらに時が進むと、基本的な機能は維持しつつ、表現としても多彩な機能を持ち始める。階級を表す。職業を表す。記号化が進む。記号が固定化すれば、ステレオタイプの形成にも一役買うことになる。ステレオタイプあらばこそ、思い込みに助けられ、人目を欺くことも容易になる。明示があれば暗示もあるのが記号の常である。衣装は、装う人の価値観、感情、意図、時にはメッセージまでも、明示的、暗示的に示すものとなった。人の集団、社会の枠組みでは、「この場面ではこの衣装」「この民族にはこの衣装」といったコードが生まれ、文化形成の一翼も担ってきた。文化的な象徴の側面である。

衣服に関わるカラーコードも存在する。ニューヨーク・タイムズに、次のような研究を紹介した興味深い記事がある。幼児服が性別で区別されたのは比較的日が浅く、アメリカの幼児は、もともと、男の子も女の子も一般に白い幼児服を着ていた。二十世紀を迎えて、男の子はズボンを履くようになり女の子はドレスを着るようになった。第一次世界大戦の頃は、男の子はより強く断固たる態度を表すピンクを、女の子は華奢な優美さを表すブルーを着ていた。そしてピンクとブルーの着方が逆転したのは、第二次世界大戦以降であり、その理由は不明だというのである。この記事によって、今や固定観念や通念とも言えるジェンダーのカラーコードが、思いの外、歴史が浅く、さしたる根拠もなく形作られたことがわかる。このことは、衣装にはその時代時代の産物であった側面があり、だからこそある時代を目撃した証言ともなり得ることを示しているのではなかろうか。

i

以前の幼児服が白かったことにも、不思議はないように思える。何かの色に染まる前という考え方は自然であろう。これは、結婚衣装（ウェディングドレス、日本の白無垢）にも通ずるものがあるかもしれない。同じく白い日本の死装束は、むしろある世界で着いた色を一旦抜くということとも考えられる。境界を越えるとき、そこでリセットされることを、白い衣装が表すということなのだろうか。新たな世界への旅立ちの姿としてふさわしいと、どこか納得させるものがある。ローマ法王の衣装も白い。こちらはこちらで別の宗教の世界に踏み込んで考えねばならない事象であろう。看護師の制服、メイドのエプロン、今日では様変わりしたものも初めは白かった。白い衣装一つ取っても、探りだしたらいくらでも広がっていきそうな気配である。

いくら書き連ねても、衣装の様々な側面には枚挙のいとまがない。ほぼ、人類と歩みを共にしてきたのだから、当然といえば当然だろう。だからこそこの論集である。本書は、アメリカ文学、文化に限定したが、その切り口の多様ぶりはご覧のとおりである。本書には、文化人類学や服飾学の領域からも寄稿されている。文学と言うと、小説や詩歌を思い浮かべるのが一般であるかもしれないが、文学は、文化学、史学、社会学をも内包すると思えることがある。内包するというのは言い過ぎであろうが、それらの要素を含むのは間違いない。そのような視点から読めば、個々の作品にもその要素が入っていることがわかる。時代背景を知ったうえで作品に向かうと、更に深い読みが可能になることが多い。文学はまた人間研究でもある。心理学や哲学の範疇に踏み出さねばならないこともある。作品自体が文化論であったり、歴史の検証であったりすることもある。映画は、すでに映像文学として研究されている。そして、そう、音楽も。文学の範疇に捉えられるものとして、文学研究界のみならず世界の耳目を集めたことは、記憶に新しい。様々な角度からアプローチすることが可能なのが、文学であり、その懐は深く、多様な方角に奥行きをもつものなのである。

本書は、寄せられた原稿から、いわば自然に生まれた四つの章で成り立っている。それなりにまとまりのある書物になったのではないだろうか。第一章のタイトル「時代の目撃者」は、トマス・カーライルの『衣服の哲学』の一節「古着は、押し黙っている。しかし、それでいて雄弁である。『人が人生と呼ぶ牢獄』の、悲しみと喜び、情熱、美徳、罪、そしてあらゆる善と悪との底知れぬ騒乱の証言や証書なのである」（二一〇）に着想を得た命名である。本章において、伊達論文は、物議を醸した作品を再読することで、作者によって八〇年代の衣装が入念に書き込まれた作品であることを提示した。馬場論文では冒頭から、日常に頻発しているがゆえに意識もしないことに気づかされる。衣装から切り離せない視覚的な側面を六〇年代アフリカ系アメリカ人のアクティヴィズムとの関係で検討した論文である。君塚論文は、十九世紀アメリカ史と関連させ、既製服業界におけるユダヤ系移民の活躍に光を当てた。濱田論文は、トマス・ジェファソンのプランテーションの奴隷の仕事着について、服飾学の見地から検証している。

第二章「民族を映す」は、それぞれの民族の衣装に特有な要素や文化に関する知識を授けてくれる。本多論文では、イヌイト社会の衣装の素材と縫製に関する報告、また、その象徴の考察により、極北民族にとって着衣が生命の維持と直結しており、民族が衣装と真剣に向き合っていた様が確認された。林論文は、不思議な図柄のチルカット・ブランケットを手掛かりに、アラスカ先住民クリンギットの文化について検討している。峯論文は、ニューオーリンズのマルディグラの祭りで黒人が纏うインディアンの正装を起点として、フードゥーの混合主義を探求した。山本論文は、衣装にまつわるカリビアン・アイデンティティを論じているが、「着る／脱ぐ」という行為、また、それに対する民族の思いにこだわった点で、異彩を放つ。着られているとき衣装は表現の媒体として働くが、それを脱ぐこともまた別のコードの発露となるのである。着ているのが人の常という考え方がある一方で、裸が基本という考え方もある。生まれる姿からすれば自然である。「服を着るということは、身体を象徴的に切断」すること（鷲田ら、二六）。裸が基本ならば、なるほどである。

第三章は、「『衣装』という表象」とした。本書全体としても、衣装を表象として論じたものが多数を占めるのだが、本章は、衣装が表象としていかに機能しているかを探ることができる章になったのではないかと思われる。西原論文は、詩の比喩を意匠あるいは衣装と捉えた論考である。清水論文は、アリス・ウォーカーの『カラー・パープル』における最も重要な表象のひとつ、ズボンの意味を掘り下げた。川村論文は、トニ・モリスンの作品を題材に、アフリカ系アメリカ人に関わる歴史形成や人種の関係性の変化を衣装という切り口で分析している。

衣装は記号という考えに照らせば、素直で率直な衣装も、一癖も二癖もある衣装も存在することにも納得がいく。一筋縄ではいかないひねりの効いた記号に関する論考が、第四章となった。西垣内論文は、「隠れる」「隠す」をキーワードに主に二つの作品のヒロインを追った。中地論文では、服飾文化とアメリカの「新しい女」の形成の関係性が指摘され、ウィニフレッド・イートンの『私』のヒロインが多角的に探求されている。岩瀬論文の関心は、イギリスで生きるカリブ系移民の世界観に向く。ポーリン・メルヴィルの短編「真実はその服の中に」が扱われている。余田論文では、衣装を手掛かりに、トニー・ヒラーマンが描くアメリカ先住民の世界のミステリーが紐解かれる。中垣論文は、アメリカの喜劇映画の「女装」の系譜を辿った文化論である。

表紙の話もしておこう。アメリカは多民族の国であり、「これぞアメリカ」というような他を圧倒する衣装をひとつだけ選ぶことは非常に難しい。ネイティヴ・アメリカンの衣装がそれなのかもしれないが、アメリカが多種多様な移民の国であることもまた事実なのである。彼らの衣装は、ヨーロッパ源流のもの、アジア源流のものなど、突き詰めると、アメリカ以外の地域にたどり着いてしまう。様々な流れの合流地点であることこそが、アメリカの特徴ということなのだろう。一本の論文にちなんだものを選ぶのもまた、偏りが生じてしまうことにもなった。そこで、一般的なドレスとも見える「サザンベル風」の衣装をモチーフにしてみた。苦肉の策である。ある時代のアメリカ南部の優雅なお嬢様、サザンベルと見れば、その陰には、奴隷の姿があったはずである。彼女たちの豪奢な衣装も、荒地と格闘して開拓に精を出していた頃や植民地であった時代の質素な着衣が、国が固まるにつれ、富や繁栄を象徴するようになっていった姿であろう。そこにも、通時的、共時的広がりが存在するのである。

「衣装」という比較的わかりやすいテーマでありつつも、一見しただけは見えにくい表象や事象が、専門の目で探求されている論集となったように思われる。「衣装」というキーワードのもと、各論考の目の付け所の多様さに驚嘆するとともに、執筆者の導きでその深みに降り立つことになり、「着るもの」ではとても片付けられない奥行きを知ることになった。衣装が自己の投影であるように、論文もまた自己の投影であるだろう。それぞれの筆者の力のこもった論文を編むことができ、編集者一同、感謝申し上げる。さて、美しい編み物が誕生しただろうか。

西垣内　磨留美

二〇一七年　風待月に

引用文献

Carlyle, Thomas. *Sartor Resartus*. 1833. Anodos Books, 2017.

Salmans, Sandra. "When an It Is Labeled A He or a She." *The New York Times*, 16 Nov. 1989. www.nytimes.com/1989/11/16/garden/when-an-it-is-labeled-a-he-or-a-she.html?pagewanted=print. Accessed 3 Apr. 2017.

鷲田清一、吉岡洋「〈脱ぐこと〉の哲学と美学」日本記号学会編『着ること／脱ぐことの記号論』新曜社、二〇一四年。一一―二七。

目次

第三章　「衣装」という表象

第四章　あざむく

第一章

時代の目撃者

飽和の時代と拘束

――『アメリカン・サイコ』に見るウォール街の「衣装」

伊達　雅彦

はじめに

打撃のあと、わずかに時間があって、口の両脇から血がゆっくりと湧き出してくる。私が斧を引き抜き――オーエンは、頭部を引っ張られる力で、椅子から転げ落ちそうになり――もう一回、斧を打ち付けて顔面を割れば、彼の腕は虚空をつかもうとする。褐色気味の血が、間欠泉のように二か所で同時に吹き上がり私のレインコートに飛び散ってくる。ここでシュッという凄い音が聞こえるのは、ポールの頭蓋骨に出来た傷口が発するのだ。そうしたところでは、もう骨と肉が乖離しているからで、その後、品のない屁のような音がするのは、脳のどこかに圧力がかかったためである。てかてかしたピンク色の脳が、顔の傷口から飛び出してくる。彼は苦しみもがいて倒れ、その顔は土気色で血だらけとしか言いようがないが、片目だけ、ぴくぴく動いて止まらなくなっている。(二一七)

『アメリカン・サイコ』の主人公パトリック・ベイトマンが、知人のポール・オーエンを殺害するシーンである。この作品中では比較的「穏やかな」殺人シーンと言ってよい。一九九一年に発表されたブレット・イーストン・エリスの長編第三作『アメリカン・サイコ』にはこれに類する(あるいは、さらに凄惨な)殺人描写が随所に現れる。「問題作」と評された所以である。小説は出版直後から様々な反響を呼び、断罪的な言葉の集中砲火が浴びせられた。だが厳密に言えば、『アメリカン・サイコ』が蛇蝎視されたのは、「出版直後」ではなく実は「出版以前」からである。当初、この作品はサイモン&シュスター社からの出版が予定されていたが、過激な殺人描写や性的な暴力シーンが読者に与える影響を憂慮し同社が出版を取りやめるという事態に陥った。結局、ランダムハウス社がヴィンテージのペーパー版で出版し決着したが、それは騒動の終わりではなく単なる始まりに過ぎなかった。

『アメリカン・サイコ』が出版されるや、今度はその無差別のサディズムはむろん、ベイトマンのミソジニー的な性的暴行シーンの過激さからＮＯＷ（全米女性連盟）は小説を糾弾し、ボイコットを叫んだ。さらに、本来であれば弁護に付いてもいいはずの「同業者」のノーマン・メイラーも激しく小説を批判した。そして作品への批判は、いつしか、作者に対する個人攻撃へとすり替わりエリスは批判の矢面に立たされる。一九九〇年十二月十六日付『ニューヨーク・タイムズ・ブック・レビュー』は、「この本を抹殺せよ。ブレット・イーストン・エリスは殺人罪を免れるか？」と題したロジャー・ローゼンブラットの攻撃的書評を第一面に掲載した。出版から二十年以上を経た現在からみると当時のこうした一連の騒動は感情的な面もかなり色濃く、ヒステリックに過ぎ冷静さを欠いていたと言えるだろう。

文学作品としての成否はともかく、出版当時、この作品がそのような文学論争を巻き起こしたことは事実であり、『アメリカン・サイコ』が九〇年代のアメリカ文学史にひとつの傷跡を残したのは間違いない。殺人や死体損壊のシーンや性的暴行シーンは、映像的であるがゆえに一層おぞましく、それゆえ読むに堪えない、という批判も頷ける。だが、『エスクァイア』誌の書評でウィル・ブライスが指摘したように「ぞっとする小説だが力強い小説でもある」ことも否定できないだろう。エリスは「『アメリカン・サイコ』のトーンには自分が執筆時に感じていたトーンが反映されている」とも語っており、「時代の空気」がそこには写し取られているようにも見える。エリスは、自分というフィルターを通したことで『アメリカン・サイコ』には「自伝的」な側面があるとも語っている。[1]

小説の冒頭で、「ここより入る者、一切の望みを捨てよ」という言葉がニューヨークの街角に書かれた落書きとして引かれているが、これは周知の通りダンテの神曲「地獄編」に登場する地獄の門に刻まれた銘である。エリスはこの小説が「地獄」の様相を呈することを読者に予告している。小説全編に渡り、ある種の悪夢的な描写が意識的に用意され、そこに陰残な物語が黒々と横たわっていることは既にここで提示済みなのだ。しかし、本稿ではそうしたおぞましい殺人の描写ばかりに囚われずにいようと思う。そして、騒動から二十年以上を経た今、入念に書き込まれた登場人物たちの身に着ける「洋服＝衣装」に向けられたエリスの視線を辿りながら、この「問題作」を再読してみたいと思う。

一　八〇年代とアラン・フラッサー

出版年を念頭に先に『アメリカン・サイコ』を九〇年代小説として紹介したが、実はその分類的位置づけは誤解を生む。過激な描写に関連した騒動のため出版が九一年になりはしたものの、既にエリスは八九年に『アメリカン・サイコ』を脱稿していた。つまり『アメリカン・サイコ』は、厳密に言えば八〇年代小説なのである。作品の最終盤に「今年初めのブッシュ大統領の就任式の様子」がテレビ画面で流れているところから、この小説が八〇年代後半のアメリカ社会を背景にしたものであることが分かる。[2]

八〇年代と言えば、第四十代大統領ロナルド・レーガンの時代と言っても過言ではない。経済政策ではレーガノミクス、外交政策では「強いアメリカ」を標榜したレーガン大統領は八一年から八九年まで二期八年の大統領の任期を満了した久々の大統領だった。物語はこうしたレーガン政権下の八〇年代のニューヨーク、マンハッタンを舞台に展開する。特にストーリーと呼べるような流れはなく、ウォール街で働くヤッピー (yuppie: young urban professional) たちの日常が描かれる。アンドリュー・ディックスが指摘しているようにレーガノミクスが産み落としたアメリカ経済における鬼子的な「消費と不均衡」が背景にある。

主人公パトリック・ベイトマンは、ハーバード大学卒、二十七歳、独身、ウォール街の金融会社と思われる会社に勤務、アッパーウェストサイドの高級マンションに暮らしている。[3] この作品に登場するヤッピー、いわゆる都会派の若きビジネス・エリートたちの年収は、ベイトマンを始め平均して二千万を超えており、当然、そうしたヤッピーたちの「衣装」と言えば、高級ブランドのスーツである。

今日、私が着るのはアラン・フラッサーのスーツだ。八〇年代のドレープ・スーツと言える三〇年代スタイルを現代化したヴァージョン。このヴァージョンが昨今、流行っていて、肩をナチュラルに張り、胸部に余裕を持たせ、背中にブレードをつけている。なだらかな襟の折り返しは、幅が約四インチ、尖った先が肩の四分の三ぐらいで終わるようにする。ダブルのスーツに使う場合、こういう折り返しの方が切れ込みのある折り返しよりもエレガントと見なされる。下側に位置するポケットはフラップを付け、縁かがりを二重にとっている。ボタン四つが、下の方で四角形を成す。フラップの上にはスリットを入れ、その両側にそれぞれ細長い布で飾りが付く。ボタンが付く。上の方では、襟の折り返しが来る辺りで、もう二つボタンが付く。ズボンにはくっきりした折り目を付け、ゆったりしたカットによって幅のあるジャケットから流れる線と繋がるように張り出したウエストは、前の方を僅かに高くカットしてある。タブのおかげでサスペンダーが背中の中央でピタリと決まる。ネクタイは斑点模様のシルクで、ヴァレンチノ・クチュールによるデザイン。靴はア・テストーのワニ皮ローファー。（二九）

ファッション雑誌の記事と見紛うばかりの描写だが、ベイトマンの一人称の語りによるスーツの描写である。引用冒頭にあるアラン・フラッサーは、ペンシルベニア大学卒業後、「ヴァン・ヒューゼン」のスタイリスト、「カルダン・リラックス」のデザイナーを経て独立し、一九七九年「アラン・フラッサー」社を設立したアメリカのファッション界を代表するデザイナーとして知られている。スーツ製作に関しては第一人者であり、『男の服装学』（*Making the Man*, 一九八一）等の著者としても有名で、その中では男性の服装、すなわちスーツ、シャツ、ジャケットやコート等に関する彼の指南的意見が披露されている。フラッサーは、この本の序文で、自らの本を「洋服を買うためのガイド・ブック」であると説明し、例えば、ズボンに関して次のように説明する。

ズボンは体の自然な線に沿って、ウエストからくるぶしあたりまでゆるやかな先細りとなっていなければならない。三〇インチから三四インチのウエストであれば、ズボンの大きさは膝の部分で二一インチから二二インチ、裾の部分で一八から一九・五インチくらいが適当である。この基準からすれば、フレアードのズボンは選択外のものになってしまう。（一二）

こうした服装に関する描写だけ見れば、その眼差しは『アメリカン・サイコ』も『男の服装学』も同質で、表現方法も酷似している。エリスが参考にしたのは、フラッサーのスーツだけではなく、『男の服装学』であったかもしれない。この本は、一九八一年というやはり八〇年代に出版されたものであり、当時の男性ファッションの流行に大きな影響を与えた本と目されている。

二　オリバー・ストーン『ウォール街』とパワー・ドレッシング

フラッサーの影響力は、一九八七年に公開されたオリバー・ストーン監督作『ウォール街』で衣装の監修を依頼された実績からもある程度証明できる。『ウォール街』もタイトル通り八〇年代のウォール街を背景にヤッピーを描いた映画であり、登場するウォール・ストリート・マンの外見の印象を支えているのはやはりスーツである。主人公バド・フォックスは、野心家の若手証券マンという設定で、ウォール街で成功を収めた実業家ゴードン・ゲッコーに接近し信頼関係を築いていく。その過程でゲッコーはオフィスを訪ねてきたバド・フォックスに忠告する。「いいスーツを買え、そんな格好でここに来るんじゃない」と。そして更に「モーティ・シルズに行って、俺に行けと言われたと言え」と指示を出す。むろん、モーティ・シルズは実在する高級テイラーでゲッコーの贔屓先である。七〇年代半ば頃から女性の社会進出に伴い「パワー・ドレッシング」と呼ばれる個人の有能さやキャリアを強調する攻撃的な女性の着こなし術が注目され始めたが、八〇年代に入ると女性だけではなく男性の着こなしにもこのスタイルが転用され始めた。政治家や実業家は、その社会的成功や自分の権力を示すために外見をいわゆるパワースーツと呼ばれる高級スーツで固めた。その結果、中野香織も『モードとエロスと資本』で指摘するように「映画『ウォール街』でマイケル・ダグラスが着た、権力と経済力と欲望と野心をわかりやすく誇示するような、ぎらぎらとしたスーツスタイルが、当時の一般の男性ファッションにも影響を及ぼしていた」(五二)。

『ウォール街』の衣装デザイン担当はエレン・マイロニックである。彼女は、バドが成功の階段を上っていくにつれて、スーツもゲッコー的なスタイルに変化させた。スーツを通してバド・フォックスの証券マンとしてのステイタスの上昇を表現するだけでなく、バドがゲッコーから受ける影響をも反映させ、彼がゲッコーに傾倒し同化していく様子を視覚化している。ゲッコー演じるマイケル・ダグラスが映画内で着用したスーツは実際にアラン・フラッサーが製作したものだと言う。フラッサーのスーツを着たマイケル・ダグラス自身、過去に出演した映画作品の中でもフラッサー・スーツが最も大きな反響と賞讃を呼んだと、その特別な存在感を称えている。そして、そうした衣装との相乗効果もあってか、マイケル・ダグラスはウォール街の巨悪を見事に演じ、この年のアカデミー賞主演男優賞を獲得した。

監督のオリバー・ストーンにしてみれば、前作の『プラトーン』（一九八六）でアカデミー賞の作品賞と監督賞を受賞した直後の作品であり、注目される中での作品公開になったわけだが、今度はゴードン・ゲッコーというウォール街のアイコン的人物の造形に成功したことになる。[4]『プラトーン』は自らの従軍体験をベースに据えたヴェトナム戦争ものだったが、『ウォール街』では実父の実体験をもとにアメリカの金融世界でのマネー・ウォーズを描いた。オリバー・ストーンは社会の偽善や欺瞞、矛盾を暴露する社会派の監督として知られるが、結局この映画でもヤッピーを描きながらウォール街の暗部を抉る社会派の姿勢を貫いている。『アメリカン・サイコ』にせよ『ウォール街』にせよ「ヤッピー」という視座は八〇年代アメリカの経済状況を観る指標のひとつだろう。

このようにフラッサーのスーツと言えば取りも直さず高級ブランドだが、前述の通りエリスは、そのスーツを細部に至るまで映像的に描写する。『アメリカン・サイコ』では、ベイトマンたちヤッピーの高級ブランド全般への異様な眼差しと執着心、自己顕示欲が全編を覆っている。だが成功を手にしたビジネス・エリートたちが、自らの職業的達成とその結果もたらされた社会的優位性の証として、その身を高級ブランド品で包みたいという願望を持つこと自体はさして特異なことではないだろう。例えば八〇年代を目前にした一九七九年のアカデミー賞作品『クレイマー、クレイマー』の冒頭では、ダスティン・ホフマン演じる大手広告代理店勤務のテッド・クレイマーの職業的成功が「バーバリーのコートの購入エピソード」という形で表現されている。ただ『アメリカン・サイコ』の服装における描写に込められた過剰な情報とその正確さが、ベイトマンのスーツに対する執拗な嗜好を示しており、それは特異なこと、と言えるだろう。

三　ヤッピーと「衣装」への眼差し

八〇年代にエリスと共にアメリカの文壇に踊り出て脚光を浴び、その後「ニュー・ロスト・ジェネレーション」や「ブラット・パック」というレッテルで一括りにされることになる作家にジェイ・マキナニーがいる。エリスの『レス・ザン・ゼロ』（一九八五）と並んで、八〇年代に発表され注目を集めた彼のデビュー作『ブライト・ライツ、ビッグ・シティ』（一九八四）も主人公はニューヨークのヤッピーである。作家を志望した修行時代の若きマキナニー本人をモデルにしたとも言われる主人公ジェイミー・コンウェイはマンハッタンの大手出版社に勤務する編集者、その妻アマンダはパリコレにも出演するトップモデルという設定だ。つまり、この小説の背景に在るのも『アメリカン・サイコ』と同様、人々の羨望と嫉妬の対象となる「上流階級」である。だが、この作品に登場する人間たちは『アメリカン・サイコ』で描かれる人間とは少し異なっている。両作品共に八〇年代を舞台にした小説で、ニューヨークのヤッピー世界の腐敗と倦怠、あるいは虚飾を描いてはいるが、その深度は全く違う。衣装という点でも、マキナニーの描く『ブライト・ライツ、ビッグ・シティ』には『アメリカン・サイコ』に見られるような「衣装＝ファッション」に対する執拗な意識は感じられない。

ファッションには無関心と言ってもよかった。知っているブランドと言えばせいぜいブルックス・ブラザースかジョン・プレスぐらいで、そんなものにはもう誰も興味をもっていなかった。（一五六）

ジェイミーのファッションに対する意識はこの程度に抑制されている。これは作者マキナニーのファッションに関する指向や態度に起因するものではない。マキナニーは、原作発表から四年後の一九八八年に公開された映画版『ブライト・ライツ、ビッグ・シティ』を自ら脚色しているが、原作の小説では曖昧にされていたファッション関係の名称が、映画ではかなり固有名詞化されている。例えば、アマンダがニューヨークで出演するコレクションは原作では明確にされていないが、映画の中では「オスカー・デラ・レンタ」のコレクションと具体化されている。また『ブライト・ライツ、ビッグ・シティ』以降もマキナニーは、八〇年代に活躍したアメリカのスーパーモデル、ジア・キャランジが実名のまま描かれる映画『ジア』（一九九八）で脚本を担当、華々しいモデル業界とその暗部を描いている。[5] こうしたモデル業界は『ブライト・ライツ、ビッグ・シティ』のアマンダの世界と通底する。トップモデルとして成功し、華麗な人生を歩む彼女に捨てられたジェイミーは精神的混乱に陥るが、表層の華やかさと相反する業界の闇や人間関係に付きまとう不信感は、八〇年代ヤッピー小説にとっては避けられない要素である。勝者がいれば敗者がいる。それは光と影の関係であって必然である。だが、『ブライト・ライツ、ビッグ・シティ』でマキナニーが描出したヤッピー世界の闇は、『アメリカン・サイコ』に見られるほどには病的でもなければ倒錯的でもない。

八〇年代のヤッピー小説の全てが、ブランド服を纏った人物を作品の内部に配置していたわけではないように、実はエリスも自分の小説に登場する人物全てに対して、『アメリカン・サイコ』で行ったような詳細な洋服の設定を施していたわけではない。例えば、エリスのデビュー作『レス・ザン・ゼロ』を覗いてみよう。

洗いざらしのぴっちりとしたブルージーンズを穿いて、ブルーのTシャツを着ているブレアの横にいると余計にそう感じるのだろうが、ようやく東部的な味の出てきた俺のアーガイルのベストの襟が破れてしまったことさえも気にならなくなった。（九）

小説の冒頭に出てくる主人公クレアによる洋服の描写である。ブランド名も登場しないし、着ている洋服に対しても特に詳細な描写を行っているわけではない。要するにエリスの作品の中でもパトリック・ベイトマンだけが異様な執着心で自分の、あるいは相手の洋服に意識を向けているのである。同じ八〇年代のヤッピーを描いた他の作品と比較しても『アメリカン・サイコ』に登場する彼らは、消費文化の中で肥大化したヤッピーであり、半ば戯画化された「最上級」のヤッピーと言えよう。

ダブルのウール・タキシードを来て、ウィングカラーをつけたコットンシャツがポール・スミスのもの。ボウタイとカマーバンドは、レインボー・ネックウェアの品。ダイアモンドの飾りボタンはトリアノン。エナメルとグログランを遣ったパンプスは、フェラガモによる。アンティークなハミルトンの時計は、サックスで買ったものだ。（五四―五五）

外面をここまで綿密かつ具体的に描写することを『アメリカン・サイコ』においてエリスは徹底して行っている。それはダンディズムを意識してのことではなく、それを遥かに越えた次元においてである。洋服の種類や形態、ブランド、そしてその購入店までも詳細に描き分けている。レイモンド・カーヴァーに代表される八〇年代のミニマリズムからの影響や対抗意識もあるかもしれないが、しかし、そこで描かれるのは、それだけなのである。つまり、今、目前で会話を交わす相手の人間性はおろか、日常的に存在する周囲の人間の顔付き等の身体には全く触れず、それを包み込む洋服しか描写しない。つまりベイトマンの視線に捉えられ認識の対象となるのは友人や同僚の顔や身体ではなく、身に着けている洋服等の表層なのである。和辻哲郎はそのペルソナ論の中で人を認識するには「顔」が必要であると指摘しているが、ベイトマンの目には他人の顔は決して映らない。作品中、偶然同じ服を着ていたことが原因でベイトマンが人違いをするエピソードが出てくるが、これは彼が人を「顔＝生身の人間」としてではなく、洋服つまり物質的表層によってしか見ていないことの証左であり、彼が人間を惨殺できるのは洋服に包まれた身体が単なるモノでしかないからなのである。

四　ブランド・スーツによる没個性化と拘束

八〇年代は高度消費社会がアメリカ史上最大に膨れ上がった時代であり、物質主義がレーガノミクスの旗の下で拡大した時代でもあった。ガルブレイスが「豊かな社会」と呼んだ五〇年代アメリカ社会から三十年が経過した後の、また別の更なる豊かな社会であるが、その規模は桁違いである。ベイトマンに人間以下の存在と見なされ、虫けらのように殺されるホームレスが暮らすニューヨークは、豊かな社会であると同時に貧しい社会でもある。豊かな社会が存在するゆえに、貧富の落差が激しい格差社会が出現している。つまり『アメリカン・サイコ』に描かれるニューヨークは、ユートピアである一方で、ディストピアでもあり、消費できる者だけが独占的に消費する偏向した世界とも言える。

ベイトマンたちウォール街のヤッピーたちは消費力のある社会的強者として、既に豊かさが飽和した状態の中に生きている。欠乏や不便を解消する方向に人間の文明社会は発展を続けてきたが、彼らの日常にはある意味、欠乏が欠けている。高級スーツと言えどもその値段には上限があり、ベイトマンたちに金額的に買えないスーツなどもはやない。彼らの欲望は既に満たされ頭打ちになっている。だからこそ、ベイトマンの意識は、スーツ（衣装）という表層を細分化して詳細に吟味する他にない。『アメリカン・サイコ』が衣装や身の回りの所持品について延々と描写するのは、詳細に説明することで行き場を失った欲望が吹き溜まる様子が描けるからだろう。

先にアラン・フラッサーのスーツを例にとったが、本来、高級ブランドのスーツは、大衆向けのスーツとは違い、それを生み出した思想や哲学が、他のスーツとの差異化に繋がっている。ブランドというのは、一個人が生んだひとつの世界観が表出したものと言っても良い。しかし、『アメリカン・サイコ』では、ブランド名を列挙すればするほど、それは個性化・個別化に向かうのではなく没個性化へと向かっている。なぜなら、エリスによって列挙されるブランド名は、それが反復されればされるほど、高度消費社会で頻繁に耳にする単なる商品名に過ぎないことを再認識させるからである。高価なブランド品もヤッピーレベルでは、それが「高価な衣装」ではなく、「当たり前の衣装」となっている。例えブランドとして特化されていようとも、それを身に着けることが常態化した人間集団では、高級ブランドは高級ではなく相対的に標準となるため、他人との差異化が困難になる。本来的には社会的地位を示す記号であったブランドの服は、その個別性が無効化され、もはや何の意味も持っていない。それらは「平準化された服」であって、ウォール街を闊歩するヤッピーたちにとっては単に「制服」に過ぎず、その属性を示す程度である。鷲田清一の言葉を借りれば「制服は人の〈存在〉を〈属性〉に還元する」(六四)。つまり、ブランドの服を着た没個性的な人間の集団と化すのである。それは非ヤッピーである部外者の人間の目にそう映るだけはなく、彼ら自身の、つまりヤッピーという身内の目にも同じ様に映る。作品中、彼らが自分の持っている名刺の出来栄えを競うシーンがあるが、彼らのヤッピーとしての優劣を分けるのはまさに紙一重なのである。

結果として、そのようなヤッピー世界に生きるベイトマンは、人間性を喪失しシリアル・キラーへと変貌し、友人・知人から道端のホームレスに至るまでありとあらゆる人間を無差別に殺害する。死体遺棄や損壊の様子も含め殺害シーンは凄惨なものであり、その描写は先述した通りの出版騒動を引き起こす原因にもなった。物質的には満たされた生活の中で、ベイトマンの欲望は肥大化し無目的化する。精神的には安心や満足を得られないまま、むしろ、更なるヤッピー同士の激しい嫉妬心や競争心に煽られ精神は蝕まれていく。個性化や個別化という脅迫観念から抜け出せず彼の姿はまるで何かに駆り立てられる獣のようでもある。彼らが着ている高級スーツで象徴されている八〇年代の豊かさは、一挙に反転して精神的な負荷となり、彼らを押し潰していく。貧しさから解放されるための物質的豊かさが、ここでは精神的な解放を阻んでいる。

元来、毛深いサルから進化し、体毛を失った結果、人間は薄い脆弱な皮膚が剥き出しの動物になった。人間にとって衣服とは、その皮膚を保護するために必要に迫られて身に着けたものだったろう。しかし、『アメリカン・サイコ』に登場する人物たちの身に着ける高級ブランドのスーツは、その身体を守り、彼らの社会的地位を外側に向かって強調する一方で、同種の人間たち(同僚のヤッピーたち)に対しては、自分のテリトリーを守り、よしんば相手を圧倒しようとする道具と化している。敢えて言えばそれは、むしろ精神的に追い詰められた末に身に着ける「防護服」のようですらある。ただ、高級ブランドであろうと、それはやはりただの「布」という物質に過ぎない。冒頭で引用したポール・オーエンの身体は、身に着けたスーツごと斧でバラバラにされる。人間の肉体も脆弱な物質に過ぎない。斧のような凶器に対して、スーツの防護性など何の効力もないのである。「布」が切り裂かれ、「肉体」が切り刻まれる結末が待っているのは至極当然のことなのだ。

ベイトマンの凄まじい殺意は、私怨や嫉妬に起因する面もあるが、穿った見方をすればそのスーツを纏った身体の中に束縛され窒息しかかっている八〇年代の人間性を解放しようとする衝動のようにも見える。自分に対しても、スーツは自意識が具現化した拘束具であり、脅迫観念の鎧だったとも言える。ベイトマンは、自分も含めたヤッピーという集団を捉え、拘束している何かを必死で破壊しようとしており、衣服を切り裂くことで身体を解放し、肉体を切り裂くことで精神を解放しているようにも見える。オーエンの頭を斧で叩き割るシーンで使われるその斧はあたかも頑丈な鎧を砕くがごとく力いっぱい振り下ろされている。

五　表層から空虚へ

ヤッピーの内面世界（実態）を描くために『アメリカン・サイコ』は徹底的にその表層を描き出そうとする。表層とは、すなわち服装やアクセサリー、またその肉体という、いわゆる外見の部分である。ベイトマンが、洋服のブランドや健康（的な肉体）に異常なまでに固執し気を遣うのは、外見だけが存在の全てでありアイデンティティの根幹だからであろう。ベイトマンには、中身が無い。彼が身に着けるスーツは、そのブランドの力で外部からの視線を、そこに釘付けにして彼の内部への侵入を防ごうとしているようだ。彼の「中身の無さ」を隠蔽するためだけに彼のブランド・スーツは機能している。アン・ホランダーは『性とスーツ』の中でスーツが身体を隙間なく覆い尽くす洋服であることに触れ「スーツが無表情であるという評判が生まれてくるのは、まさにこの隠蔽効果のためである」と述べている。先述の通り、『アメリカン・サイコ』には人間の顔の描写がないが、スーツさえも「無表情」であるとすれば、この小説世界はひたすらに非人間的な世界に堕する他に道はないだろう。

ジョン・オルドリッジは、『アメリカン・サイコ』を「空虚な(empty)」作品と酷評している。そもそも辛口の批評家であるオルドリッジがその著書『タレンツ・アンド・テクニシャンズ』でエリスやマキナニーら「ブラット・パック」を否定的に論評したこと自体、さほど驚くことではない。八〇年代に登場し、アメリカの出版業界で有望株としてちやほやされていた彼らを冷笑的に見つめ、彼らの作品を「軽い」と一蹴したオルドリッジの辛辣な評価もある程度は理解されるだろう。だが、そもそもエリスがそうした「空虚さ」や「軽さ」を計算ずくで射程に入れていたとしたらどうだろうか。エリスは、八〇年代アメリカ社会をヤッピー世界に肩代わりさせ、そこに巣食う「空虚さ」に関心を向けていたのかもしれず、ヤッピーたちの「軽い」人生それ自体を実験小説的に言葉を尽くして書こうとしていたという面も忘れてはならないだろう。

それにしても『アメリカン・サイコ』に対する多くの批評は、前述したようにほとんどが批判だった。しかし、この小説が二〇〇〇年にメアリー・ハロンの監督・脚本で映画化された際、彼女はこの小説が不当な評価を受けていると反論した。映画版では、ベイトマンを幾分ナルシスティックにし、殺人シーンを必要最小限に抑えることで、この作品の真の姿を曝そうとしている。それは、この小説が八〇年代後半(映画版では一九八七年と年代設定を明示している）のアメリカ社会に対する風刺であることをより一層明確にすることであり、ハロンの言葉を借りれば、それは原作を悪評から「救出する」ことに他ならなかった。映画版では、ベイトマンの犯した数々の殺人を、全て彼の頭の中の出来事、つまり妄想であると解釈し、現実的には殺人事件に類する事は何一つ起こっていないとしている。

ロジャー・ローゼンブラットも指摘するようにベイトマンという名はヒッチコックの『サイコ』の主人公ノーマン・ベイツを想起させるが、ベイトマンの抱える内面の闇はベイツ的なマザーコンプレックスの闇ではなく、空虚さの闇である。ベイトマンを演じたクリスチャン・ベールも言う。「彼の中身は空っぽ (vacuum) である」と。ベイトマンの関心の全ては彼の内部ではなく、表層的な部分、つまり服装や肉体的外観に在る。彼の興味は表層にしかないとも言える。バド・フォックスも、ジェイミー・コンウェイも、社会的成功の夢や自らの野心に駆り立てられていた。しかし、既に社会的成功を手に入れたベイトマンには更なる野心や別次元のアメリカン・ドリームがあるわけではない。彼の内部は欲望が満たされ飽和した状態にある。その結果、ベイトマンの中には欲望の対象そのものが無くなり、空虚という闇のみが存する状態に至ったとも言える。

註

1　マーク・アメリカの同じインタヴューで、エリスは自らの作品に対する否定的な反応に対し「反応のために小説を書いているわけではないですから」とも答えている。

2　映画版では一九八六年のイラン・コントラ事件についてレーガン大統領が言及しているシーンが挿入されている。

3　エリスはあるインタヴューに答えてベイトマンは「部分的にウォール街で出会った人々、部分的に自分自身、部分的に父親」を基にしていると語っている。<http://reocities.com/Athens/Forum/8506/Ellis/ellishotwired.html>

4　オリバー・ストーンは、『ウォール街』(*Wall Street*) の発表から二十三年後の二〇一〇年に続編となる『ウォール・ストリート』(*Wall Street: Money Never Sleeps*) を発表したが、主人公は同じマイケル・ダグラスが演じるゴードン・ゲッコーである。

5　マキナニーは、後年『モデル・ビヘイヴィア』(一九九八) 等でもファッション業界を描いている。

引用・参考文献

Aldridge, John W. *Talents and Technicians*. New York: Scribner's, 1992.

Amerika, Mark & Alexander Laurence. "Interview with Bret Easton Ellis." http://www.altx.com/interviews/bret.easton.ellis.html

Bemstein, Richard. "'American Psycho,' Going So Far That Many Say It's Too Far." *The New York Times*. Dec. 10, 1990.

Blythe, Will. "The Case for Bret Easton Ellis." *Esquire*. October, 1994.

Dix, Andrew. Brian Jarvis & Paul Jenner. *The Contemporary American Novel in Context*. New York: Continuum, 2011.

Ellis, Bret Easton. *American Psycho*. London: Picador, 1991.『アメリカン・サイコ』小川高義訳、角川書店、一九九三年。(※訳文を使用・参考にさせて頂いた。)

——. *The Informers*. London: Picador, 1994.

——. *Less Than Zero*. London: Picador, 1986.

——. *The Rules of Attraction*. London: Picador, 1988.

——. *Model Behavior*. London: Picador, 1988.

Flusser, Alan. *Making the Man: The Insider's Guide to Buying Men's Clothes*. New York: Simon & Schuster, 1981.

Frank, Jeffrey A. "Sexy Sequels To S & S's 'Psycho'." *The Washington Post*. Nov. 25, 1990.

Giles, James R. *Violence in the Contemporary American Novel*. Columbia: University of South Carolina Press, 2000.

Hollander, Anne. *Sex and Suits: The Evolution of Modern Dress*. New York: Knopf, 1994.『性とスーツ』中野香織訳、白水社、一九

九七年。
Lupack, Barbara Tepa. *Insanity as Redemption in Contemporary Amerioan Ftction.* Gainesville: University Press of Florida, 1995.
Mailer, Norman. "Children of the Pied Piper." *Vanity Fair.* March 1990.
McDowell, Edwin. "NOW Chapter Seeks Boycott of 'Psycho' Novel." *The New York Times.* Dec. 6, 1990.
McInerney, Jay. *Bright Lights, Big City.* New York: Vintage Contemporaries, 1984.
Rosenblatt, Roger. "Snuff This Book! Will Bret Easton Ellis Get Away With Murder?" *The New York Times Book Review.* Dec. 16, 1990.
Streitfeld, David. "Lurid 'Psycho' Finds New Publisher." *The Washington Post.* Nov. 17, 1990.
中野香織『モードとエロスと資本』集英社新書、二〇一〇年。
鷲田清一『ちぐはぐな身体』ちくま文庫、二〇〇六年。
和辻哲郎『偶像再興・面とペルソナ』講談社文芸文庫、二〇〇七年。

DVD
『アメリカン・サイコ』メアリー・ハロン監督、角川書店、二〇一一年。
『ウォール街』オリバー・ストーン監督、二〇世紀フォックス・ホーム・エンターテイメント・ジャパン、二〇一〇年。

〈革命〉をデザインする
――一九六〇年代アクティヴィズムにおける〈見かけ〉の政治学

馬場　聡

はじめに

〈革命〉は常に過剰な象徴性を帯びたデザインとともにあった。歴史上の革命の闘士たちを思い浮かべるとき、私たちの脳裏に真っ先によぎるのは彼らの政治的主張ではなく、その特徴的な「いでたち」ではないか。あのナポレオン・ボナパルトは、近衛猟騎兵大佐のユニフォームに二角帽を好んだ。歴史教科書にお約束の「アルプス越えのナポレオン」の猛々しい印象は、もちろん、この衣装と不可分である。文化大革命といえば、毛沢東のカーキ色の人民服、はたまた、キューバ革命とくればチェ・ゲバラのブラック・ベレーと口髭だ。狂気の革命家、アドルフ・ヒトラーにしても、鉤十字の腕章をつけたあの軍服と、周到に整えられた口髭なしには、イメージすることすらできない。

周知のとおり、一九六〇年代といえば、公民権運動からブラック・パワー運動に連なるアフリカ系アメリカ人のアクティヴィズムが高まりを見せた時期だった。当時の運動では、人種的不平等の是正という明確な社会変革の目標とともに、「ブラック・プライド」という人種の誇りを前景化する言説が台頭した。アクティヴィストたちは、シンボリックな衣服やヘア・スタイルを巧みに利用することで、運動をスペクタクル化していく。つまり、この時期の運動においては、政治的な意思が、ファッションを介して表明されていたといえる。この論考では、アフリカ系アメリカ人のアクティヴィズムとファッションとの関係を概観するとともに、文学作品におけるアクティヴィストの表象について検討する。

一　身体改造から「ありのまま」の美学へ

古くから頭髪は黒人の身体的特徴を明示するものと捉えられてきた。とりわけ黒人に特有な縮れ毛は、歴史的に人種的劣等性をあらわすスティグマと目されてきたことから、この負のラベルは長きにわたって、彼らの呪縛に他ならなかった。この節では、黒人の髪形の流行の変遷と、黒人運動界隈で支配的であった〈見かけ〉に関する言説との関係について考え、ヘア・スタイルの政治性を素描してみたい。

生来的に備わった身体的特徴に変更を加える、あるいは、それを消去するためには、相応の身体改造テクノロジーが必要とされる。奇しくもあの発明王トーマス・エジソンが蓄音機の製品化に成功した一八七七年、のちに「黒きエジソン」として名を馳せることになるひとりの黒人が生を受けた。その人物とは、防火頭巾、ミシン、はたまた赤、黄色、青の三色からなる信号機などの生みの親として知られるギャレット・モーガン（一八七七―一九六三）である。モーガンは、もともとミシンを中心とした機械の製作を得意としていた。そんな彼がミシン針の潤滑剤の製品化を試みていた一九〇五年、偶然にもその薬品に縮れ毛を真っ直ぐにする効果があることに気づく。これを機に、モーガンはヘア・リラクサー（薬剤）と、それと併用する特殊な櫛などの販売に着手する。モーガンの発明を皮切りに、縮れ毛をストレートにするさまざまなタイプの薬剤が広く流通するようになり、縮れ毛をストレートに加工した髪形は「コンク（conk）」と呼ばれるようになる。一九二〇年代から髪をコンクにした黒人が目につくようになり、徐々に広がりを見せる。五〇年代にはチャック・ベリーやリトル・リチャードらに代表される黒人ロックン・ローラーのヴィジュアル・イメージに後押しされることで、その流行はピークに達する。

六〇年代公民権運動の中心人物マルコムXは、自伝の中でかつて「白人のような髪」、つまり、コンクにしていた頃を回想して「私は白人が優れていて、黒人は劣っている、と洗脳されている合衆国の多くの黒人たちの仲間入りをしたのだ。白人の基準から、かっこよく見えるように、神がお創りになった身体を冒涜し、台無しにさえしてしまうようなやつらだ」（マルコムX　五六―五七）と自嘲的に述べている。もちろん、このくだりは黒人の「ありのまま」の身体を称揚する機運が高じる六〇年代という歴史的文脈から生じたものであり、当時のマルコムにとって、コンクは軽蔑の対象でしかない。この逸話がスパイク・リー監督の映画『マルコムX』（一九九二）においても印象的に取り上げられていることから、黒人のヘア・スタイルが、ことのほか政治的含意をはらんでいたことがわかる。縮れ毛をストレートにすることは、薬剤によって頭皮にかなりの痛みを感じることもあいまって、一人前の大人になるための通過儀礼とみなされていた。さらに縮れ毛をコンクにすることは、単に個人が成人する前提となる儀式であるにとどまらず、黒人が主流社会に参画する必要条件と考えられていたようだ。

イシュメール・リードの作品に多大な影響を与えたことで知られる、黒人作家チャールズ・ライト（一九三二―二〇〇八）の小説『ウィッグ』（一九六六）では、タイトルが示唆するとおり、黒人の社会的地位とヘア・スタイルに関する問題が主題化されている。主人公レスター・ジェファーソンはリンドン・ジョンソンが掲げた「偉大な社会」にありながら、ハーレムの片隅で貧困にあえぐ二十一歳の青年である。

偉大な社会だって。俺ときたら、あばら家に住んで、無一文、そんな社会とは「つながり」がない。巷じゃ美しい女たち、クレジット・カード、掛売り口座、ハート・シャフナー・アンド・マルクスのスーツ、ピカピカの靴、ドブスの帽子、そして車といえばジャガーだ。うんとかわいい娘たちが、俺のバター・スコッチ色の夢をかきたてる」

（ライト　七）

ラルフ・エリソンの『見えない人間』（一九五二）の主人公さながらに、疎外感にさいなまれているレスターは、なんとか自分も「偉大な社会」の一員になろうと思案したあげく、思いついたのが髪形をコンクに変えることだった。「シルキー・スムース・ヘア・リラクサー」なる薬剤によって変身したレスターは「完璧なかつらだ。たった四ドル六セントで、この変わりようさ。俺は生まれ変わったんだ。浄化されたんだ。聖油を頭に塗ったんだ。美しさを手に入れたのさ」（一二）と満足げにひとりごちている。こうして、レスターは髪をストレートにすることで、「偉大な社会」の一員になれると悦に入る。黒人の髪形の変遷を通史としてまとめた『ヘア・ストーリー――アメリカ黒人の髪形のルーツを紐解く』（二〇〇一）において、著者のアヤナ・バードとロリ・L・サープスは、「髪をストレートにすることは、成功するための条件とみなされ、白人らしさを取り入れる試みを示す指標と考えられるようになった」（五五）と述べ、コンク流行の背景には、黒人の身体的特徴である縮れ毛を加工してストレートにすることで、白人社会からの承認を得たい、という強い同化欲求が潜在していたと指摘する。レスターはこれで自分も「偉大な社会」の一員になったのだと胸躍らせるのだが、皮肉なことに結局ろくな仕事にも就けず、ぬか喜びに終わる。『ウィッグ』は生来の身体的特徴を変容させて、白人社会に迎合する黒人に対する風刺といえるだろう。

一世を風靡したコンクの流行が陰りを見せるのは、六〇年代後半に入り「ブラック・イズ・ビューティフル」という標語のもと、「ブラック・プライド」という自己承認、黒人性賛美の言説があらわれた瞬間である。この言説に導かれるように、頭髪を薬剤で加工するコンクはなりを潜め、それに代わって積極的に黒人の「ありのまま」の身体美をアピールする「アフロ（ナチュラル）」が流行の兆しを見せる。アフロは流行の髪型であるというだけでなく、自分が政治的にラディカルであることを示唆するステートメントでもあった。面白いことに、当時はアフロの輪郭が大きければ大きいほど、より黒人らしくあり、かつ政治的にラディカルであると考えられていたようだ。なるほど、アンジェラ・デイヴィスやキャサリン・クリーヴァーを筆頭とする、当時のアクティヴィストの大きなアフロの輪郭は、ラディカリズムのアピールだったわけだ。

黒人芸術運動を牽引した作家、ジョン・オリヴァー・キレンズ（一九一六―八七）の小説『コティヨン』（一九七一）は、クイーンズの黒人上流階級に育った女性ヨルバが、ブラック・パワーの潮流のなかで人種的アイデンティティを見出す物語だ。ヨルバは詩人であり、アクティヴィストである恋人ラマンバの影響で、ブラック・パワーに感化され、ストレートに整えていた髪をアフロにしてイメージ・チェンジをはかる。様変わりしたヨルバの姿に驚く保守的な母親に対して、「私が望んだことなの。こんな風にしてって頼んだのよ。自分で決めたの。私はブラック・アンド・ビューティフルなのよ」（二一二）と応じる。「素敵なかつらを買ってあげるわ」と娘に持ちかける母親に対して、語り手は「たとえ母親のためだとしても、このブラック・アンド・ビューティフルな娘にかつらなど無用だった。ヨルバは本当の黒人社会にデビューしたのだ。もう後戻りすることはできない」（二一三）という具合に辛辣だ。このくだりから明らかなように、コンクからアフロへの変化は、単にファッションのモードが変わったというにとどまらず、ヘア・スタイルが明確な政治性を帯びはじめた重要なモメントといえるだろう。

アリス・ウォーカーの『メリディアン』(一九七六)は六〇年代から七〇年代に至る若き黒人女性活動家の成長を描いた作品として広く知られている。この作品の登場人物たちのシンボリックないでたちは、黒人運動のありようを実に分かりやすいヴィジュアル・イメージで提示する。駆け出しの学生活動家であった主人公メリディアン・ヒルは、友人アン・マリオンのヘア・スタイルについて次のように表現する。

アン・マリオンは、ばっさりと髪を切った最初の学生でもあった。彼女は以前、髪を自然な縮れ毛のままにした女性を見たことがあったのだ。髪を切ったことで、アンは学生部長に呼び出され、きつくお灸をすえられた。学生部長の髪は長く、ストレートに加工してあり、ラベンダー色だった。(二五)

メリディアンが行動を共にする学生活動家の中でも、特にラディカルであったアン・マリオンのアフロと、保守的な学生部長のストレート・ヘアとの対照は、両者の政治的なスタンスの違いを明示する。

ジミ・ヘンドリクスやスライ・ストーンに代表される黒人ミュージシャンの影響もあいまって、アフロの「ありのまま」の美学は、急速に社会全般に共有されることになった。劣等性の象徴であった縮れ毛からの解放をもたらしたコンク、そして自然な身体に対するプライドを表明するアフロの流行は、黒人にとってヘア・スタイルが常に政治的な問題であったことを示唆する。黒人の〈見かけ〉の戦略はコンクやアフロのような髪型に限らず、着衣の面でも興味深い展開を見せた。

二 「アフリカ」を纏う

一九六九年四月二十日の『ニューヨーク・タイムズ』には、ハーレムにおける新しいファッションの潮流を報じた記事が掲載されている。マーカス・ガーヴェイやマルコムXといった黒人活動家ゆかりの品がディスプレイされた「ニューブリード・キャット」なる衣料品店は、時代を反映した最先端のラインナップが売りだったようだ。

ニューブリードのイチオシはダシキという、ゆったりとした長袖のプルオーバーだ。前面には十九パターンある大きなポケットのいずれかがあしらわれている。ダシキはウェブスターの辞書に出ていない。もちろん、ブルックス・ブラザーズに売っているはずもない。平たく言うと、ダシキは「自由を象徴する服」といったところだ。
(ジェラシモス、九三)

この記事は六〇年代後半以降、黒人のあいだで流行した西アフリカの民族衣装ダシキ(dashiki)について報じたものである。批評家ジェフリー・オグバーは「ブラック・イズ・ビューティフル」というスローガンが一般化した当時、「黒人意識の高まりによってファッションが大きな影響を受けた」(一一六)と指摘する。確かに、一九七〇年前後の黒人大衆紙『エボニー』を見れば、ダシキに代表されるアフリカ風の衣装に関する記事や広告が目につくし、当時活躍していたニーナ・シモンやサミー・デイビズ・ジュニアなどのアーティストがアフリカ風の衣装で着飾っていたことが思い出される。主流文化に対抗するために、自らが属するエスニック・グループのルーツと思しき文化的水脈を援用するという戦略は、ポストコロニアルな状況下の文化闘争の場では、さして珍しいことではない。文化批評家ポール・ギルロイはブラック・ナショナリズムを再考する議論の中で、アフロセントリストを「自分たちの歴史をより大きなディアスポラの網の目に位置づけようと必死になっている」と揶揄して、彼らがよりどころとするものを「彼らなりのアフリカ的文化」(一九一)に過ぎないと当てこする。ギルロイを引くまでもなく、あくなきルーツ探しの末になされた民族的文化伝統の誇示は、単に西洋と非西洋との二項対立、あるいは人種間のカラーラインを補強することにしかならない。だからと言って、ここでアフリカ風ファッション、つまり当時のモードのありようを批判したいわけではない。むしろ、ここで注目したいのは「ブラック・プライド」という言説とともに生起したアフリカ風ファッションの流行を文学作品がどのように表象してきたか、という問題である。

先述した『ニューヨーク・タイムズ』の記事では、アフリカ風の衣装であるダシキと白人エスタブリッシュメント層を象徴するブランド、ブルックス・ブラザーズとを対置させるレトリックが用いられているのだが、期せずしてわれわれは、キレンズの『コティヨン』においても同じ構図に遭遇する。主人公ヨルバの恋人ラマンバが、黒人上流階級趣味のヨルバの母親に気に入られようと、トレード・マークだったダシキを脱ぎ捨て、ブルックス・ブラザーズであつらえたスリーピースのスーツに鞍替えする場面がある。ヨルバは様変わりしたラマンバのいでたちを目にして、それをアイデンティティの放棄だと一笑に付し、批判する。さらに、この作品において衣服を介した変身のモチーフが佳境を見るのは、ヨルバが同輩の女性たちと共に母親が心待ちにしていた社交界デビューの舞踏会(コティヨン)に、アフリカの民族衣装を着てのぞむ瞬間である。『コティヨン』では、白人社会を模倣する黒人エスタブリッシュメント層と、勢いを増しつつあったブラック・ナショナリズムの若き支持者らとの相克が主題化され、両陣営のアティチュードの違いがファッションの対照として描かれる。この作品では、アフリカ風の衣装というシニフィアンとブラック・ナショナリズムというシニフィエがおおよそイコールで結ばれた関係にあるかに思える。一方、同時代に発表されたアリス・ウォーカーの短編「日用品」(一九七三)が、『コティヨン』とは随分違ったスタンスから、アフリカ風の衣装を論評しているのが面白い。

「日用品」では、語り手である「私」が暮らす南部の田舎町に、都会暮らしの娘ディーが帰郷した折の顛末が語られる。家族の中で唯一、高等教育を受けたインテリであるディーは、「私を抑圧するやつらにちなんだ名前」(五三)を捨て去り、「ワンゲロ」というアフリカ風の名前に改名したあげく、けばけばしい黄色やオレンジ色で彩色された裾の長いアフリカ風のいでたちで現れた。母の目に映る変わり果てたディーの姿は、奇妙で滑稽でしかない。「にわか」文化ナショナリスト的キャラクターであるディーは、これぞアフリカ系アメリカ人の「文化遺産」と言わんばかりに、母と妹が暮らす粗末な家にポラロイド・カメラを向け、シャッターを切り続ける。ディーは、祖母が着古した服の生地を継ぎ合わせ、「私(母)」と叔母がそれをさらにつぎはぎをして作ったキルトを欲しがる。しかし、「私」はこのキルトを同居するもう一人の娘マギーが嫁いだときに手渡すと決めていたので、あげられないと伝えるが、ディーは「マギーにはこのキルトの価値は分からない」、「普段使いの日用品にしてしまう」(五七)と食い下がる。結局、「私」はディーの手からキルトをひったくり、それをマギーの膝の上に置く。頭でっかちなディーは、貧しい黒人たちが生活の知恵から生みだした「日用品」を、貴重な「文化遺産」としか見ることができない。キルトがもつ本来の意味合いすら理解できないディーがまとう「アフリカっぽい」衣服は、どこまでも空虚である。ここに描かれるのは、現実の黒人の経験を知る世代と、にわかに文化ナショナリズムに傾倒した新しい世代との分かちがたい溝である。

ウォーカーの作品におけるファッション表象は、シニフィアンとしての衣服に期待されるシニフィエの欠落や、その空虚さをあからさまに批評する。長編『メリディアン』には、主人公メリディアンの恋人トルーマンが「豪華な白い刺繍が設えられたエチオピア風のローブ」(九九)を身に纏っていることを印象付ける場面がある。読者はいきおい彼のアフロセントリックなアイデンティティを祭することになるのだが、その直後には「トルーマンはありとあらゆる外国の文化を愛していた。特にフランスがお気に入りだった」（九九）とはぐらかされ、「エチオピア風のローブ」というシニフィアンに期待されるシニフィエは宙吊りにされる。こうしたウォーカーのアフリカ風ファッションへの懐疑的なまなざしは、文化ナショナリズムの理論的脆弱性を示唆するものと言えそうだ。

三　ミリタントの装い

六〇年代後半から急進的な黒人運動を展開したブラック・パンサー党。一九六九年二月二日付けの機関紙『ザ・ブラック・パンサー――ブラック・コミュニティー・ニュース・サービス』では、アフリカ風の衣装をまとい、髪形をアフロにして活動する文化ナショナリストは、黒人がおかれた現実の政治的な状況をないがしろにして、神話とファンタジーに耽溺している、という旨の批判が展開されている（ハリソン　六）。ブラック・パンサーは発足時から、アクティヴィズムとファッションとを明確に関係づけていたようだ。彼らは黒いベレー帽、黒皮のジャケット、黒いパンツ、そして黒いブーツという、攻撃的かつスタイリッシュな姿で活動を展開したことで知られる。とりわけ黒のベレー帽が象徴するのは、彼らの活動を特徴づけるミリタリズムだ。ブラック・パンサーのファッションについて論じるジェフリー・オグバーによると、このベレー帽をかぶるアイディアは、第二次大戦中のフランスのレジスタンス運動にあったとのことだ（オグバー　一一八）。とはいえ、ブラック・パンサーの指導者、ヒューイ・ニュートンは、チェ・ゲバラの活動に感化されていたことから、このアイコニックな戦う革命家のイメージをも意識していたと思われる。

ブラック・パンサーは全盛期に急速にシンパを集め、組織を拡大することに成功した。賛同者獲得のために彼らがうまく使ったのが、機関紙だった。メンバーが路上販売することはもとより、アンダーグラウンド・プレス・シンジゲートと呼ばれる、六〇年代に無数に出回ったアングラ新聞間の記事共有ネットワークを経由して、積極的に記事を他紙に転載し、そのパブリシティを高めていた。他のアングラ新聞と決定的に違ったのは、徹底してヴィジュアルにこだわった紙面構成だ。イラストレーターのエモリー・ダグラスを中心に、大胆にグラフィック・アートを取り入れることで、若年層の支持を得ることに成功した。ダグラスのイラストは、抑圧された黒人をパッシヴに描くのではなく、怒れる黒人の姿をミリタリスティックなレトリックを使って描いているのが特徴である。このようにパンサーは、活動の活性化をはかるために、攻撃的かつスタイリッシュなユニフォームを身にまとい、さらに機関紙では、そのヴィジュアル・イメージをイラストにしてアピールした。

批評家リチェッタ・ワトキンスは、『ブラック・パワー、イエロー・パワー、そして革命的アイデンティティの構築』（二〇一二）の中で、アフリカ系、およびアジア系アメリカ人のアクティヴィズムにおいて、ミリタリスティックなゲリラとしてのイメージがエスニック・マイノリティーの革命的主体構築に用いられていたことを指摘する。

> 自らに課されたステレオタイプな表象を書き換えるために、アジア系アメリカ人とアフリカ系アメリカ人のアクティヴストは、主流社会によって植え付けられた「モデル・マイノリティー」としての、あるいは「劣った者」としてのアイデンティティに抗って、アイデンティティを更新したのである。（ワトキンス　八一）

ワトキンスが分析の対象としたのは、アフリカ系、アジア系のアクティヴィズムであったが、他のエスニック・グループの運動でも同様のイメージ戦略が散見される。カルロス・モンテスが率いた六〇年代チカーノ運動のグループ、ブラウン・ベレーがその名の通り、茶色のベレー帽と軍服を模したユニフォームを身にまといラディカルな運動を展開したことはその一つの例である。公民権法制定後も残存する人種差別に対して、マルコムXやストークリー・カーマイケルに代表される活動家たちが、従来の「穏やかな」運動のあり方に限界を感じ、暴力的な手段をも否定しない活動へと舵を切ったときに、アクティヴィストの装いのモードも攻撃的なイメージへと変化を遂げる。こうしたファッションを介したラディカルなイメージ構築は、アクティヴィズムの領域にとどまらない。六八年四月にキング牧師が暗殺されると、合法的で非暴力な運動の限界が広く共有されることになる。同年、十月、メキシコオリンピックの陸上二百メートルの表彰式で、二人の黒人メダリストが、黒いスカーフと黒いソックスを身に着け、黒皮の手袋をつけた拳を突き上げた。ブラック・パワー・サリュートと呼ばれるこの示威行為は、政治的な意思表示と攻撃的なファッションとの関係を広く印象付けた。

一方、こうした攻撃的なイメージの装いとアクティヴィズムとの関係を、アリス・ウォーカーの『メリディアン』は、またもや皮肉な形で描いている。南部で運動を続けるメリディアンのもとに「浅黒い肌、黒い目、丁寧に整えられた頬ひげと口ひげ」に「毛沢東さながらのカーキ色のジャケット」といういでたちで恋人のトルーマンが久方ぶりに現れる。「まるでチェ・ゲバラみたい」、「まさに革命的ね。まだ続けていたのね?」(一〇)とメリディアンは語りかけるが、当のトルーマンはこの時点ですでに運動から距離をおいていた。はたして、トルーマンの「革命的ないでたち」というシニフィアンに期待されるシニフィエはやはり空虚である。

おわりに——革命の季節のあとで

ヘンリー・ルイス・ゲイツ・ジュニアは、チャールズ・H・ローウェルとの対談で、六〇年代の黒人運動を回顧して次のように述べている。

私が文化的左翼の懐の浅さについて、あちらこちらで発言している理由は、六〇年代後半が耐え難い時期であったことを覚えているからです。「アフロが二フィートないやつなんて」、あるいは、「ダシキの色は三色じゃなきゃ、黒人とはいえないよ」といった雰囲気の時代でしたから。（ローウェル　四四五）

アクティヴィストは活動の理念をわかりやすい形で表現するために、シンボリックなファッションを戦略的に利用して、より多くの人々の共感を得ようとする。ところが、ひとたび記号であるファッションがポピュラリティを得ると、その記号だけが独り歩きをしはじめ、ゲイツが言うような「見かけだおし」で「中身」が伴わない活動家が目立つようになる。とはいえ、ファッションと本質との乖離は、当然の帰結というべきかもしれない。記号であるファッションに付与された意味内容が状況に応じて変化することは自明だからだ。いわんや、時を経るうちに記号だけが生きながらえ、当初意図された象徴性が変化を遂げたり、あるいは消滅したりすることは自然なことに思える。

六〇年代にアフロとともに注目を集めた黒人女性活動家アンジェラ・デイヴィスは、一九九四年のエッセイ「アフロ・イメージ——政治、ファッション、ノスタルジア」において、自身が「アフロの人」としてのみ記憶されていることを問題視する。デイヴィスは、現在も革命の時代に写真に収められた自身のヴィジュアル・イメージが流通し続ける状況を憂慮して、彼女が身を投じた黒人運動の「歴史的な記憶が脱歴史化、脱政治化されてしまう危険性がある」（デイヴィス　三八）と警鐘をならす。デイヴィスの主張も本質的にはゲイツが言わんとするところと同じで、ファッションだけが後世まで残り、それを取り巻いていた政治的文脈がなおざりにされている、という〈見かけ〉と〈中身〉の問題のようだ。振り返れば、これまで検討してきたいくつかの文学作品における批判的なファッション描写にしても、似通った問題を提起していると言えるだろう。

とはいえ、常に人種をめぐる問題の只中に置かれ、白人との身体的差異を意識せざるを得なかったアメリカの黒人にとって、髪型にしろ、衣服にしろ〈見かけ〉が重大な関心事であったことは明らかだ。ある瞬間には人種特有の身体的特徴を隠し、また別の瞬間にはそれを意図的に強調する。六〇年代の黒人運動という文脈ではアフリカ風の衣装を纏い、民族的アイデンティティをアピールすることもあれば、ラディカルな運動のスタンスを象徴する攻撃的なイメージのユニフォームで身を固めることもある。つまるところ、特定の髪型にすることや衣服を身に纏うこと、といったファッションの営為によって、人間の身体は〈表象〉となる。そして〈表象〉となった身体は、〈実体〉とのせめぎあいの中で、様々な角度から解釈され、批評される対象となるのだ。本論で言及した文学作品における黒人運動周辺のファッション表象は、そもそも〈表象〉であるファッションをメタレベルから再度表象したものといえる。過剰なデフォルメやパロディが渦巻くその場所は、ファッションの政治性を問い直す批評の最前線なのかもしれない。

＊本稿は、二〇一四年のアメリカ文学会全国大会ワークショップにおける発表内容に加筆・修正を施したものである。

引用文献

Byrd, Ayana D., and Lori L. Tharps. *Hair Story: Untangling the Roots of Black Hair in America*. New York: St. Martin's Press, 2001.

Davis, Angela. "Afro Images: Politics, Fashion, and Nostalgia." *Critical Inquiry*. 21.1 (1994): 37–45.

Geracimos, Ann. "About Dashikis and the New Breed Cat." *The New York Times* 20 April. 1969, SMA 91, 101.

Gilroy, Paul. *The Black Atlantic: Modernity and Double Consciousness*. Cambridge: Harvard UP, 1995.　上野俊哉、毛利嘉孝、鈴木慎一郎訳『ブラック・アトランティック――近代性と二重意識』月曜社、二〇〇六年。

Harrison, Linda. "On Cultural Nationalism." *The Black Panther: Black Community News Service* 2 Feb. 1969: 6.

Killens, John. *The Cotillion*. 1971. New York: Ballantine Books, 1990.

Ogbar, Jeffrey O. G. *Black Power: Radical Politics and African American Identity*. Baltimore: The Johns Hopkins UP, 2004.

Rowell, Charles H. "An Interview with Henry Louis Gates, Jr." *Callaloo* 14, no. 2 (1997): 444–63.

Walker, Alice. "Everyday Use." In *Love and Trouble: Stories of Black Women*. 1973. New York: Harcourt, 2003.

——. *Meridian*. 1976. New York: Harcourt, 2001.　高橋茅香子訳『メリディアン』筑摩書房、一九八九年。

Watkins, Rychetta. *Black Power, Yellow Power, and the Making of Revolutionary Identities*. Jackson: UP of Mississippi, 2012.

Wright, Charles. *The Wig*. 1966. San Francisco: Mercury House, 2003.

X, Malcolm, and Alex Haley. *The Autobiography of Malcolm X*. 1965. New York: Ballantine Books, 1973.

ユダヤ系アメリカ人と既製服産業
――古着販売からアメリカの象徴ジーンズへ

君塚　淳一

はじめに

ニューヨーク・マンハッタンのミッドタウン、七番街の三九番と四〇番通りの間にブロンズの彫刻がある。この彫刻は、「服飾労働者」と題され、ヤムルカを被ったユダヤ系アメリカ人男性が一心にミシンを踏んで縫製作業に集中しているもの。イスラエル生まれの彫刻家ジュディス・ウエラー（一九三七―　）による作品で、その屋根につけられた「大きなボタンに針が通されたオブジェ」で目を惹くファッション・センター情報スタンドの隣に一九九六年に置かれた。言うまでもなくこの周辺は、かつて十九世紀末から二十世紀初頭にかけて既製服産業が栄えた地域で、その中心となっていたのがユダヤ系アメリカ人であったからだ。雇主側は既に移民していた旧移民のドイツ系が多く、低賃金で雇われていたのは、この時期に大量流入した新移民のロシア系ユダヤ人で、いわゆる搾取工場（スウェット・ショップ）において、長時間重労働を強いられていた。工場というとすぐに組み立てラインの流れ作業を連想するが、テナメントの一室を改良した部屋に数人が働くスタイルのものも少なくなかった。そのほかにも、彼らは旧世界で慣れ親しんでいた仕事や、新たに出来上がった業種に進出した。

ニューヨーク・マッハッタンのミッドタウンにあるユダヤ人「服飾労働者」の像（撮影：君塚淳一）

その後、二十世紀に活躍するユダヤ系アメリカ人の中でも、既製服産業という業界で力を蓄えた者たちが、大活躍する分野で目覚ましいのは、アメリカの大衆文化の顔になる映画産業ハリウッドで、その礎を作り上げた創立者たちも、そのほとんどがこの業界の出身者であることはよく知られている。例えば二〇世紀フォックスの創立者ウィリアム・フォックスは被服製造業で身を起こして映画会社を設立し、パラマウントのアドルフ・ズーカーも元は毛皮卸売商で得た資金を元手にこの世界に飛び込んだ。ユニバーサル映画創設者のカール・レムリも、コロンビア映画のハリー・コーヘンの一世の両親も既製服産業で財を成した。このようにユダヤ系が服飾業界において、いかに移民後、奴隷制時代、南北戦争、ゴールドラッシュのアメリカで発展してきたか、それを特に十九世紀に絞り、アメリカ史と関わらせて探ってゆきたい。

一　ユダヤ系アメリカ人――既製服産業の貢献と発展

批評家アーヴィング・ハウ著『我が父たちの世界』（一九七六）は、ユダヤ系アメリカ人の歴史を語る大著だが、時代が十九世紀末の新移民大量流入時代に絞られている点、また映画産業など大衆文化と関わらせての言及が少ない点はかねてから指摘されていた。よって本稿で論じるユダヤ系既製服産業についても、新移民時代以前に関しての言及は、十九世紀末との比較では以下のように解説があるのみだ。

一八九〇年のユダヤ系に対する調査で返答があった二万五千人のうち一万二千人が既製服産業労働従事者であったが、一九〇〇年には三万五千人のロシア生まれのユダヤ人女性の四〇%、同ユダヤ系男性十九万一千人の二〇%近くが既製服産業で働いていた。……一八五〇年代の早い時期に、ミシン縫いのヴェスト、コート、パンツなどはアメリカでは生産されていたが、女性の厚手の服は、一八九〇年においてもクロークやマンティラを除いて、家か小さな仕立屋店で縫われていた。……ニューヨークが生産では群を抜き一八七〇年までに男性既製服で三千四百万ドルを売り上げ、当時は低賃金で雇用できるアイルランド系とドイツ系移民労働者を使っていた。（ハウ　一五四）傍線筆者

だが中でも注目すべきは、一八八九年からの十年で二倍から三倍に急成長した既製服産業だが（ハウ　一五四—五五）、それ以前の一八五〇年代に既にユダヤ系がこの職種へ進出していたことである。

十九世紀前半から半ばにかけてのユダヤ系アメリカ人のアメリカ既製服産業への貢献については、ハウとは異なり、アダム・D・メンデルソーン著の『ラグ・レース』（二〇一五）に詳しい。この時期、アメリカではイギリスと同様、移民にとっては古着を集めて売るのを職とすることは理に適っていた。というのも古着を扱えば大した資本もいらず道端で商売できるからだと前掲書では説明する（メンデルソーン　一九）。このスタイルが十九世紀末の新移民たちまで継承されていることは、プッシュカートで商売するユダヤ行商人で溢れかえる、ニューヨークのユダヤ人街ロウア・イーストサイドの写真や、ユダヤ移民文学で描かれるエイブラハム・カーハン（一八六〇—一九五一）

の『デヴィッド・レヴィンスキーの出世』（一九一七）、またマイケル・ゴールド（一八九四―一九六七）の『金無しユダヤ人』（一九三〇）などの作品の描写を改めてここで詳しく紹介するまでもないことだろう。

この十九世紀前半の時期はアメリカではいまだ奴隷制度が存続し、「奴隷による反乱」や「奴隷解放論を望むアボリショニストたち」の地道な活動、またハリエッド・タブマン（一八二〇―一九一三）らの「地下鉄道」による逃亡奴隷の補助もさかんに行われたが、一八五〇年には逃亡奴隷を厳しく取り締まるいわゆる「逃亡奴隷法」が施行された。一八五四年の「カンザス・ネブラスカ法」、一八五九年のジョン・ブラウン（一八〇〇―五九）の南部襲撃、そして南北戦争へとアメリカは進んでいく。

実は更に遡ること一八二〇年代からその後の何十年間にも渡り、このユダヤ系が活躍するニューヨークの既製服業は、都会人用の出来合いの製品だけでなく、この南部へも製品を送っていた。それは南部貴族用の上品なものから、肌理の粗い奴隷たちが「針のように痛い」と不平を言うものまで、さまざまな既製服を扱っていた（メンデルソーン　五五）。そればかりか、布地を縫うミシンもドイツから移民したユダヤ系アイザック・メリット・シンガー（一八一一―七五）のシンガー製ミシンであった。『ラグ・レース』では「実際、市場はシンガーミシン社にはかなり景気が良かった。新たに改良したこのミシンは一八五〇年代の黒人の服をつくるのに大いに貢献していたのであった」と説明する（メンデルソーン　五五）。

このようにユダヤ系被服業界は、奴隷制時代の南部貴族そして奴隷たちの服までも幅広く取り扱っていた。よって、南北戦争へとアメリカが向かう中で、ユダヤ系業者が恐れたのは、戦争で南部からの原料となる綿が届かなくなること、またその後、南部プランテーションが解体し、南部白人の服および奴隷用のまとまった注文が滞ることだった。だがその不安の兆候は別の形で始まった。当時の南部が綿花で潤っていたことは言うまでもない。そのため、既に北部は南北戦争開戦前日に、綿花関係で商売をする者に打撃を与えるように、輸出する綿へ増税したのだった。

しかしながら、この状況下で、なんとニューヨークのユダヤ系既製服業者たちは、逆に新たなビジネス・チャンスを得ることとなる。「北軍の軍服製作」に今度は携わるのである。開戦直前の一八六一年春には、さすがに北部の既製服産業は一時的に冷え込むが、その後、一八六五年まで二百万人以上の兵隊が北軍の軍服を着ることになり、戦争の開始でビジネスが停滞していた彼らには救いとなった。メンデルソーンによれば、兵士は一人が常に帽子はキャップとハットの二種類、ジャケット二着、フランネルシャツ三着、ズボン（パンツ）二着、靴下四足などとかなりの数が必要となる（メンデルソーン　一六三）。彼らの心配は逆に生産が追いつくかどうかだったとメンデルソーンは続ける。彼らが戦時経済の方向へとうまく転換していったと言えよう。

二　ユダヤ系アメリカ人とジーンズ産業の発展

ニューヨークのユダヤ人が、アメリカ南部プランテーションを相手に商売をしていた頃、その一方で、西部開拓が進んでいく中、一八四八年にカリフォルニアで金が見つかった。そして周知のようにこれを機にいわゆるゴールドラッシュが始まり、一攫千金を夢見る連中が国内外から押し寄せた。この時期にジーンズがいかに作られ労働者に浸透していったかは、アメリカのジーンズの歴史を写真付きで詳しく解説した『オールド・ウエストのジーンズの歴史』（二〇一〇）、リン・ダウニィによるストラウスの伝記『リーヴァイ・ストラウス――ブルー・ジーンズを世界へ広めた男』（二〇一六）や『リーヴァイ・ストラウス社』（二〇〇七）に詳しく、ここではまずこれらの著書を中心にその流れを辿ることから始めたい。

一月にサンフランシスコで金が発見された時、この地域の人口はまだ約八百五十人であったが一八五〇年までに二万人を超え、一八五二年の最初の人口調査では三万五千人に達していた。サンフランシスコにはニューヨークから生活に必要な品々が次々と運ばれ、一八五三年までにはホテルやレストランを始め必要なものは全てそろい、町としての形態は充分成立していた（ダウニィ　五七―五九）。

当時、この西部で働く労働者たちを支えていた「労働着」も、実は一八六〇年代半ばまで、ほとんどが東海岸で作られ送られてきていたものであった。だが中国人移民やゴールドラッシュで来たものの一攫千金に失敗した連中も多くいた。彼らは東部よりも安い賃金で雇うことができ、品物の運搬費用もかからず低価格で提供できるため、地元で作製する業者も登場してきた。ハリスによれば、「カリフォルニアの金」のニュースが世界に広まるやいなや、サンフランシスコに続々と移民がなだれ込み、その多くが東欧からの移民で、中でも若いユダヤ人の男性の数は最大だった。この一八四〇年代から五〇年代に到着したユダヤ人たちは、鉱山で金を掘るよりも、商人としてこの地の服飾産業の中心として、後に活躍することになるとハリスは説明している（ハリス　九）。

その中にいたのがラトビア出身の移民でユダヤ系のジェイコブ・ディヴス（一八三一―一九〇八）だった。既にカリフォルニアの金採掘が傾きかけていた一八五〇年代初頭以降、他の地域にも丈夫な労働着を提供する業者が現れた。その対象は炭鉱や金に続く銀採掘の労働者で、ネヴァダ州東部で銀が見つかるとリノで彼は商売を始めたのであった。

ジェイコブが幌馬車のカバーやテントを作る際に最も使用した布地のひとつは、「ズック」また「帆布」と呼ばれていたものだった。これは頑丈に編まれた綿織物で外見はキャンバス地に似ているがもっと丈夫のものだった。そのぐらいの強さは当然、必要であったのだ。だが彼は馬の御者用のズボンにズックを使い、また時には頑丈なインディゴで染めた伝統的に労働着として使われた布地の「デニム」を用いたものも作っていた。（ダウニィ　一一三）

そして以下の一八七〇年十二月に起きたエピソードはジェイコブの伝記の中でも半ば伝説的に多くの書物で語られるものだ。ある女性がジェイコブの店を訪れ、夫のために新たな労働用のズボンを注文して行く。簡単には破れないできるだけ丈夫なものにしてほしいというのが彼女の依頼で、彼はズボンに強度を加えるためポケット部分に「鋲（リベット）」を打つアイディアを考えつく。この「鋲を打ったズボン」はその後にリノで人気となり、彼は現在に通じるこのジーンズの特許登録申請に動くが、ここで現在ではアメリカのジーンズのブランドとして有名なリーヴァイスの創設者リーヴァイ・ストラウス（一八二九―一九〇二）とジェイコブとの出会いとなる。登録に加え大量生産へと踏み出すために、彼はその後の共同経営者としてストラウスを指名し、登録申請なども共に行うことになる（ダウニィ　一一四―一一五）。

このリーヴァイス社の創始者リーヴァイ・ストラウスは、元はニューヨークで父親の代から既製服産業を営んでいたが、東部の商売は兄に任せて、一八五三年二月、ゴールドラッシュで湧くカリフォルニアで独立をすることに決めニューヨークから船出した。リン・ダウニィのストラウスの伝記によれば、サンフランシスコでリーヴァイ・ストラウスが経営するリーヴァイ・ストラウス・カンパニーも布地などを扱う卸売業だった。

南北戦争中そしてその後のサンフランシスコのユダヤコミュニティはニューヨークと比べ、どのような状況であったかはジェイコブスとストラウスというユダヤ系同士の関係を理解する上で重要だ。いわゆる「一八五〇年の妥協」によりカリフォルニアでは奴隷制度は禁止されていたが、ゴールドラッシュで南部から来た労働者たちは、奴隷制を擁護し南部の勝利を願っていた（ダウニィ　八六）。それゆえこの不穏な状況に、危機を感じ、サンフランシスコのユダヤ人の指導者的存在の人物たちは、互いに結束し、助け合うことにしたという（ダウニィ　九五）。

さて特許登録申請の方は、なかなか申請が通らぬ状況が続く。リーヴァイの伝記によれば、「鋲を打った靴」が既にあり、靴とズボンの違いの説明が必要であったなど理由が解説されているが、一八七三年五月にようやく申請が下りる。ダウニィが語るように、まさにここでブルー・ジーンズがようやく二人の移民により正式に生み出されたことになる（『リーヴァイ・ストラウス社』一五）。

三　大衆相手のユダヤ系アメリカ産業の成功とジーンズ

こんにちのようにジーンズが完全な労働着から大衆に受け入れられるにはいかなる経緯があったのか。まず、このデニムのズボンはブルー・ジーンズではなく長らく「オーバーオール」と呼ばれてきた。ジーンズと変わるのは一九六〇年代に近くなってからのことである。

ジーンズの一般的な労働着から大衆向けへの転機は、アメリカでハリウッド映画において西部劇が流行した一九三〇年代において、映画の中での「ウエスタン」のアイコンとして登場した時であるとダウニィは指摘している（『リーヴァイ・ストラウス社』六六―六九）。広告にはジーンズを履いた投げ縄やロディオをするカウボーイのイラストが使用されている。だが大衆に「普段着」として受け入れられるにはまだ時間がかかる。その後、第二次世界大戦を経て、一九五〇年代に入ると、いまだ西部劇のイメージは残っているものの、「新たなイメージ」が更に映画の影響から加わることになる。言うまでもなく、映画俳優たちがジーンズをはいて登場した映画作品の影響である。一九五四年公開のマリリン・モンローの『帰らざる河』はまさにゴールドラッシュのストーリーだが、彼女のジーンズ姿は印象的だし、一九六一年と六〇年代に入るが『荒馬と女』でもモンローがジーンズ姿を披露している。また不良のイメージと学校崩壊をジーンズと結びつけた点では、ジェームズ・ディーンの『理由なき反抗』(一九五五)は、ジーンズへ若者の関心を大いに向けた。だが作品は同時に、この時代の「バイクに乗る不良」や「反体制」など反抗のイメージとも重なり、ジーンズは学校へ履いて通学するには相応しくないとされ、保護者からは広告の中止要求まで会社へ届いた(『リーヴァイ・ストラウス社』七三)。またその一方で、当時、新聞広告に出されたリーヴァイスのイラストが、普段着として父と二人の息子たちが三人でジーンズを履いて、仲良くバスケットボールをまさにしようとする場面で描かれているのは、これらジーンズと若者の反抗や不良のイメージを払拭するためのリーヴァイス社の方策とも考えられ興味深い。

一九五〇年代のアメリカが第二次世界大戦後の大量生産・大量消費時代であり、また更にテレビによって消費者の購買力を高める目的で次々と広告が流されていた時代であったことは周知のことだろう。しかしその一方で世界は冷戦下にあって核の恐怖とマッカーシズムの風が吹き荒れていた時代であった。映画やテレビはアメリカの豊かさを示すことになり、ジーンズはごく大衆的な既製服でありながら、国内国外にジーンズもアメリカを象徴するものの一つとして知らしめたのである。

そしてジーンズは一九六〇年代になると更に、思いのほか、そこに「反抗のイメージ」が加えられることになる。ヴェトナム反戦運動、公民権運動、ウーマンリブ、環境破壊への抗議やそれを訴える集会やウッドストックなどの大音楽イベントなどで、一九五〇年代やそれ以前の既存の文化・社会に若者が反抗する時代の到来だ。ここで一九六〇年代のこの「カウンターカルチャーの時代」に若者の「Tシャツにジーンズ」というヒッピーの「反抗のスタイル」として定着するからだ。「ヒッピーはジーンズをスーツとネクタイの世界に反対するものとして受け入れていた。ジーンズが安く丈夫で履きやすいからではない」のである（マクレアリー 二七四）。

ジーンズが「アメリカの大衆文化の顔」でもあるハリウッド映画やテレビドラマなどを通して、アメリカ国内で、「労働着」の枠を超えて大衆の既製服へと認識された点は考え深い。そしてその後は既述したように一九六〇年代の「カウンターカルチャー」も、世界的な注目を浴びたから、「ジーンズを履く文化」を世界に発信することになったことは言うまでもない。一九六〇年代に起きたビートルズを始めとする「ブリテッシュ・インベージョン」でアメリカに到来したロックバンド連中は、スーツを着ていたにしろ、アメリカのフォークやロックのバンドはジーンズを穿き、労働着であったジーンズの大衆化に貢献したと言えるだろう。この現象はアメリカ国内にとどまらず、メディアを通じて国境を越え「アメリカ発の文化」として伝わることになる。それゆえにリーヴァイス社には一九六五年に国際部門もでき、事務所が開設されることになる（『リーヴァイ・ストラウス社』九一）。

そして一九八〇年、ユダヤ系アメリカ人のファッション・デザイナーのカルヴィン・クライン（一九四二―　）が女優のブルック・シールズを起用して宣伝をうつことで、いわゆる「デザイナー・ジーンズ」の時代が到来する。従来の労働着から大衆へ、そして「おしゃれな高級感あるジーンズ」への転換である。ユダヤ系ラルフ・ローレンを始め、当時の多くの人気ファッション・デザイナーがこぞって「デザイナー・ジーンズ」を売り出すことになる。

おわりに

ユダヤ系アメリカ移民がアメリカへ到着後、成功を手中に収めようとしたときに考えたのは、自分たちが旧世界で既に慣れ親しんでいた仕事、あるいはワスプがまだ始めていない新たな職種であったことはよく知られている。その中で、特に成功を収めた職種は、まず映画産業やミュージカル、アメリカン・コミック、テレビや音楽産業、コンピュータなどの新たな職種である娯楽産業やＩＴ産業であろう。更にニューヨークに十九世紀を中心に数多く存在した既製服産業の大半がユダヤ系移民で、そこから身を起こして大企業家となった人物も多くいることは既に述べた。

特筆すべきは一九二〇年代、ハリウッド映画産業の顧客はスウェット・ショップで働く金のない、英語もできない大量にアメリカへ来ていた移民たちであった。映画というこの新しい娯楽が、気取らず、小銭で観ることができ、また一九二七年まではサイレントで、英語ができなくても楽しめたからだ。街に続々と各映画会社傘下の劇場ができていた時代だ（君塚　二八―三二）。興味深いのはジーンズも時代は異なるにせよ、対象とした顧客はまず金のないそれも多くが一攫千金を夢見て渡ってきた大量の移民たちだ。彼らが望む仕事着は丈夫ですぐに破れないもの。頑丈な布を使い、弱いポケット部分には「鋲」をうち、更にポケット上部には懐中時計用の小さなポケットをつけた。この貧しい移民を対象にし、移民ユダヤ人が新たな機会を求めて始めたビジネスが、互いに関連しながら映画とジーンズというアメリカの象徴的存在となったことは興味深い。

引用参考文献

Downey, Lynn. *Levi Strauss: The Man Who Gave Blue Jeans to the World*. Boston: U of Massachusetts Press, 2016.

——. *Images of America: Levi Strauss & Co.* Charleston: Arcadia Publishing, 2007.

Harris, Michael Allen. *Jeans of the Old West: A History*. Atglen: Schiffer Publishing Ltd., 2010.

Howe, Irving. *The World of our Fathers*. New York: Harcourt Brace Jovanovich, 1976.

Levine, Louis. *The Women's Garment Workers*. New York: B. W. Huebsch, Inc., 1924.

McCleary, John Bassett. *The Hippie Dictionary: A Cultural Encyclopedia and Phraseicon of the 1960s and 1970s*. New York: The Speed Press, 2004.

Mendelson D., Adam. *The Rag Race: How Jews Sewed Their Way to A Success in America and the British Empire*. New York: New York UP, 2015.

出石尚三『ブルー・ジーンズの文化史』ＮＴＴ出版、二〇〇九年。

君塚淳一「ハリウッドと移民社会――サイレント全盛の時代へ」君塚淳一監修『アメリカ一九二〇年代――ローリング・トゥエンティーズの光と影』金星堂、二〇〇五年。

初期アメリカの奴隷の職種と仕事着
――トマス・ジェファソンのプランテーションの場合

濱田　雅子

はじめに

カーライルは『衣服哲学』において、「衣服は我等に個性を、差別を、社会組織を與へた。衣服は我等を人間とした」（五九）と述べている。まさに、古今東西に通じる名言である。本稿の主題は「トマス・ジェファソン（以下、ジェファソンと表記）は、彼の奴隷たちにどのような衣服、あるいは着るものを着せたのか」である。つまり、カーライルのこの古典的な名言に照らして、ジェファソンの「衣服哲学」を解き明かしてみたいと思う。

周知のように、ジェファソンは「アメリカ独立宣言」の起草者であった。「すべての人間は平等に造られている」というアメリカ合衆国独立宣言前文の言説の著者であるジェファソンは、終生、奴隷制度の敵であったが、彼の人生の長いコースに渡って、六百人を超える人間を彼の法的所有物とみなしていた。

我が国では、ジェファソンの生涯の活動や奴隷制をめぐる思想に関する先行研究は、アメリカ史研究者の富田虎男、中屋健一、明石紀雄、山本幹雄、大西直樹らの多くの研究成果が見られる。だが、本稿のテーマであるジェファソンのプランテーションにおける奴隷の仕事着を扱った研究は皆無である。

筆者は、博士論文が元になっている拙著『黒人奴隷の着装の研究』では、アメリカ独立革命期のヴァージニアにおける奴隷の被服を服種や素材、男子逃亡奴隷の着装実態、および、奴隷の被服の供給実態に着眼して考察した。引き続き、本稿では、ジェファソンのプランテーションを事例として、奴隷の職種と仕事着について、「衣服哲学」の視点から、社会史的に考察したいと思う。アメリカにおける先行研究にはこの問題を扱った注目すべき研究が見られる。

まず、ジェファソンの自著に『農事録』がある。本資料は、現在、マサチューセッツ歴史協会に所蔵されている。「ジェファソンは一七七四年一月に彼の『農事録』に記録をし始めた。当時、彼は三十一歳であった。彼が最後に記入したのは、彼の死のほぼ一か月前の、一八二六年五月のことであった」(vii)と本書を編纂したエディン・モリス・ベッツは述べている。

本書にはジェファソンによる自筆の農業関連の記録の複写が一七八ページにわたって収録されている。これらの記録の複写には、農業活動よりも、むしろ奴隷化された人々に関する情報が沢山、含まれている。すなわち、奴隷の名簿や管理の道具としての配給リストが収録されている。毎年、このリストはジェファソンが彼の奴隷化された労働者に、どれくらいの食糧や布が必要かを決定するのに役立った。誕生日と死亡日、場所、職種、および家族関係を表したリストは、モンティチェロ・プランテーションのデーターベースの心臓部である。それゆえ、『農事録』は、奴隷の被服研究にまさに最適な資料である。本稿で対象とする被服には、衣服のほか、帽子、靴、靴下などの付属品も含まれることをお断わりしておく。

次に、モンティチェロの奴隷の被服に関するアメリカの研究者の代表的な先行研究にはルシア・スタントンの著作やウェブサイトの情報が挙げられる。

スタントンは、現在、モンティチェロのトマス・ジェファソン財団のシャノン・シニア歴史研究員を務めている。彼女の代表的な著作のなかで、本稿の考察にもっとも役立った文献は『私の幸福のために働く人々――トマス・ジェファソンのモンティチェロの奴隷制』である。スタントンのこの先駆的な業績は、ジェファソンを悪人呼ばわりすることなく、我々のジェファソン理解を深めてくれる。モンティチェロのプランテーションにおける衣・食・住に関する第一次資料（主にジェファソンの『農事録』や手紙他）や多くの著作を丹念に繙いて書かれた記録、また、ジェファソンの元奴隷の生活に関する話を集めて書かれた記録は、きわめて価値高い。本稿では、本書を基礎的文献として、フル活用した。

次に、本稿ではウェブサイトの情報を有効活用した。いずれもモンティチェロの公式のウェブサイトであり、研究目的での活用が認められている。

一　トマス・ジェファソンのプランテーション

本章では、ジェファソンの土地と奴隷から成る財産形成について、簡潔に述べる。

ルシア・スタントンは、「ジェファソンは相続によって奴隷所有者になった」（五四）と述べ、父と義父のジョン・ウェイルズからの土地と奴隷の相続について、以下のように述べている。

彼の父が「私の息子のトマスに、私の混血の少年ソーニーを贈与し、遺譲する」と書いた一七五七年の夏以来、ジェファソンはそこから逃れたり、それを廃止したりすることができない不正な法的・経済的制度に巻き込まれたのである。一七六四年に彼が二十一歳になったときに、彼の父の財産から約三十人の人々に対する法的所有権を獲得した。そして、十年後、彼の義父のジョン・ウェイルズ死後、さらに百三十五人を受け取った。一七七〇年以降、ジェファソンは、アルブマール郡の八百六十七フィートの山頂に住んだ。そして、約三千エーカーから五千エーカー以上の広さになった土地の耕作を監督したのである。(五四)

以下の情報は、ジェファソンの『農事録』(三三五—三三六)と公式のウェブサイトであるトマス・ジェファソン・モンティチェロ・プランテーション・データベースに基づいて作成したものである。

1. エルク・ヒル・プランテーション
六百九十六エーカーのプランテーションは、グーチランド郡のジェームズ川沿いに位置していた。ジェファソンは一七七四年に、一七七三年に没した義父ジョン・ウェイルズの地所から、このプランテーションを受け継ぎ、一七九三年に売却した。

2. ウィリス・クリーク・プランテーション
千七十六エーカーのプランテーションは、カンバーランド郡のジェームズ川沿いに位置していた。ジェファソンは一七七四年にジョン・ウェイルズ・エステイトから、このプランテーションを受け継ぎ、一七九〇年に売却した。

3. モンティチェロ・プランテーション
モンティチェロ・プランテーションは、隣接する五千エーカーが、アルブマール郡のリヴァンナ川の両側にあった。彼の父（ピーター・ジェファソン）から購入したり、相続したりしてジェファソンによって獲得されて、それらは四つの農場に分けられた。川の南側のモンティチェロとトゥフォンと川の北側のシャドウェルとレゴである。ジェファソンは、モンティチェロ・プランテーションで、七十年間を通じて六百人以上の奴隷を所有した。

4．ポプラー・フォレスト・プランテーション

ジョン・ウェイルズ・エステイトから受け継がれたプランテーションであるポプラー・フォレストは、ベッドフォードとキャンベル郡のちょうどリンリバーグの南西に位置していた。それは、通常四千～五千エーカーであり、長年にわたって大きさにおいて異なっていて、ジェファソンのプランテーション収入のかなりの部分を提供した。それは北側のベアー・クリークと南側のトマフォークの二つの部分に分かれており、それぞれに奴隷監督がいた。ジェファソンが軍の退却場所として、一八〇六年から一八一四年に作った八角形の住居がトマフォークの半分をなしていた。

二　モンティチェロにおける奴隷の階層と職種

本章では、モンティチェロのプランテーションにおける奴隷の労働形態に基づく階層区分、および職種について述べる。

プランテーションの奴隷は家内の召使いと職人などの家内奴隷と野良仕事に携わる奴隷という三つの階層に分けられていた。ジェファソンのプランテーションで奴隷にされた男性、女性および子どもは、二十九種類の多様な技

術を要する職種に従事していた。以下において、階層別に奴隷の職種を分類する。本データはジェファソンの『農事録』に基づいて作成した。三階層の分類は筆者が行った。

【家内の召使い】

家内の召使い（メイド、ウェイター、ポーター等）、男性の召使い、使用人頭

【職人他の家内奴隷】

鍛冶屋、ビール醸造者、梳き工、大工、荷車屋、料理人、樽製造人、乳搾りの女、御者、馬丁、指物師、製釘工、非農業労働者、管巻き工、靴屋、紡績工、石工、ブリキ職人、小売商人、船頭、機織り

【野良仕事に携わる奴隷】

農業労働者、職長、庭師、豚の飼育係

三　モンティチェロにおける奴隷に対する被服配給の実態

ジェファソンは、一七九四年に、モンティチェロの奴隷の階層制度の中の、一番、特権を有した家内のスタッフとともに、被服の配給のエントリを開始し、同年十二月に、彼の奴隷の各々に配給された被服を『農事録』に、はじめて記録したのである。表1は『農事録』の奴隷への被服配給の記録の一部である。表2は筆者が、エクセルを用いて、この記録の表から上位十人の成人奴隷の情報を抜粋して作成した表である。この表では、上位からランク

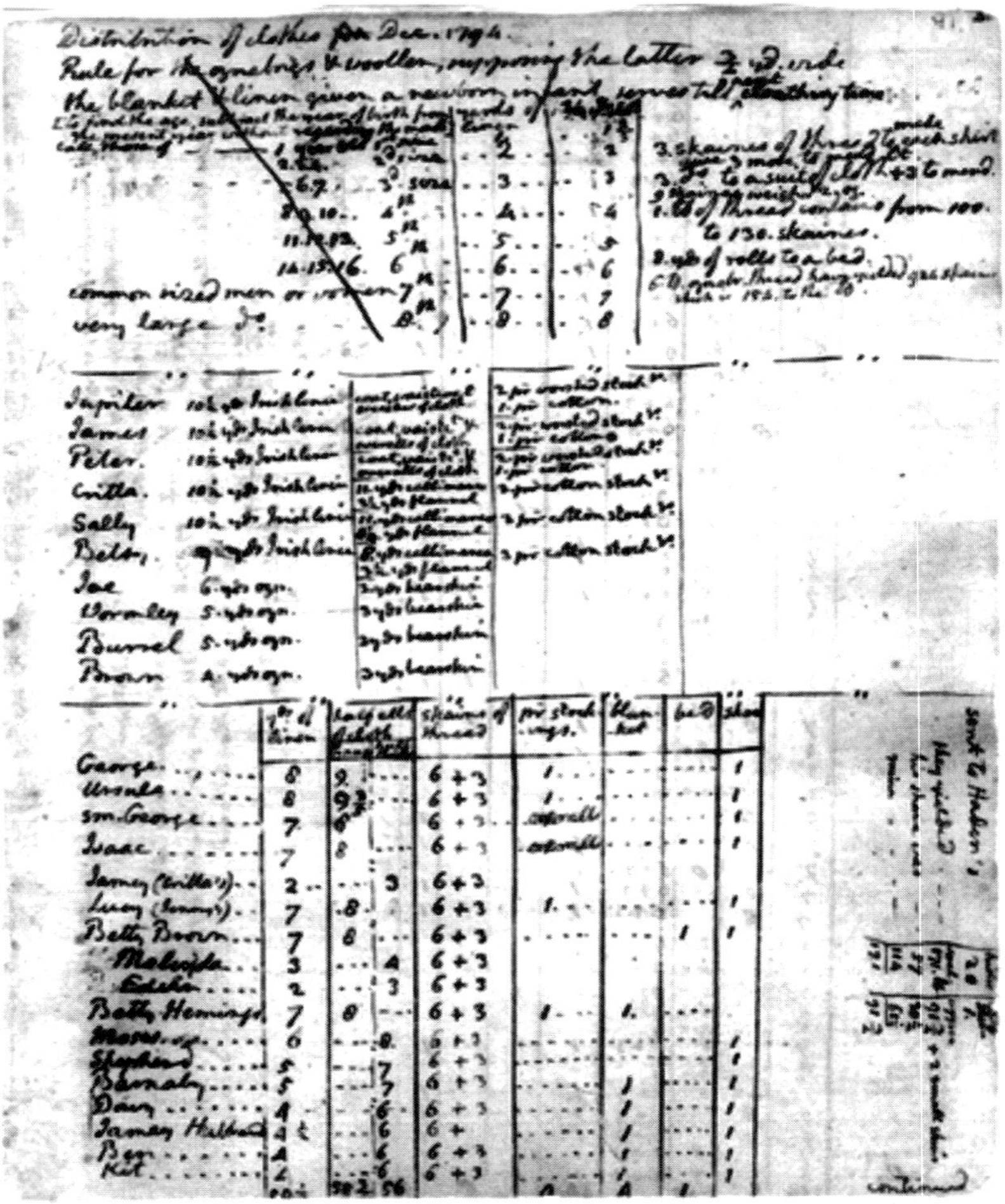

Distribution of clothes for Dec. 1794.
Rule for the oznabrigs & woollen, supposing the latter 3/4 yd. wide

Jupiter
James
Peter
Critta
Sally
Betsy
Joe
Wormley
Burwel
Brown

George
Ursula
sm. George
Isaac
Betty Brown
Betty Hemings
Moses
Barnaby
Davy
Ben
Kit

表１　Distribution of clothes for Dec. 1794
Original manuscript from The Coolidge Collection of Thomas Jefferson Manuscripts at the Massachusetts Historical Society
Credit: Image Courtesy Massachusetts Historical Society

表2 Distribution of Clothes for Dec.1794			
name	cloth	clothes	stocking
Jupiter	10 1/2 yds. Irish linen	coat, waistcoat, breeches of cloth	2 pr. worsted stockgs. 1 pr. cotton.
James	10 1/2 yds. Irish linen	coat, waistcoat, overalls of cloth	2 pr. worsted stockgs. 1 pr. cotton.
Peter	10 1/2 yds. Irish linen	coat. waistct. & overalls of cloth	2 pr. worsted stockgs. 1 pr. cotton
Critta	10 1/2 yds. Irish linen	11 yds. callimanco 3 1/2 yds. flannel	3 pr. cotton stockgs.
Sally	10 1/2 yds. Irish linen	11 yds. callimanco 4 1/4 yd. flannel	3 pr. cotton stockgs.
Betsy	9 1/2 yds. Irish linen	8 yds. callimanco 3 1/2 yd. flannel	3 pr. cotton stockgs.
Joe	6 yds. ozn.	3 yeds. bearskin	
Wormley	5 yds. ozn.	3 yeds. bearskin	
Burwell	5 yds. ozn.	3 yeds. bearskin	
Brown	4 yds. ozn.	3 yeds. bearskin	

Thomas Jefferson's *Farm Book* with Commentary and Relevant Extracts from other Writings, edited by Edwin Morris Betts, Thomas Jefferson Memmorial Foundation, Inc., 1999, p. 41 からの抜粋。

付けしているようには見えないが、第二章で提示した三階層に分類して、ランク付けされている。ジュピター、ジェームズ、およびピーターは、第一階層の召使いに、クリッタ、サリー、およびベツィは、第二階層の家内奴隷に、ジョー、ウォームレイ、バーウェル、およびブラウンは、子どもの家内奴隷である。第三階層の職人と農業奴隷は、この表には掲載されていないが、『農事録』には引き続き、九十三人が列挙されている。いずれの階層の奴隷も年齢順にランク付けされている。

この記録に見るように、ジェファソンは、各々の奴隷の名前のそばに材料の品質と量を記載した。そのため、モンティチェロの奴隷化されたコミュニティの様子だけではなく彼らの被服が年齢、性、および、地位の視覚的な指標となった仕方を想起することができる。奴隷に配給された被服の遺品は残存していないため、ジェファソンの『農事録』は、モンティチェロのプランテーションにおける奴隷への被服の配給に関する貴重な記録である。本章では、『農事録』とスタントンの著作とウェブサイトの情報をてがかりに、モンティチェロのプランテーションの奴隷の名前、年齢、性別、ジェファソンとの関係、地位、仕事内容を記したうえで、地位別の被服配給の実態を種類、素材、品質、量について、一七九四年に限定して、実証的に記述する。奴隷に配給された被服の種類と特徴についていては、拙著を参照されたい（六六―六八）。本稿の紙数の関係で割愛させていただく。

さて、奴隷に対する一年間の被服配給の回数はどうであったのか。

スタントンによると、モンティチェロのプランテーションにおける被服の配給は、南部の他のプランテーションと類似していたという。例えば、「彼女［イーディー・フォセ］は、一年に付き二回、二式の衣服、つまり、夏用の綿の衣服と冬用の綿とウールの混紡の衣服が配給された」（二〇）。

ジェファソンの個人の使用人のジュピター・エヴァンス（一七四三―九九）は、リストの一位であった。スタントンに拠れば、ジュピターは、ジェファソンと同い年であり、同じシャドウェル生まれであった。子どもの頃は、幼友達であるふたりは、リヴァンナ川で魚釣りをしたり、川の土手に沿って、罠の紐を仕掛けたり、周辺の森で猟をする冒険をしたかもしれない仲であったという（一〇七）。だが、彼らが二十一歳になったときに、法的に主人と奴隷の関係になったのである。それ以来、ジュピターは、生涯、ジェファソンの召使いであり、御者であり、馬丁であり、石工であった（一八）。ジュピターが従事した仕事について、スタントンは、次のような驚くべき事実に言及している。

一七七四年以降、ジュピターは特に重要な使いとして、仕事を任された。一七七四年七月に、ヴァージニア州議会に行く途中、ジェファソンは体調不良のため、引き返さざるをえなくなった。そこで、ジェファソンはジュピターに「ブリテッシュ・アメリカの諸権利に関する見解の概要」と題する文書のコピーを託したのである（一〇八）。そこには「家内奴隷の廃止は、未発達の州にこの制度が導入されたアメリカ植民地における最大の願望である」（一〇九）と書かれていた。これを持参したジュピターは紛れもないジェファソンのプランテーションの家内の召使いであったのである。なんという歴史の皮肉であり、パラドックスであろうか！

さて、リストに記されているように、召使いのジュピターのために、コートとヴェストと布製の半ズボン、十と二分の一ヤード以上のアイリッシュリネンが配給された。この公式ウェブサイトによれば、布はシャツとクラヴァットに作られた。さらに二足のウーステッドの靴下と一足の木綿製の靴下が支給された。これらのアイテムは、スタイリッシュなあらゆるヴァージニア州人のワードローブの基本的な部分を構成していた。しかし、素材と装飾は使用人の仕着せとして衣服を識別したのである。

ジェファソンは、召使いのジェームズ・ヘミングズ（一七六五―一八〇一）とピーター・ヘミングズ（一七七〇―

一八三四以降）兄弟を次にリストした。スタントンによると、彼らの母親はベティー・ヘミングズである。ジェームズは一七七四年一月、ジェファソンの財産となった。この年にはジェファソンの義父のジョン・ウェイルズの財産がジェファソンに相続された。同じ年にジェームズと彼の兄弟のロバートはモンティチェロに移された。この若い奴隷は成長して、家内の召使い、メッセンジャー、御者、旅行の従者、そして、シェフとして、ジェファソンに仕えていた。彼は一七九六年にジェファソンによって解放され、五年後に、自殺したという（一六九、一八六）。

また、スタントンによると、ピーター・ヘミングズはお酒の醸造を行う傍ら、モンティチェロの仕立師を務めていた。一七九六年から一八〇九年まで、コックの中心人物であった。ジェファソン死後、親戚によって購入されて、自由を与えられ、シャーロットヴィルで仕立て屋として生計を立てていたという（七、一八六、一八七、一八八、二二二）。

二人ともジュピターと同じ衣類、すなわち、コートとヴェストと二足のウーステッドの靴下と一足の木綿製の靴下を受けとった。彼らはズボンの代わりに、「布製のオーバーオール」を受けとった。このズボンは、裁断の点で、上流人のファッショナブルな半ズボンと同様だった。

使用人はお仕着せをどのように受け止めていたのであろうか。スタントンは、この問題について、次のような意味深い事実を紹介している。

> 特別な衣類の報賞として、年に二回ユニフォーム相当が授けられた。これはコミュニティにおいて、特別のアピールをした。（一二三）

……御者や給仕や荷物運搬人のような交替制の種々の任務についていた男たちは、家内の使用人のなかで、もっとも目立つ代表的な使用人であった。お仕着せが珍しかった社会において、彼らはユニフォームを着用していた。この衣服は、「深紅色」や「緋色」の衿とカフス付きで、金属製のボタンとお仕着せのモールと呼ばれた銀色の装飾的な織られた縁飾りがあしらわれた青い、ブロードクロス製のコート、そして、ニーブリーチズではなく、ベルベット、あるいはコーデュロイのパンタロンから成っていた。ジェファソンによって用いられた青と赤の配色は、当時まで、イギリスとアメリカの使用人のユニフォームの一般的な規範であった。(四七)

ジョージ・ワシントン家の緋色と白のお仕着せが、彼の家族の紋章に由来していたのに対して、ジェファソンは家内の御者や給仕や荷物運搬人といった上級の使用人に、青と赤の配色のお仕着せ（ユニホーム）を着せていたのである。お仕着せのボタンや装飾や衿やカフスの色は、見た目には立派な衣服であった。しかし、このような仕着せは、他ならぬ隷属を象徴するものであった。このことはそれをあてがわれた使用人も十分、承知していたにちがいない。そして、スタントンによれば、ジェファソンの配慮により、上級の使用人の間では大変、きちんと秩序が保たれていた。だが、下級の使用人の間では、解雇されたものは知られていないが、状態は、あまり安定していたわけではないという(四三)。

表1では、姉妹のクリッタ・ヘミングズ（一七六九—一八五〇）とサリー・ヘミングズ(生没年不明)と彼女たちの姪のベツィはモンティチェロの家内奴隷の階層において、ジュピターとジェームズとピーターのちょうど下の階層にランクしていた。

クリッタはジェファソンの奴隷のベティー・ヘミングズの娘であり、サリー・ヘミングズの姉妹であった。彼女の叔父のマディソン・ヘミングズによると、彼女の父親はジェファソンの義父のジョン・ウェイルズであったという。彼女はモンティチェロに一七七五年から一八二七年まで住んでいた。クリッタは家内奴隷だったようである（スタントン　一六九、一七一）。

サリー・ヘミングズ（一七七三—一八三五）はエリザベス・ベティ・ヘミングズの娘であった。父親は義父のジョン・ウェイルズであった。一七七六年までに、彼女の母親と一緒に、モンティチェロにやってきた。子ども時代には、彼女は、おそらく、ジェファソンの娘のメアリーのベビー・シッターをしていたものと思われる。彼女は一七八七年から一七八九年まで、ジェファソンと彼の二人の娘と一緒に、パリに住んでいた。彼女には少なくとも六人の子どもがいた。そのうち一人の父親はジェファソンだと言われている。彼女は、ジェファソンの娘のマリアのベビー・シッターの手伝い（一七八四—八七頃）、娘のマーサとマリアの令嬢付きのメイド（一七八七—九七）、部屋係のメイド、そして、縫い子（一七九〇年代—一八〇七）として働いていた（スタントン　一七二—七九）。

また、ベツィー・ヘミングズ（一七八三—一八五七）は一七八三年にモンティチェロで生まれた。エリザベス・ベティ・ヘミングズの一番上の子どものメアリー・ヘミングズの娘である。父親は不明である。ジェファソンは娘のマリアと彼女の夫のジョン・ウェイルズ・エペスに、彼らの結婚の支払金として、ベツィーを彼らに譲渡した（スタントン　六、二一六）。

さて、クリッタとサリー・ヘミングズとベツィーはどのような被服を支給されたのであろうか。

『農事録』の記録に見るように、クリッタは十一ヤードのキャリマンコと三と二分の一ヤードのフランネルと三足の綿製のストッキングを支給された。サリーは十一ヤードのキャリマンコと四と四分の一ヤードのフランネルと三足の綿製のストッキングを支給された。キャリマンコは梳毛織物の一種である。ベツィーは八ヤードのキャリマンコと三と二分の一ヤードのフランネルと三足の綿製の靴下を支給された。つまり、「彼女たちは被服ではなく、暖かい下着を作るために、ウールのフランネルを、外衣用にキャリマンコを支給された。そのような布製の被服は、これらの三人の家内の使用人を、粗く織られた濃い色の毛織物を着て、外で働いていた女性と区別したのである」(公式ウェブサイト)。

家内奴隷の中には、次にランクされた九歳から十四歳にわたる四人の男の子がいた。ジョー、ウォームレイ、バーウェル、およびブラウンである。

ジョーのフルネームはジョゼフ・フォセット(一七八〇—一八五八)であり、エリザベス・ベティ・ヘミングズの長女のメアリー・ヘミングズの息子であった。彼はヘミングズ家の一員であり、ジェファソンがマーサ・ウェイルズ・スケルトンと結婚した時に、モンティチェロにやってきた。ジョセフはモンティチェロの鍛冶屋の一員であり、ジェファソンの遺言によって解放されたわずか五人の奴隷の一人であった。のちに彼は、妻と八人の子どものうちの幾人かの自由を買って、一八四〇年頃にオハイオ州に移住することができた(スタントン 三、一二、一二〇、一二四、一二四—一二五、一二一九)。

ウォームレイ・ヒュージ(一七八一—一八五八)は一七八一年三月に、ベティ・ヘミングズの息子として、モンティチェロで生まれた。彼は十三歳(一七九四)から少なくとも一八〇九年まで、製釘工として働いていた。また、少年時代には家内で働いていた。伝記作家のヘンリー・S・ランダルは、彼のことを玄関の前庭の召使いと言っている。彼は庭師としての仕事に加えて、モンティチェロの厩で馬丁として、ジュピターの仕事を継いだことは明らかである。ジェファソン引退期を通じて、ジェファソンの妹のアンナがモンティチェロへ行き来する馬車や荷馬車を頻繁に御した。彼はジェファソンの信頼がとても厚かったという(スタントン 八六、一九〇、並びに公式ウェブサイト)。

バーレル・コルバート（一七八三―一八五〇以降）は、モンティチェロの家内奴隷であった。彼はベティ・ブラウンとエリザベス・ベティ・ヘミングズの孫息子の息子であった。コルバートは十歳の時にマルベリー・ローの釘製造の仕事場で働き始めた。そして、後にペンキを塗ったり、窓を磨いたりする技術を身に付けた。ジェファソンのコルバートに対する高い評価は明白であった。彼は製釘工の中で鞭打ちから絶対的に逃れたただ一人の労働者であり、年に一度、二十ドルのチップを受け取った二人の奴隷のうちの一人であった。ジェファソン引退期を通じて、コルバートはモンティチェロの「中心的で主要な召使い」であり、世帯を切り盛りするのに責任を負っていた。召使い頭として、彼は奴隷化された家内のメイドや接客係やポーターの仕事を監督した。彼もまた、ジェファソンの個人的な召使いであり、その仕事にはジェファソンの衣類の支度をしたり、彼の個人的な所用のお伴をすることが含まれていた（スタントン　一〇四、一八一―八四、並びに公式ウェブサイト）。

ブラウン・コルバート（一七八五―一八三三）は、生まれてから二十年間はモンティチェロに住んでいた。彼はモンティチェロで、家内の召使いと製釘工として働いていた。一八〇五年に彼は、モンティチェロを去る自由の身の労働者に自分を売ってくれるように、ジェファソンに願い出たのである。それは彼と彼の妻が離れ離れにされないためであった。ジェファソンはしぶしぶ、承知したため、コルバートは、一八三三年まで、ヴァージニアのレキシントンで、奴隷制のなかで暮らしていた（スタントン　四―五、二六六、二八八、並びに公式ウェブサイト）。

品質と原価において、彼らの被服は、成人の家内奴隷のそれより劣ったが、大多数のモンティチェロの奴隷よりも優れていた。彼らは外衣用に「クマの毛皮」と呼ばれる耐久性のあるけばのある、より高価なウール素材を受け取った。ジェファソンの意見によると、この素材の色は青である。彼らはこのような特殊な素材を支給された唯一の奴隷であったので、彼らの被服は、家内で働いていた男の子として、彼らに視覚のアイデンティティを与えたのである（公式ウェブサイト）。

『農事録』には、引き続き、モンティチェロに住んでいた九十三人の職人と農業奴隷（大人ならびに子どもたち）への被服配給の情報が記録されている。その大多数のものたちは、彼らの外衣用に、きめの粗い、無地の織られたウール布と合わせて、オズナブルグを受け取った。この布に加えて、各々の奴隷は、子どもたちでさえ、幾本かの糸のかせを受け取った。そして、分配品にはリストアップされていないが、奴隷は彼らが服を作るために必要とした道具、すなわち、指ぬき、まっすぐなピン、はさみと骨製のボタンのような裁縫道具を明らかに支給された。これらはマルベリー・ローに沿った作業場や住居の考古学的調査から明るみにでた（公式ウェブサイト）。

以上、『農事録』とスタントン、およびウェブサイトに基づいて論述したように、一七九四年のモンティチェロのプランテーションの奴隷制社会のヒエラルキーは、配給された被服の種類、素材、品質、量、色に歴然と表れていた。

四　まとめ

最後に以上の考察を踏まえて、冒頭で提起したジェファソンの「衣服哲学」について、筆者の知見を述べて、まとめとしたい。まとめに当たって、ジェファソンが一八一四年八月十四日に奴隷解放について、エドワード・コールにモンティチェロから送った手紙を紹介する。

奴隷解放は、私の全ての願いであった。そして、年老いた男の唯一の武器である。……彼らのためにもっと多くのことができるようになるまで、その運命が我々の手に委ねられている奴隷たちに、十分な食物と十分な被服を与え、彼らを残酷にこき使うやり方から彼らを護り、自由人によって自ら進んで行われているのと同じように、彼らの理にかなった労働だけを必要とするように、我々は努力しなければならない。そして、彼らを放棄するような矛盾した思考に導かれてはならない。それは彼らに対する我々の義務である。（ジェファソン　五）

繰り返しになるが、カーライルは述べた。「衣服は我等に個性を、差別を、社会組織を与へた。衣服は我等を人間とした」と。第三章で述べたように、ジェファソンが『農事録』に記録したリスト（表1）は、ジェファソンが彼の奴隷化された労働者に、どれくらいの食糧や布が必要かを決定するのに役立った。この記録に見るように、ジェファソンは、各々の奴隷の名前のそばに材料の品質と量を記載した。ジェファソンは奴隷の階層別に異なる素材と異なる種類と異なる量の衣服や布を配給した。その結果、人間の序列化が計られた。立派なお仕着せの色と装飾は、人種差別の象徴と化した。これらの被服はプランテーション奴隷制度という社会組織・経済組織を根底から支えていた。ジェファソンのプランテーションは、彼のこのような「衣服哲学」、つまり、ステイタス・シンボルとしての被服をモンティチェロのコミュニティで見事に視覚化するという「衣服哲学」に否応なく縛られていたのである。このような方法で被服を通じて、奴隷制社会のヒエラルキーを確立したジェファソンには、奴隷解放は至難の業であった。カーライルの言説「衣服は我等を人間とした」は意味深い。平たく言えば、衣服はステイタス・シンボルであることを意味する言説であろう。ジェファソンは、彼の「衣服哲学」が象徴する人間として、モンティチェロで奴隷解放に向かって、この問題がはらんでいるパラドックスと闘いつつ、長い人生を生きたのである。その苦悩は、右に紹介したエドワード・コール宛ての手紙にまざまざとにじみ出ている。

カーライルが言う「衣服が我等に個性を與へた」、つまり、「衣服が奴隷に個性を与えた」という時代は、モンティチェロのみならず、アメリカの歴史において、いつ訪れたのであろうか。リンカーンが奴隷解放宣言を公布した南北戦争後の再建期には、個性のある被服を纏った解放奴隷は登場したのであろうか。今後の研究課題である。

引用文献

Jefferson, Thomas. *Farm Book with Commentary and Relevant Extracts from other Writings*. Ed. Edwin Morris Betts. Thomas Jefferson Memmorial Foundation, Inc., 1999.

Stanton, Lucia. *Those Who Labor for my Happiness: Slavery at Thomas Jefferson's Monticello*. Charlottsville & London: U. of Virginia Pr., 2012.

Thomas Jefferson Monticello Plantation Database. <http://plantationdb. monticell.org/>（二〇一五年十一月四日参照）。

カーライル、トーマス『衣服哲学』石田憲次訳、岩波文庫、一九九四年。

濱田雅子『黒人奴隷の着装の研究——アメリカ独立革命期ヴァージニアにおける奴隷の被服の社会的研究』東京堂出版、二〇〇二年。

第二章

民族を映す

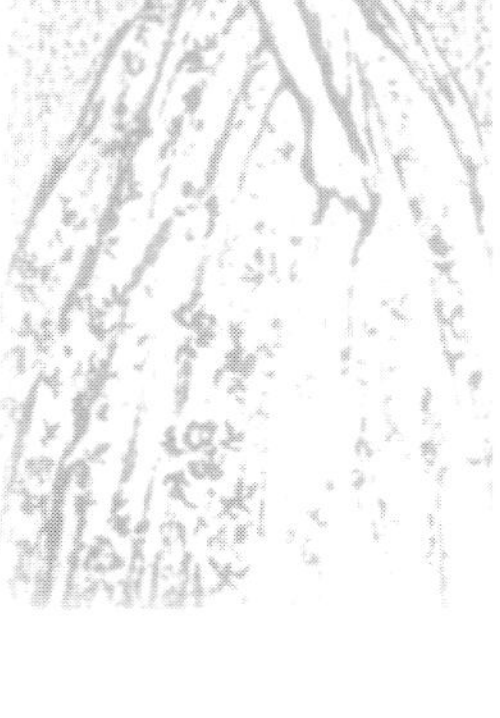

極北民族イヌイト社会にみる衣装の機能と象徴性

本多　俊和（スチュアート　ヘンリ）

前書き

この小論では、イヌイト社会にみられる衣装を文化人類学の視点から分析することを通して、イヌイトの衣装の機能を考察する。

本書の題名は『衣装が語るアメリカ文学』であるが、この章ではその題名を拡大解釈して、「アメリカ」を北アメリカとし、アラスカ、カナダ、そして地理学上、北アメリカ大陸の一部であるグリーンランドと範囲を拡げたいと思う。さらに、「文学」は小説や随筆、評論ではなく、民族誌を中心とする。極北の民イヌイトの衣装に関する文化人類学（民族学）的な情報に私自身の調査成果を加えて、イヌイト社会における衣装の材料と作り方、着方を述べたあと、衣装をめぐる象徴性や世界観の抽象的な現象を探る。

体毛が薄く、皮膚も薄い人間はいつから衣装をまとうようになったかについて確証はないが、考古学遺跡で見つかる毛皮や織物の破片から推測して、衣装の歴史は数十万年以上までにさかのぼることは確実である。世界的に見ても、衣装をまとわない民族は、ごく一部の例外を除いてほぼ皆無である。気候条件が温暖でも、陰部を隠す下帯や腰巻だけでも身につけているのが一般的である。

衣装に認められる機能である身体の保護およびジェンダー、人生段階《ライフサイクル》、社会的立場やエスニシティに関連して発信されるシンボリズムを取りあげ、イヌイト社会の衣装を総合的に吟味して、衣装の社会的な役割一般を論ずる。いうまでもないことであるが、イヌイト社会に限らず時代や地域、集団によって何が「伝統」であるか、さらに伝統に包摂される事物が異なるので、ここでは「伝統」の範囲や捉え方を次のように規定する。すなわち、十九世紀後半から二十世紀前半にかけてイヌイトを対象とした定住政策が推し進められ、文化変容（同化）が顕著になる以前の状況を「伝統」としておく。

なお、現代のイヌイトは暖房完備の３ＬＤＫの家に住み、日常的に既製品の洋服を着ているが、既製服が普及する二十世紀以前の衣装を中心に考察を進める。現代に部分的に引き継がれている伝統的な衣装をもとりあげる。

読みやすさを優先するために、専門用語を避け、イヌイト社会における衣装の事例を取りあげる学術エッセーの形式にまとめることにする。

・「イヌイト」について

歴史的に、そして一部のメディアで現在でも「エスキモー」と呼ばれてきた人々は、互いに通じない二つの言語グループに分かれ、民族的なアイデンティティも異にする。南西アラスカからシベリアのチュコトカ半島の北東先端部にかけて分布するユッピク（ユピクとも）などの諸集団と、北西アラスカからカナダ、グリーンランドまでのイヌイト諸集団である。本章では主に北西アラスカ～グリーンランド間のツンドラ地帯で生活してきたイヌイトを対象とするので、ここでは「イヌイト」（イヌイットとも表記される）に統一した名称を使うことにする。イヌイト・ユッピクについてスチュアート［二〇〇〇］を参照されたい。地方によってイヌイト語（イヌクティトゥト）の発音は少しずつ異なるが、この小論では私が主に研究しているカナダの東部極北圏とグリーンランドの発音と表記に準拠する。

イヌイトは極北地帯ともいわれる主に樹木が成長しない、年間平均気温〇℃以下のツンドラ地帯に四千六百年前から居住してきた極北の民族である。燃やす薪の乏しい極北地帯ではイヌイトが進出した当初より、燈明皿という小型ランプ以外、暖をとる術はなかった。イヌイトは基本的に文化的な措置――衣装と住居――で酷寒をしのぎ、二重構造の厚い毛（「体毛」）をはやし、体内の脂肪を皮と肉の間に蓄えるという身体的に酷寒の環境に適応しているほかのほ乳類とは異なり、酷寒への身体的な適応は高めの基礎代謝以外、遺伝される寒冷適応は証明されていない。

一　イヌイトの衣装

北アメリカ大陸の極北地帯は南北約六千キロ、東西およそ九千キロにわたる広大な地域であるので、環境的な条件は多様であり、そのためそれぞれの条件に適合して衣装も多様である。したがって、ここで示す事例は必ずしも全域に該当しない可能性があることを念頭においてほしい。

イヌイトの衣装は伝統的に毛を内側にした毛皮の上着とズボン、履物（ブーツ）が一年を通して基本である。冬はその上に毛を外側にして仕立てた外衣とズボン、ミトンという装い【写真1】である。

・材料

イヌイト社会の伝統的な季節観は、十月～五月の冬と六月～九月の夏という二つの季節で構成されている。冬は防寒を重視した二枚重ねの毛皮服が着られ、夏は比較的軽く一枚重ねの毛皮服や鳥の羽服のほかに、海上猟に出るときの防水性のある服も必要であった。

イヌイト社会には、十八～十九世紀からの植民地支配が進められた「近代化」以前は、織物はなく、動物の毛皮や鳥の羽が主な衣服の材料であった。夏の間にツンドラで生える草を干して保温のために冬のブーツの中敷きとして使われていたが、織物を織る技術はなかった。

材料に用いられる毛皮はカリブー（北米産の野生トナカイ）、ホッキョクグマ、オオカミ、クズリ、イヌ、そしてまれにジリスであり、ウサギの毛皮は弱くあまり使われなかった。西洋で珍重されていたクロテン、テン、オゴジョは十七世紀に欧米商社が毛皮交易を始めるまでは服の材料としてほとんど使われなかった。キツネの毛皮は弱いが、一部の地域で女性用の服に使われた。

カリブー毛皮は、長さ六～七センチの荒毛（刺毛）とその下に生える厚さ二センチメートルほどのウール状の綿毛（産毛、下毛）という二重構造になっており、丈夫で軽く保温性が優れている。薄くて柔らかいカリブーの胎児の毛皮は乳幼児に着せる防寒服に使われていた。

ホッキョクグマとジャコウウシの毛皮はカリブーのものと同じような性質である。ホッキョクグマの毛皮はとても暖かいが、重いのでもっぱら男性のズボンの材料に限られるが、男性用の上着に仕立てる事例もたまにある。

毛が太くて長いジャコウウシの毛皮はホッキョクグマのものよりもさらに重いので、服に使われず、寝床のマットや掛け布団に利用されていた。

写真2（撮影：著者）

写真1（撮影：大村敬一）

毛先が細く油気が多いクズリの毛皮は霜や水滴をよくはじくために極寒でも凍りにくいので、パーカ・フードの房へり《フリンジ》に使われる。入手できない場合、代わりにオオカミやイヌの毛皮が使われる。地方によるが、イヌ毛皮で服を作ることも最近まであった。

暖かさはカリブーの毛皮には劣るが、防水性のあるアザラシ（主にワモンアザラシ）の毛皮は夏の服【写真2】や、皮張り舟（カヤック）に乗るときの防水服など、そして履物の底に使われる。

鳥の羽で作られた服は現在の羽毛《ダウン》とは違い、羽のついた皮を縫い合わせたパーカなどである。鳥の羽服は軽くて比較的暖かいが、より保温性が優れている丈夫なカリブー毛皮服に比べて破けやすいので、カリブーが入手困難な地域でとくに重宝されていた。

緯度の低い地域に住む北方民族によく知られている魚皮はイヌイト社会ではあまり使われなく、極北地帯の東南部でまれに子供用のパーカに仕立てられた程度である。

セイウチの皮は服に使われなかったが、その腸を開いて縫い合わせた防水服は民族誌によく登場する。

・服の種類

一年を通して男女ともに上半身には毛を内側にした、比較的薄い毛皮（アティギ）を着用していたが、冬には毛を外側にしたパーカ（クリタック：本格的な防寒上着）をアティギの上に重ね着した。二十世紀中葉に洋服が普及すると、アティギを着用するのは主に男性が厳冬期に猟へ出る時やお祭り行事だけとなった。

女性のアマウティク（アマウティとも）というパーカは赤ちゃんをおんぶするものであるが、象徴性に富むアマウティクについては後で詳述する。

男女問わず上半身の着物は防寒性を高めるために前開きではなく、頭からすっぽりと着込むアノラック（グリーンランドのイヌイト語由来の用語）型である。上半身の上着は裾が絞られておらず、酷寒な状況において、汗をかくことは致命的なので、フードを操作してパーカの下から空気を入れて換気する。気温が比較的暖かい地域では、フードの代わりに帽子をかぶる。その場合、上着の首の紐で換気する。

ズボン（カーリーク）は比較的短く、膝下ないしの上までの長さであった。ブーツはズボンの上にわずかに重なる長さであり、必要に応じて裾を上げて空気の流れを調整する。

履物（カミク）は二重構造、または三重構造に作られ、イヌの毛皮、あるいは時には羽のついたままの鳥の皮で作られた「靴下」の上に、カリブー毛皮や脱毛をしたアザラシ皮製の履物である。防寒と汗の吸収のために履物の底には原則として毎日とり換える干し草が敷かれていた。男性のブーツは装飾されないが、女性のブーツはカナダ東部極北圏とグリーンランドでは、股下までと長く、装飾されている。

ミトン（プアル）は原則、毛を中側にした毛皮一枚で作るものが多いが、毛を外側にした二重構造のものもある。五本指の手袋は防寒機能が劣るので、二十世紀中葉まではあまり作られなかった。防水服は海上での生業活動、とりわけカヤック（全面的に皮に覆われている一人乗りの舟）に乗る時に着る防水服は脱毛したアザラシの皮や、半透明のセイウチの腸を縫い合わせて作ったものであった。

女性のはいていた「パンティ」は下着、あるいは肌着ではなく室内着であった。男性は下着のパンツを普段はかないが、堅い毛のホッキョクグマ毛皮で作ったズボンをはく場合は、股ずれを防ぐサポーターのような革製の下帯を着用することもあった。

・衣服の仕立て：材料の裁断と縫製

ここまで述べてきた衣服を作る毛皮を調達するのは男の役割である。仕留めた獲物の毛皮をはいで女性たちが待っているキャンプ地――現在は定住村――へ運ぶ。毛皮の鞣《なめ》し、裁断と縫製は主に女性、とくに妻の仕事である。皮を鞣すために尿水や動物の脳髄を利用する知識はあったが、皮を化学的に柔らかく鞣すと耐久性や防水性が落ちるので、皮の裏側の脂肪などをこすり落として半鞣し状態にしてから、服の各部位を裁断する。服の部位――肩、胸、フードなど――は動物の毛皮と同じ部位から仕立てるという原則については後述する。

伝統的に型紙もなく、寸法を取る道具もなかった。縫う女性は服を仕立てる対象の人の体を目測するだけであった。目測した結果を毛皮に反映させる、あるいは対となる袖などの部分の大きさをそろえるために人差し指と親指を広げて測った。寸法を測らなくても、はじめて会った人でも目測しただけで、その人にぴったりと合う服を作ってしまう。

しかも、複雑なパターンを石器、あるいは欧米との交易がはじまった十七世紀以降は鉄製ナイフで截ち、骨製の針と皮製の指貫と、動物の腱の糸で縫製された衣服やブーツでマイナス四〇℃の寒さをしのいだ。皮に貫通した孔《あな》を開けない、特殊な縫い方によって縫目から寒気や水が浸透することを防いだ。縫い糸はカリブー、イルカやアザラシの筋が使われていた。筋がぬれると膨張して縫い目の穴一杯に広がり、防水性を高める利点があった。ただし、今は筋を干して伸ばす手間が嫌われ、科学繊維が使われる。

ハンターには年に二、三着分、妻や子供には一着分の服が必要であった。男性服の一着分は約二平方メートルの毛皮を要し、年に上下三着を作るのにカリブー四頭分が必要だった。女性の服上下に必要な毛皮はおよそ一〇・七平方メートルだった。その他にもカリブーの毛皮は寝具にも使われるので、五、六人の家族に年に約三十頭分の毛皮が必要だったとされる。

化学的に鞣されていない皮が堅くならないよう、毎日の手入れは女性（妻または母）が歯で噛んで柔らかくしていた。五十歳以上の女性の多くは歯が歯肉近くまで減っていたという記述が民族誌にあるし、私もそのような老女に直接会ったことがある。

服作りは季節の変り目、すなわち十月前後と五月ごろに行なわれた。十~十一月はカリブーの冬の毛が生えかわる時期であり、四~五月はアザラシの毛皮がもっともよい時期だとされていることが関係しているだろう。また、古老から聞かせてもらった話では、後述する季節の変わり目には儀礼的な意義も関係している。

二　衣装の機能と役割

衣装は、単なる寒さから身を守るという単純な機能にとどまらない。そのいくつかの機能を羅列すれば、㈠身体の保護（防寒、防御）、㈡性別（ジェンダー）の表現、㈢人生段階《ライフサイクル》の表徴、㈣社会的地位、職務の表現、㈤エスニシティの指標、㈥世界観の表現を挙げることができよう。

㈠　身体の保護

身体の保護という機能は、多言を要さないだろう。イヌイトの場合は防寒機能が上げられるが、他の民族事例では太陽光線をさえぎるケープや帽子、足の怪我を防ぐ靴などの履物、あるいは、武器に対する防具など、枚挙に暇がない。

以上の物理的な機能の他に、服装は抽象的な役割を多く担っている。

㈡　性別（ジェンダー）

基本的な構造が共通しているイヌイトの衣装には、洋服にあるドレスのように男女の服の違いはないが、女性のパーカ（アマウティク）には独特な形がある。また、前述したように女性のブーツは男性のものより長い傾向にあることと、防寒に重点をおいている男性のブーツに比べて、女性のブーツは薄く、装飾されている。この傾向は染色の革が入手できるようになった十九世紀よりも前、五百年以上前までさかのぼれる伝統がある。

特殊な例ではあるが、カナダ東部極北圏イヌイト社会には、性別は男性である少年が、社会的に女性として位置づけられるキピユイチョックが知られている。本人の意思によるジェンダー・チェンジではなく、一種の転生思想があるイヌイットの社会では、「前世」の因縁もからむ複雑な事情により、生まれたときに古老が決めることである（スチュアート　二〇〇二）。自分の力で獲物を仕留めてはじめて社会的に男性として認められる。ジェンダーが女性である限り、服装も髪型も女性を模した格好をしなければならない。髪の毛を切ってはならないという、きわめて厳しいタブを果たさせられている。

私がお世話になっている現地の家族の四男のイトコはキピユイチョックだったが、私は数年間「彼女」が男の子だったことに気づかなかった。十二歳になり、アザラシを仕留めた翌日、髪の毛を切り、仕草も一夜にして男の子らしくなった。

服装に含めている身なりによるジェンダー表象がいかに強力なのか、あらためて認識させられたのである。

(三) ライフサイクル

イヌイト社会の伝統的な衣装は、女性特有のアマウティク【写真3】は例外として、形も作りもほぼ同じであった。一方、アマウティクは、女性が赤ちゃんをおんぶすることに特化したパーカであり、幼い兄弟のお守りをするときに限って男児もかぶった。幼女は男児と同じ仕立てのパーカであるが、初潮を迎えた少女はパーカの前面の裾の中央に短いキニックという「突起」

写真3（撮影：著者）

がつけられ、身体的にも社会的にも一人前の女性となり、再生産（子供を産む）段階ごとにキニックが大きくなる。閉経後はキニックがなくなる、というように女性の身体的な変化が服装に表象されている。つまり、キニックのついているアマウティクは陰門、すなわちお産という機能を象徴する衣装である。

女性がまとうアマウティクは生殖者と母性を表現する象徴的な構造になっている。女性は乳幼児をアマウティクの背側に入れ背中におんぶするが、赤ちゃんが大きくなると、アマウティクの脇に接《は》ぎを縫い足した。これは大きくなった赤ちゃんにゆとりを与える機能的な意味のほかに、子宮が胎児の成長するように大きくなっていくことを表わす象徴的な意味もあったとされる。

流布本では、女性は赤ちゃんをパーカのフードに入れておんぶするとあるが、それは間違いである。アマウティクの腰回りを紐でしめて、赤ちゃんを背中にすべらせるように中へ入れ、紐で滑り落ちないようにする。けっしてフードに入れていない。

㈣ 社会的地位、職務

ヨーロッパでは、階層社会が形成されるにつれ、王族、貴族と平民の衣装やかぶり物に違いが現われ、階層によって身につけてよい色、つけてはならない色が決められるようになった。また、僧の法衣、裁判官の法服、警察や軍人の制服が定められるようになった。

しかし、イヌイト社会は元々平等社会だったので、地位や位を表わす服装はなかった。特殊な社会的な役割を表わしていた唯一の衣装はシャーマンが儀式にまとったパーカである。基本的な形は普段のパーカと同じだったが、守護霊の印やシャーマンの霊力を補強する動物模様が飾られていた。しかし、イヌイトがキリスト教に帰依している現在、このようなパーカは博物館でしか見られなくなった。

(五) エスニシティ

イヌイトはもともと数十人～百人ほどの小集団に分れていたが、それぞれの集団は基本的に自立した自給自足の社会であり、植民地支配の下で一つの「民族」として分類されるまでは、周囲の集団に対して独自のアイデンティティ（帰属意識）をもっていた。そのアイデンティティを表現するのには言葉の違い（語彙や発音など）があったが、服装も集団的なアイデンティティを表わしていた。

パーカのデザインや模様、ズボンの形や格好、ブーツの長さなどが集団ごとに微妙に違っていた。着ている服をみればどこの集団の成員であるかの区別がついたのである。現在、日常的に洋服を着ているイヌイトは、公式の場などで民族性を強調するために、毛皮服――グリーンランドではビーズ飾り――の衣装をまとうことがよくある。かいつまんで言えば、現在、衣装はイヌイト社会内の地域集団間のマイクロ・エスニシティ、宗主国の対主流社会に対するマクロ・エスニシティを表象する効果がある。

(六) 世界観

夏から冬へと季節が変わる初冬のキャンプでは、服作りはそれまでの陸上の夏キャンプとは別の所に設営された、特別なものであった。作業場は夏の間に使われたテントではなく、雪のブロックを無造作に積み上げた壁の上に皮の屋根をふいた簡易なものである。その造りは、夏のテントでもなく、冬に造る雪の家（イグルー）でもない、境界的、中間的な性質であり、イヌイトの伝統的な季節観を背景に季節が移り変わる象徴的な意識が込められていた。

季節の変わり目は、気候の変化だけではなく、イヌイトの世界観に深く関わる時節である。東部極北圏イヌイトの世界観では、冬と夏、男と女、陸と海、月と太陽などという、二元的な関係が知られている。陸・夏・カリブー、そして冬・海・アザラシは厳格に区別されていた。陸と海の両領域を区別しないと災い――不猟、飢餓など――が起こると信じられていた。夏（陸の領域）から冬（海の領域）、またその逆へ移行する時期は危険に満ちていたので、両領域は厳格区別されていた対立項なのである。海に陸のものをむやみに持ち込んではいけないし、四月に作る夏のアザラシ毛皮服には、冬用のカリブー毛皮に使った道具の使用は厳禁だった。

また、死者の衣装の処理をめぐっては、有象無象の現象には魂（霊）が宿ると考えるイヌイト社会では服にも一種の霊が宿っているとされ、他人が使うとその人が不幸に見舞われる、あるいは病気になると考えられていた。現在でもそう信じるイヌイトは少なくない。服を処分する場合、切り裂くなどして、他人が間違って使わないよう配慮がなされた。死者が生前に自分の服を家族の者にゆずる例外も知られているが、一般的に居住地から遠く離れた大きな岩の上に死者の服や身の回り品を置くなど、人目につかないよう配慮がなされた。

衣装そのものにもイヌイトの世界観が表現されていた。たとえば、男性用パーカはカリブーの身体を表現していたとのことである。パーカのフードにカリブーの耳、胸にはカリブーの胸の毛皮、背中にはカリブーの背中の毛皮、フードにはカリブー頭部の毛皮、後ろの裾にカリブーの臀部の毛皮を当てて、ハンターとその獲物との一体化を示していた。詳しく述べる余裕がないが、人間《イヌイト》と動物は対等な存在とされ、獲物となる動物の格好をすることはその動物への敬意を表するものであった。

三　まとめ

イヌイト社会における衣装の形と機能をまとめたことを通して、衣装には多様な意義と役割があることを示した。とくに新しい見解はないが、一つの社会に見る衣装を総合的に考察することによって、他の社会で知られている衣装を総括する手がかりになれば幸いである。

最後に、現代イヌイト社会の衣装について簡潔にまとめよう。地域によって、また年代によって大きな違いがあるが、定住村で生活するようになってから、ここで紹介した毛皮服は、もっぱら男性が厳冬期の狩猟に使うだけになっており、普段はジーパンや羽毛《ダウン》コートなどの既製服が一般的であるが、冠婚葬祭に際して、現代的に変化した民族衣装が登場する。

グリーンランドでは、女性の民族衣装はビーズ細工の上着と多彩なブーツであるのに対して、男性は地味な白い布製のアノラックと黒いズボンに黒い普段履きの靴という装いである。カナダでは、ビーズ細工の装いは少なく、男性はグリーンランドと同じ身なり、女性は普段着の上に布製のアマウティク風のパーカを着る。

冒頭で断わったように、現代イヌイト代社会において衣装をめぐる捉え方は理念としてあるものの、このエッセーで述べた解釈や仕来りは現代社会で「形」として表面に現われるとは限らないことを念頭におく必要がある。とくに現代の若い世代には通用しない情報が多く盛り込まれている。

参考文献

スチュアート　ヘンリ「食料分配における男女の役割分担について：ネツリック・イヌイット社会における獲物・分配・世界観」『社会人類学年報』一七：一一五～一二八、弘文堂、一九九一年。

――「エスキモー」（ほか一七関連項目）『世界民族事典』弘文堂、二〇〇〇年。

本多俊和（スチュアート　ヘンリ）「北アメリカ大陸極北地帯の食と儀礼」『食と儀礼をめぐる地球の旅：先住民文化からみたシベリアとアメリカ』（高倉浩樹、山口未花子編）六一～九〇ページ、東北大学出版会、二〇一四年。

――一九七五～二〇一二年、カナダ・ヌナブト準州クガールク調査日誌。

Buijs, Cunera. Mariane Petersen Festive clothing and national costumes in 20th century East Greenland. *Etudes/Inuit/Studies* 28–1: 83–108. Laval University, Inuksiutiit Katimajiit Association, 2004.

Chemnitz, Gurdun, ed. *Thule outfits* (Avanersuarmiut atisaat). Forlaget Atuagkat, 2001.

Driscoll, Brenda. *The Inuit Amautik: I Like My Hood to be Full*. Winnipeg Art Gallery, 1980.

——. Pretending to be caribou: the Inuit parka as an artistic tradition. *The Spirit Sings: Artistic Traditions of Canada's First Peoples*. pp. 169–200. McClelland and Stewart, 1987.

Issenman, Betty. Inuit skin clothing: construction and motifs. *Etudes/Inuit/Studies* 9–2: 101–20. Laval University, Inuksuitiit Katimajiit Association, 1985.

——. *Sinews of Survival: The Living Legacy of Inuit Clothing*. UBC Press, 1997.

——, and Catherine Rankin. *Ivalu: Traditions of Inuit Clothing*. McCord Museum of Canadian History.

Oakes, Jill. *Rick Riewe Our Boots: An Inuit Women's Art*. Douglas & McIntyre, 1995.

Steegman, A. Theodore. Human cold adaptation: An unfinished agenda. *American Journal of Human Biology* 19–2: 218–27, 2007.

Stewart, Henry. The kipjiutuq in Netsilik society: Changing patterns of gender and patterns of changing gender. *Many Faces of Gender: Roles and Relationships Through Time in Indigenous Northern Communities*. Eds. Frink, Shepard, Reinhardt. pp. 13–25. University of Colorado Press, 2002.

Schmidt, Anne. Skin Clothing from the North. *Northern Worlds: Challenges and Solutions*. Report workshop 2 (Hans Gullov ed.) 205–08, National Museum of Denmark, 2011 <http://nordligeverdener.natmus.dk/fileadmin/user_upload/temasites/nordlige_verdener/nordlige_verdener/Workshop_2_Challenges_and_Solutions/Challenges_and_solutions.pdf>

——. Skin clothing from the north; new insights into the collections of the National Museum. *Northern Worlds: Landscapes, Interactions and Dynamics*. Ed. Hans Gullov. pp. 273–92. National Museum of Denmark, 2014. <http://www.universitypress.dk/images/pdf/2824.pdf>

Stenton, Douglas. The adaptive significance of caribou winter clothing for Arctic hunter-gatherers. *Études/Inuit/Studies* 15–1: 3–28, 1991.

物語から読み解くチルカット・ブランケット

林　千恵子

はじめに

一七〇〇年代後半から一八〇〇年代半ばにかけて、現在のアラスカ南東部やカナダ北西部沿岸には、カヌーを巧みに操り、トーテムポールを建立し、不思議な図柄の豪華なブランケットをまとう先住民族が暮らし、繁栄する社会を築いていた。

パン・ハンドルと呼ばれるこの地域――アラスカ州をフライパンに見立てると柄の部分に当たる、南北に細長い地域――は、流れ込む暖流の影響で、緯度の割に冬も温暖で降雨量が多く、豊かな森を有している。海洋と森林の豊饒な資源が地域の人口を支え、複雑な海岸線が、海からの他民族侵入防御の一助となり、社会の発展を支えた。

繁栄を謳歌した先住民族の一つがクリンギット[1]である。彼らは階級制を伴った独自の社会制度と絢爛たる文化を築いた。その文化を象徴する存在がチルカット・ブランケットである。もっとも、このブランケットは、現在では博物館に展示がわずかに残るのみで、技術の継承者もほとんどいないため、詳しい説明を耳にすることもない。

本論では、日本で取り上げられることの少なかったこのブランケットについて、由来に関する物語をもとに、織物に込められたメッセージを明らかにしたい。そして、織物を読み解く行為の中で、文化の本質や文化を継承するとはどういうことなのかを考えてみようと思う。

一　チルカット・ブランケットとは

特徴

チルカット・ブランケットは、「ブランケット」と呼ばれるものの、実際には儀式のときだけ身に付けるつづれ織りの礼服である。一八〇〇年代後半に、ヨーロッパの商人が、優秀な織手の住む集落「チルカット」にちなんでこの名を付けた。他地域にはない希少な素材と高度な織りの技術、そして独特の図柄によって世界で広く知られるようになった。

この織物は形も特徴的である。体をすっぽりと覆う大きさの五角形で、長い縁飾りが付いている（図1）。クリンギットの首長がこれを肩からまとう。

素材となる糸は、シーダーの樹皮を芯にしながら、シロイワヤギ（マウンテン・ゴート）の毛を縒り合せて作られる。このヤギの毛は「非常に柔らかく、最も柔らかいスペインのメリノ羊毛と比べると、それ以上に柔らかく、光沢がある」（サミュエル　五四）という。

この最高品質の毛が一着につき三頭分使用されるが、糸を紡ぐ作業（紡績）・染色・織りの工程には長い時間と根気が必要とされる。たとえば、紡績作業だけでも、シーダーの樹皮を煮て乾燥させ、薄く裂いた後にヤギの毛と縒り合せていくため六ヶ月を要する。この糸を今度は染色し、その後、男性が描いた図案のパターン・ボード（型

図 1

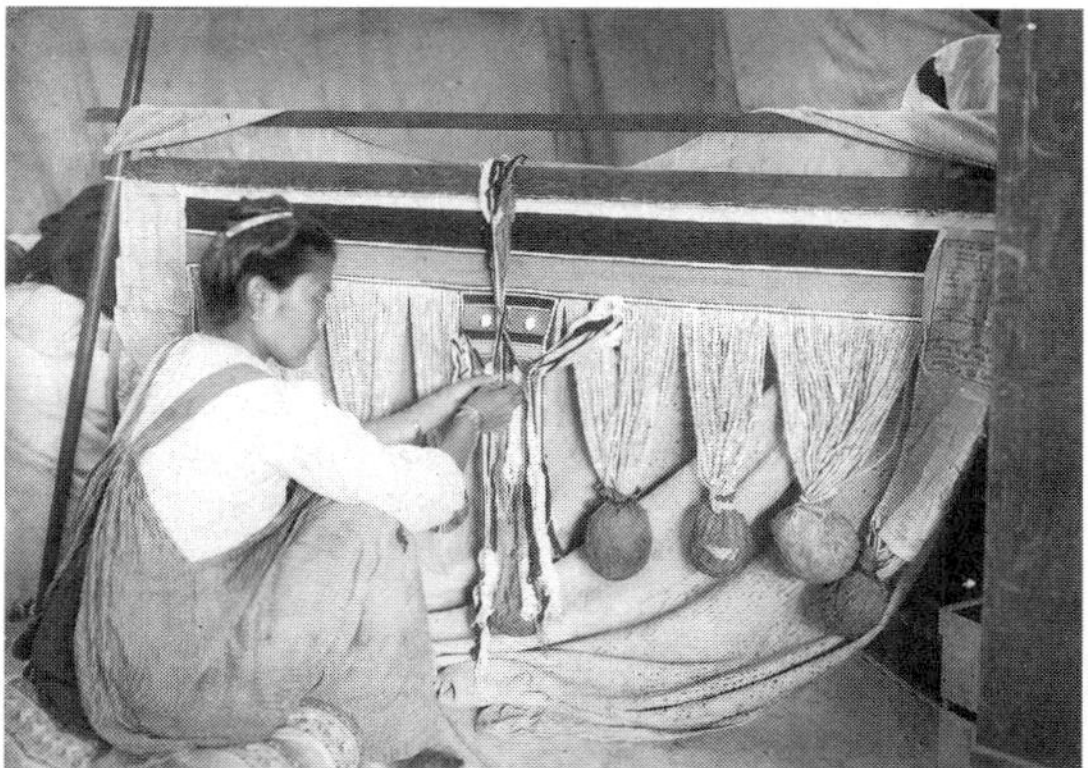

図 2

板）をもとに、クリンギットの女性が、図２のように地面にしゃがむ格好で一人で織り上げていく。この作業にさらに六ヶ月を要する。素材と労力をふんだんに使った贅沢な織物は、別の見方をすれば、それを欲する富裕な人々の存在を物語っている。実際に、チルカット・ブランケットは首長の「富の象徴」（サミュエル　三五）であった。

象徴的図柄

しかし、この高級織物が見る者に強い印象を与えてきた要因は、品質や技術以上にそのデザインにあった。「これらの衣装は、たとえば中国皇帝の金襴や、ルネッサンスの聖職者の金やベルベットほど色彩豊かではなく、精巧でもないが、このデザインの力がそれを補って余りある。この衣装と、正しい頭飾りや残りの衣装とが組み合わせられると、圧倒的な迫力になる」とビル・リードは言う（『北西海岸のインディアン・アート』一五六）。

デザインは図に見られるように動物の図柄だが、私たちが慣れ親しんでいる表現とは明らかに違う。これについて、フランツ・ボアズは次のように説明する。

三次元の物体を二次元の面に表す場合には、二つの視点がある。一つは、ある瞬間に目に見えているように対象を描こうとする視点で「写実的」と言われる方法につながる。もう一つは、独特な特徴のすべてを示すことが重要だと考える視点で「象徴的な」方法につながる。立体のものを表現する際には、どちらかの方法を選択せざるをえない。しかし、二つの目と二つの側面をもつ動物について、片方の側面全体が見えなくなるような像は、写実的な表象として満足できるものではないと述べている（ボアズ　七一―七三）。

クリンギットの織物は、ここで言う象徴的な方法をとり、たとえば目やヒレなど動物にとって本質的なパーツを使って、特徴的な形で動物等を表現する。

この象徴的な方法は、決して写実より未熟な手法ではなく、対象の本質や不変の特性をとらえる視点に立った表現であることをボアズは繰り返し説明しているが（ボアズ　七九―八〇）、実際に、五角形の「非対称な画面のバランスを崩さずに、全体を上下・左右のシンメトリーな構成」（大村　八〇）にまとめ上げたデザインは未熟とはほど遠い印象を与える。

図柄と氏族の関係

では、この織り上げられる動物の図柄は何を意味しているのだろうか。それは図柄を描く画家の好みで選択されるわけではない。動物はクリンギットを構成する氏族《クラン》の紋章《クレスト》を表している。

クリンギットは階級社会であり、その人が誰なのか、どの氏族に属すかは様々な所有権に関わっている。たとえば、属す氏族は、狩猟場や漁場の占有権や、継承する物語の所有権と結びついており「故意に他のクランや家集団のクレストを使うことは、相手の権利への一種の挑発」（大村　八一）と見なされる。そのため、図柄を理解し、どの氏族のものかを判別できることは重要な意味をもっていた。それでも、研究者間の差にとどまらず、クリンギットたちの間でも、実際には図柄の解釈はかなり食い違っていたという。その事実が、ジョージ・ソーントン・エモンズやボアズやビル・ホルム、そして彼らに続く研究者たちの緻密な分析によって明らかになっている。

シェリル・サミュエルの研究

しかし、当然のことながら、チルカット・ブランケットは絵画や彫刻ではなく、織物である。織り方や、鮮やかな黄色やエメラルド・ブルーの染色方法が、織物全体の理解には不可欠となる。ところが、その極めて複雑な工程や技術は謎に包まれてきた。シェリル・サミュエルの決定版とも言える研究書が一九八二年に刊行されるまで、文献資料は、エモンズの論を含めてわずかに論文五編であった。

背景には、世界中の少数民族が直面する問題があった。ヨーロッパから持ち込まれた大量の安価な衣類が流通し、欧米の価値観や品物が社会を席巻しただけでなく、大規模な人の流入がもたらす疫病等が原因で、先住民族人口は激減し、伝統文化や価値を守る人が失われた。特に、複雑な工程を熟知した女性が、独りで織り上げていくチルカット・ブランケットの場合、技術の継承は難しくならざるをえなかった。一九八四年には、伝統的方法で織ることができるのは、当時九十二歳を迎えたジェニー・スラナート一人であった（『作品のむこうの芸術家たち』八）。織手がいない状況で、いきおい関連研究は少なくなった。

それでも、限られた文献資料と展示物の観察だけをもとに、リチャード・コーン、ドリス・カイバーグリューバー等が独力で技術を再現し、ブランケット完成にこぎつけた。彼らの後に登場するサミュエルもまた、具体的な指導を誰からも受けられない中で、文献資料を読み込み、展示物を徹底的に観察し、サンプルを作り、一つずつ謎を解明して見事に織物を織り上げていった。そして、著書『チルカット・ダンシング・ブランケット』の中で、紡績、染色、織りの複雑な工程すべてを初めて図解してみせた。

たとえば、黒や黄色や青の染色すべてには、染液として尿が的確に使用されることが知られている。漆黒のような黒色は二段階で染められ「剥がしたばかりのアメリカツガの樹皮を濃い尿に」（エモンズ　三三六）浸し、数時間煮てそのまま浸した後、さらに、銅を浸した尿で煮る。ひまわりのような美しい黄色は「子供の新鮮な尿の中で地衣（苔）を煮る」（エモンズ　三三六）ことで作られる。サミュエルはこれを実際に我が子の協力を得て確かめようとしたため、子供が幼稚園で「早くして、ママの染色に一カップ必要なの」（サミュエル　一一）と言い続けて教師を困惑させたエピソードも明かされている。

織物解読にむけた、サミュエルたちの地道な努力を強調するのは、ブランケットを初めて織った女性たちの姿と重なるからである。織物の起源にまつわる物語から、その女性たちの姿を見てみよう。

二 起源の物語

読み解かれる織物

クリンギットの文化・芸術を代表するチルカット・ブランケットは、実はもともとクリンギットのものではなかった。チルカット地方発祥でもなければ、彼らが創造したものでもなく、近隣の先住民族ツィムシアンが制作したものであった。彼らの作品に出会ったクリンギットが、試行錯誤の上にその技法を解き明かして誕生した。この由来は次のように語り継がれている。

ある村に、権力者のチルカットの首長が二人の妻と暮らしていた。妻たちは聡明で、トウヒの根を使ったカゴ編みや皮革の作業に熟練の腕をもっていた。首長は自分たち氏族が作る名品を取り引きするため、毎年ツィムシアンの土地へ出かけていたが、あるとき、見事なブランケットを持ち帰った。それは踊りの儀式で着用するものであった。首長の妻たちはその織りの技術に魅了され、カゴ編みで培った知識を活かしながら、織物の観察と試し織りを繰り返しながら、徹底的に研究をした。

すべてを理解できるまでに長い時間がかかったが、妻たちはこの技術を再生できると確信するにいたる。ところが、もとになるデザインの型板がなく、編むことができない。そんなとき、年上の妻の夢に、白い水滴が一面についた壮麗なブランケットが現れる。夫にこの話をしたところ、ツィムシアンの土地に行くことを薦められる。向かった先で、妻たちはその夢を理解して木板にそのスピリットを描くことができる人物を探し当てる。そして、家にもどり協同で儀式用の服を織り上げたのであった。

この物語の内容とは異なり、織物の伝播は民族間の結婚によるとする説もあるが、ツィムシアンから伝わった事実は間違いないこととして知られている。クリンギットは、一般のブランケットとは区別して、チルカット・ブランケットを nar-kheen と呼ぶが、これはもともとツィムシアン語であることも証左として挙げられている（『クリンギット・インディアンズ』二二四）。由来の物語からは、チルカット・ブランケットという織物がクリンギットの手に渡った瞬間から、解釈しなければならないテクストだったことが分かる。

起源の物語

では、元々ツィムシアンはどうしてこの織物を作るようになったのだろうか。その由来についても物語が存在する。様々な版があるが、ここではエモンズとサミュエルが記録した版の共通部分に基づいて、物語を再構成してみたい。

昔の先住民族の生活では、動物と人間が今に比べてずっと近い関係にあった。様々な種類の動物は別の部族だと考えられていた。

神話の時代のこと、女性の一団がセキショウモを摘みに出かけた。その中に首長の娘がいた。彼女は道すがら小枝を拾っていたが、ヒグマの足跡につまずき、持っていた荷物がほどけてしまった。苛立ってクマに悪態をつきながら包みを直すが、仲間から遅れをとってしまう。暗闇が迫る中、娘の後ろに足音が聞こえた。ふりむくとハンサムな若者に抱きしめられ、耳元で優しい言葉を囁かれる。娘は若者に「自分の家についてきて妻になってほしい」と説得され、森の奥深くの村にたどり着く。しかしそこはクマ一族の村で、求婚者はこの一族だったことが分かる。しばらくして、娘は逃げ出して海岸にたどり着く。海上を見ると、カヌーに乗った漁師が見えた。その男性に助けを求めたところ、自分の妻になると約束すれば助けると言ったので、彼女はそれを約束する。クマの夫とその友達が森から追いかけてくるが、娘の乗った舟はすでに沖へと向かっていた。

窮地を救ったこの人物は、実は海のスピリット、ゴナクァデート（GonAqAdet）であった。二人を乗せたカヌーは、スピリットが暮らす海底へと向かう。夫は親切で優しく、娘はこの夫を深く愛し、人間の形の男児を産む。クリンギットの母権制社会では、男子は母方の叔父が訓練しなくてはいけない。そのため、スピリットである夫は、妻が自分のことを忘れないという条件を付けて、妻と子供が地上に戻ることに同意する。妻は夫との出会いと求愛を祝う儀式の服を織ると約束する。地上に戻った彼女はその約束を守り、息子が成人すると、織物を持って夫の元にもどったのだった。

三　物語に込められたメッセージ

喚起される物語

この物語を読む／聞くとき、クマと結婚しながら逃げ出した女性の感情や行動について、様々な疑問が生じるかもしれない。物語展開に分かりにくい部分が多いことは、もちろん口承物語という形式に一因がある。[2] 緻密に練り上げられた小説とは異なり、口承では聴衆を巻き込み、彼らの想像力にゆだねる部分を作りながら物語が進む。人物の外見や性格や感情等、詳細な描写はない。「ほとんどの口承文学は、聴衆がすでに物語に精通していることを前提にしている」(『私たちの祖先』三四二) ために、重要度の低い部分は省かれていく。

しかし、それを差し引いても、因果関係など分かりにくい部分は多い。首長の娘はクマに騙されたと気付いたから逃げ出したのだろうか。見知らぬ男との結婚を即断できるほど、クマを嫌悪していたのだろうか。海のスピリットは、妻が地上に戻った後、帰ってくると信じられたのだろうか。そもそも、この物語に織物の由来以外に意味や教訓があるのだろうか。

物語に謎などなく、いたってシンプルな物語だという考えもあるかもしれない。たとえば、クマの元から逃げ出す理由は、単に「逃げ出したいほどクマが嫌だった」で十分に思えるかもしれない。好きになった男性が外見や当初のイメージとは異なったり、相手からどうしても逃げ出したくなることは洋の東西や時代を問わずに起きることではある。しかし、アメリカ大陸、特に北西海岸の先住民族の物語を聞いたことのある人々や、ゲーリー・スナイダーの『野生の実践』の読者は、この物語とよく似た話を思い出さずにはいられないだろう。そして、二つの物語の相違に頭をひねるだろう。その「よく似た」もう一つの物語とは、「クマと結婚した娘」――アメリカ北西海岸やアラスカ先住民族に広く、そして最も親しまれている物語である。

「クマと結婚した娘」

「クマと結婚した娘」の物語は、海のスピリットとの婚姻の物語と比較すると、実は冒頭部分はほとんど同じである。たとえば、クリンギットの作家・研究者のノーラ・ダウエンハウアーが聞き取った物語によれば、ベリーを摘みにいった娘が、クマの糞に足をとられて荷物を落とし、人々から遅れをとり、クマに悪態をつく。そこに若い男性が現れて彼女を誘い、娘はついていってしまう。娘はある日、男性がクマであることに気が付く。それでも優しい夫を愛し、二人の子供をもうけるのである。

この物語では、娘はクマとの結婚生活から逃げ出さない。しかし、終焉がくるように手助けするような行動をとる。夫に「やってはいけない」と言われながら、寝床を作るための枝を木から折ってしまい、それが居所の目印となる。彼女を探して兄弟たちがクマの居場所近くにやってくると、娘は見つけてほしいと言わんばかりに石を転がしたりする。

一方で、クマの夫は、妻の兄弟たちが追跡してくる様子や今後の展開を予見する。しかし、「兄たちに危害を加えないで」と妻から懇願され、クマは一切の手出しをせず、妻の兄弟に殺されていく。クマは「義兄弟への忠誠と自分の命を天秤にかけ、道徳的に正しい行為を選択して犠牲になる」(林　一〇二)高潔な存在として語られている。

このクマとの婚姻譚は、実はクマの悲劇的最期では終わらず、続きがあることでも知られている。そして、この続きの中に、海のスピリットとの婚姻物語の意味を知るヒントがあるように思われる。

死の間際のクマは妻に言い残す。「自分が死んだ後に自分の毛皮をいつも持っているように」と。その遺言に従い、クマの死後、村に戻ったクマの妻とその子供たちは、出かける時にいつも残された毛皮を身に付ける。ある日、妻は弟たちに遊びに誘われ、いつものように毛皮を着て出かけたところ矢を射かけられる。矢を放ったのは、クマの元から助け出してくれたはずの血を分けた弟たちであった。彼女は弟たちを殺すが、自らも殺されていく。

女が身に付けているのは、織物ではなく毛皮である。しかし、契りを結んだクマを忘れないように、毛皮を手入れして身に付ける行為は、海のスピリットとの婚姻関係を忘れないために織物を織る行為を想起させる。織物を作っていく行為や、クマとの約束の毛皮を着る行為自体に、自然界やスピリットとの深いつながりを忘れないという意味があることが想像できる。

忘るべからず

森や海の豊潤な恵みに感謝しなくてはいけないという思いが、織物に反映されていると言ってしまえばそれだけかもしれない。しかし、当然すべきことを人は忘れてしまう。強く結びついている自然界のことを忘れてしまう。それを体で覚えておくために織物が一定の役割を担うのではないか。

この推測を確かめるために、もう一つ別の由来の物語を参照してみたい。その物語とは、ブランケットの糸の素材となるシロイワヤギに関する物語である。

シロイワヤギは、白い雪と区別がつかず神出鬼没であり、絶壁のような崖で暮らしながら、崖を軽々と飛び跳ねて歩く身体能力から、人々に畏敬の念を抱かせる生き物である。物語は、そのシロイワヤギに聖なるスピリットが宿ることを語る。

昔、一人の若者コケサックが叔父の家に来て大人の作法を学んでいた。叔父はヤギ猟師で、妻とグレーシャー・

ベイの近くに住んでいたが、嫉妬深い妻のせいで、若者の生活はひどいものであった。夫が留守の時は、妻はコケサックに不満をぶつけてののしる。ある日、若者がヤギの脂肪を切り落とす作業をしているのを目にして、妻は彼をひどくののしり顔をひっかいてきたので、彼は逃げ出してしまう。妻は夫がもどってくると「甥に水を汲んでくるように言うと戻ってこなかった」と報告する。

逃げ出したコケサックは森に入って、動物から身を守るために木に登って眠っていたが、ある日大いなるスピリットに体を支配され、目が覚めると崖の淵にいて、クマやヤギやオオカミなどあらゆる動物に囲まれていた。

そんなとき、自分を探しに谷の下に叔父がやってくる。「叔父さん、こっちだ」とでも言うような鳴き声に魅かれてきたのだ。叔父は革袋を首にかけ、崖の麓まで行き、袋から白い羽根を空中に投げる。それは高く舞い上がって見えなくなるが、突然大きな羽が漂ってきて、口を開けた袋の中にすっぽりと入った。夜遅くなって、その袋から苦悩の声が聞こえ、驚いて開けると、甥が飛び出してくる。甥は崖の上での暮らしや、シャーマンのスピリットが自分に入ったことを告げ、それを証明するために動物たちを呼び集める。動物たちは彼の指示通りに踊り、彼が指示をやめると、死んだように横たわる。コケサックはこの多くの動物で叔母にご馳走したいと申し出る。そこで、叔母がやって来て喜んで食事をするが、甥が動物を呼んだところ、クマを怖がった叔母は逃げようと必死になって命を落とす。

コケサックは叔父に向かって「動物を今度呼ぶときは、獰猛なヒグマが現れます。私は火の中に入っていきますが、私の肉の小片を残してください。そうすればまた生き返ります」と言う。そして、動物たちが呼ばれると、大きなヤギと獰猛なヒグマが現れた。驚いた叔父は逃げ出してしまい、甥の体の一部を助けるという約束を忘れてしまう。コケサックの体は完全に炎で焼かれ、神聖なスピリットはそれ以来ヤギの中に入ったままとなった。

スピリットの言葉を忘れてはならないというモチーフがここにも登場する。糸を縒るときに、ブランケットを織り上げるときに、そして完成した織物が披露されるときに、織物にまつわる物語から「忘れてはならない」というメッセージが響いてくることになる。

相互依存関係

上述の由来の物語によれば、忘れてはならないものは、スピリットや動物との密接な結びつきであり、自然に依拠した暮らしをする先住民にとっては、当然の話に聞こえるかもしれない。しかし、この「密接な繋がり」はクリンギット社会の核となる思想である。クリンギットの文化と物語に最も精通するダウエンハウアーは、彼らの社会を特徴づける重要な要素が「相互依存関係《レシプロシティー》」（『私たちのスピリットを癒すために』一三）にあると言う。

この相互依存関係はあらゆる範囲に及ぶ。たとえば、物語という彼らの言語芸術は単独では存在しない。一族の世代間で継承されてきた物語はトーテムポールに刻まれ、織物には自分たちを表す動物が織り込まれる。トーテムポールやチルカット・ブランケットというビジュアル・アートの助けを得て、物語は理解されて継承される。また、彼らにとって、物語や織物は単なる娯楽ではない。物語は氏族や家に所有される「財産」であり、家や一族を象徴的に表すものとして重要である。

さらに、彼らの社会構造自体も、大きく二つの半族で構成される相互依存の形をとる。人々は「ワタリガラス」と「ワシ」のどちらかに属しており、結婚相手はもう一方の半族から迎える。半族同士は対立関係ではなく、相互補完の関係にある。

といっても、クリンギット社会は階級社会ではないか、相互依存といっても綺麗ごとではないか、といぶかしがる向きもあるだろう。たしかに、階級の存在がチルカット・ブランケットをはじめ、文化を推進する力になったことは否めない。しかし、クリンギットの場合は、首長の就任は人々の承認を得て初めて可能となる。のみならず、一族の紋章の継承やトーテムポールの建立をはじめ、氏族にとっての重要事項はポトラッチと呼ばれる儀式の中で人々の承認を受けて可能となった。その証拠に、首長が亡くなった後、ブランケットの継承に値する人物がいないと判断されれば、ポトラッチにおいてブランケットは惜しげもなく裁断され、列席者に配られたという[3]（サミュエル　三五）。このことはまた、織物が重要な象徴的意味をもちながら、社会と不可分の関係にあったことを示している。

おわりに

チルカット・ブランケットの起源の物語は、クリンギット社会が何と結びついているのかを語り、それを忘れてはならないことを伝える。のみならず、この織物からは、文化や伝統の本質が透けて見える。クリンギットの代表的芸術チルカット・ブランケットは、実は元々ツィムシアンのものであった。このことは、「すべての文化はハイブリッドかつ異種混淆的《ヘテロジーニアス》」（サイード　XXV）だというエドワード・サイードの言葉を想起させる。クリンギットや日本人のオリジナルな文化というものは存在せず、すべてのものと繋がりあって文化が出来上がっていることを私たちに知らせる。そして、彼らの織物は、後を継ぐ者が自力で読み解いて再生され、継承されたものであった。次世代への丁寧な指導によって可能になると思われがちな伝統の継承は、実際には、後を継ぐ者の読み解こうとする熱意や、解釈への挑戦によって可能となることを改めて教えてくれるように思われる。

註

アラスカ州のシェルドン博物館のアンドレア・ネルソン氏、シーアラスカ・ヘリテージ研究所のドナルド・グレゴリー氏、そして友人のエド・ヘイズ氏には、本研究の資料提供等に際して大変お世話になりました。ここに改めてお礼申し上げます。

1　英語ではTlingitと表示される。文化人類学では、「トリンギット」と呼ばれるが、日本語のカタカナ表記は定まっておらず、時代によっても変わっている（『極北と森林の記憶』二）。実際の発音は「クリンキット」または「クリンギット」が最も近く、日本では星野道夫が『森と氷河と鯨』をはじめとする著書で「クリンギット」として紹介して広く知られているため、本稿ではこの訳語を用いた。

2　ほとんどの口承物語が曖昧で分かりにくいということではない。登場人物の特徴や因果関係や教訓を明確に示すものもある。たとえば、アイヌの口承の昔話（ウウェペケレ）の場合、登場する人物や動物の様子や表情、性格等が克明に語られ、教訓も明示される。林　一〇四参照。

3　裁断され配られたチルカット・ブランケットは、各自が家に持ち帰り、儀式用のレギンスや帽子やシャツに仕立て直したという。

引用文献

Boas, Franz. *Primitive Art.* 1927. Reprint. New York: Dover Publications Inc., 1955. Print.

Dauenhauer, Nora Marks and Richard Dauenhauer. *Haa Shuká, Our Ancestors: Tlingit Oral Narratives.* Seattle: U of Washington P, 1987. Print.

——, eds. *Haa Tuwunáagu Yís, for Healing Our Spirit: Tlingit Oratory.* Seattle: U of Washington P, 1990. Print.

De Laguna, Frederica. *Under Mount Saint Elias: The History and Culture of the Yakutat Tlingit.* 3 vols. Washington, D.C.: Smithsonian Institution Press, 1972. Print.

Emmons, George T. *The Chilkat Blanket. Memoirs of the American Museum of Natural History,* vol. III, part IV, pp. 329–401. New

York: American Museum of Natural History, 1907. Print.

——. Edited with additions by Frederica de Laguna. *The Tlingit Indians.* Seattle: U of Washington P, 1991. Print.

Fienup-Riordan, Ann, Sophie M. Johnson, Katherine McNamara, Sharon D. Moore, Charles Smythe and Rosita Worl, *The Artists behind the Work: Life Histories of Nick Charles, Sr., Frances Demientieff, Lena Sours and Jennie Thlunaut.* Fairbanks: U of Alaska Museum, 1986. Print.

Holm, Bill and Bill Reid. *Indian Art of the Northwest Coast : A Dialogue on Craftsmanship and Aesthetics.* Houston: Institute for the Arts, Rice U, 1975. Print.

Kawaky, Joseph, producer. *Haa Shagóon.* Juneau: Sealaska Heritage Foundation, 1981. Film.

Said, Edward W. *Culture and Imperialism.* New York: A Division of Random House, Inc., 1993. Print.

Samuel, Cheryl. *The Chilkat Dancing Blanket.* Norman: U of Oklahoma P, 1982. Print.

大村敬一「過去の声、未来への扉——北西海岸インディアンの版画の魅力」齋藤玲子、大村敬一、岸上伸啓編『極北と森林の記憶——イヌイットと北西海岸インディアンの版画』昭和堂、二〇一〇年、七八—八三。

国立民族学博物館編『自然のこえ命のかたち——カナダ先住民の生み出す美』昭和堂、二〇〇九年。

林千恵子「アラスカ先住民族クリンギットの口承伝統——『わたしたちの祖先』をもとに」『多民族研究』第6号、多民族研究学会、二〇一三年、九三—一一四。

ボアズ、フランツ著、大村敬一訳『プリミティヴアート』言叢社、二〇一一年。

星野道夫『森と氷河と鯨　ワタリガラスの伝説を求めて』世界文化社、一九九六年。

マルディグラ・インディアンにみるフードゥーの混合主義《シンクレティズム》
――イシュメール・リード『なつかしきニューオリンズ懺悔《ざんげ》の三ケ日』をてがかりとして

峯　真依子

一　謎解きのような服飾描写

日本では古来より紫式部の『源氏物語』などの人物描写に服飾が多く用いられてきたことに触れながら、小池三枝は、次のような興味深い考察を述べている。「何をどのように着ているかを示すことは、言動や心理を述べる前に、読者にその人となりを端的に印象づけるものである。推理小説などでは、これを逆手に使って犯人さがしを惑わせる手段にする場合がある。いずれにせよ、人となりを示す服飾描写は、それが作者の意図通りに読まれれば作中で有効に働くが、誤読されれば人物についても作品全体についても誤解を招く」（五九）と。

このことは、他の時代の他の文学作品に対しても、あてはまるだろう。イシュメール・リードの南北戦争前後のヴァージニアを主な舞台とした奴隷たちを主人公とする『カナダへの逃亡』(*Flight to Canada*, 1976) では、ほぼすべての登場人物に服飾描写が添えられている。しかしながら、奴隷たちが自由と経済力を得て主人から権力を奪い取り、主人と奴隷の支配構造が逆転する終盤になるにつれて、やや不可解な服飾描写が増えていく。たとえば、北へ逃亡したはずの奴隷たちが一人、また一人と古巣のプランテーションに戻ってくる。その際の描写として「ニューオリンズ製のベレー帽」（一七六）などの地名が出るだけならば些末な情報として読み過ごすことができるものの、女性用の短いランジェリーのような「ベイビードール」（一七八）、また「黒人たちがインディアンのように正装」（一七二）するなどの不可解な描写が、あえて読者に謎解きを強いているかのように立て続けにあらわれる。

その後、プランテーションに戻って来た逃亡奴隷の一人が「マルディグラの松明持ち」（一七七）としてパレードに参加することが明かされたとき、読者は突如、腑に落ちる。マルディグラは、ブラジルのリオのカーニバルと並ぶニューオリンズのカソリックの祭りである。懺悔《ざんげ》の始まる「灰の水曜日」の前日の「太った火曜日（フランス語でマルディグラ）」に至るまでニューオリンズ中が浮かれ騒ぎ、パレードで町はごったがえすが、この「ベイビードール」も「黒人のインディアンの正装」も「松明」も、すべてはニューオリンズのマルディグラ・カーニバルに結びつく衣装であり小道具なのである。ただ、ここで注意すべき点は、作品においてマルディグラも黒人のインディアンの正装の意味も、何の説明もなしに本来読者に感じ取られるべき前提とされている点である。日本での先行研究が数少ないことの理由は小説の難解さに加えて、実はこのようにマルディグラと聞くだけで、その場の熱気とエネルギーを想像できるような文化的・宗教的コンテクストへの理解が当たり前のように要求されていることにも、その一因があるのかもしれない。しかし前掲の小池が、首尾よく服飾描写の理解に近づくことができたとき、はじめて服飾描写を読み飛ばしたために見落としていた世界が見えてくると述べているように（五九）、もし「黒人たちがインディアンのように正装をする」ことの意味の本質がわかれば、奴隷制度から遥かカナダまで逃亡したはずの奴隷がプランテーションに戻ってきてしまうという、一見拍子抜けする『カナダへの逃亡』のラストは、読者にとって全く違った印象を残すのではないか。

本稿は、『カナダへの逃亡』で奴隷たちが「インディアンの正装」つまりマルディグラ・インディアンの衣装を身にまとうことの意味を考察の出発点としながら、リードの作品世界全体をつらぬくニューオリンズの民間宗教であるフードゥーと、その混合主義《シンクレティズム》の思想を確認する。またマルディグラ・インディアンの衣装が、彼の作品の核となる思想、混合主義《シンクレティズム》を象徴的に表わしていることもみていきたい。その点に関して、読者への服飾に関するリップサービスが極めて乏しい小説の方ではなく、むしろ同時期に出版された彼のエッセイ『なつかしきニューオリンズ懺悔《ざんげ》の三ヶ日』(*Shrovetide in Old New Orleans*, 1978) を手がかりとする。

このエッセイでは、リードによるマルディグラ・インディアンの衣装そのものの分析が行われるだけではない。その衣装が生まれた背景ともいえるフードゥーの思想体系をかなりの枚数を割いて明らかにしており、ゲイツによれば、それがいかに彼の小説にとって欠かすことのできない哲学的フレームワークになっているかを明示しているという（二二九—二三〇）。ここではひとまず『カナダへの逃亡』を脇へ置いておき、むしろリードの様々な作品世界を縦断的につらぬき結びつけている一本の針と糸のようなフードゥーの思想と、それを体現するきらびやかな衣装を考察するために、彼のエッセイの方を紐解いてみたい。

二　リードのフードゥー講釈——その混合主義《シンクレティズム》

イシュメール・リードのエッセイ『なつかしきニューオリンズ懺悔《ざんげ》の三ヶ日』は、マルディグラ・カーニバルの期間中、ニューオリンズをトニ・モリスンら友人の作家たちと散策しながら、カーニバルの最終日に至るまでの約三日間を描写したエッセイである。「ネオ・フードゥー」という新しいコンセプトを文学界で提唱したことでも知られるリードがフードゥー教についての思索を深めながらフードゥーゆかりの場所を紹介するなど、ニューオリンズの旅の本には載っていない、いささかディープなガイドブックの趣も兼ね備えている。最終日のマルディグラ・インディアンの登場まで、しばし繰り広げられるフードゥーについての講釈を確認しつつ、リードのニューオリンズの散策につきあってみたい。

　リードの乗り込んだニューオリンズ行きの飛行機の機内では、すでにゲイの集団、女装の男たち、マルディグラでは売春婦を象徴する「ベイビードール」の衣装を身にまとった人々がシャンパンやキャンディーを配るなど異様にテンションが高く、ターコイズなどのジュエリーをベルトにつけたカウボーイ・ルックに身をつつんだゲイの人々は、含みをもたせた気のきいた冗談を他の男性の乗客に言ったり、女たちの心を刺激したりもしている（一四）。その中で静かに読書をし、物思いにふけるリードだが、フードゥーは、もとはダホメー（ベニン共和国）とトーゴ共和国でヴードゥー (Vodou) もしくはヴォドン (Vodoun) と呼ばれていたものが、ハイチ経由で奴隷と一緒にアメリカにもたらされ、アメリカでフードゥー (HooDoo) となり、一八九〇年代にその言葉がニューオリンズで現れるようになったことを読者にまず概説する（九―一〇）。一般的に知られるように、ハイチの文脈ではブードゥー (VooDoo) と呼ばれるが、リードはこのエッセイでフードゥーやヴォドンなどと比較的自由に様々な呼び方をしている。

　とくにリードが感嘆するのは、フードゥー（ヴォドン）のもつ混合主義《シンクレティズム》的性質である。たとえば、「ヴォドンはつねに他の宗教、自分の敵だと通常は考えられるものとでさえ、融合するという驚異の能力を持つ。エドマンド・ウィルソンが書いているが、『私はかつてクリスマス近くにハイチに滞在していたが、クリスマスカードのクリスマスおめでとうのメッセージが、時折、蛇で飾り付けされていることに気がついた』ということだ」とリードは述べる（九）。蛇はハイチの民間宗教においては最も古い神、ダンバラ (Damballah) の象徴でもあり（九）、フードゥーのカソリックとの融合を、リードはそのクリスマスカードのエピソードに見出している。また彼によれば、マルディグラは決して純粋なカソリックの祭りとはいえず、これは多神教的な祭りであるという（一一）。そして、マルディグラが蛇のクリスマスカードと同様、フードゥーとカソリックの融合した祭りであることを説明するために、マルディグラとフードゥーの儀式・音楽・踊りがいかに似通っているか、両者の共通点を列挙する（一一）。

フードゥーと他の宗教について、リードを論じた竹本は「ハイチで成立したヴードゥーは、周知のごとく、西アフリカの宗教・呪術とカトリック教が融合してできあがったものである。西アフリカの宗教は多神教であり、神ではないとはいえ神聖を帯びた聖人を多数擁する旧教とは相性がよかった。最終的には、西アフリカの宗教の神々と旧教の聖人たちがヴードゥー教のなかで一体化する……フードゥーは……多様な要素の混成物であり、変化することをいとわない。というよりもむしろ、他者と混じり合って変化し続けることこそが、フードゥーの本質だといっても過言ではないように思われる」（二〇九―一〇）という。つまり、敵と出会うたびに、征服するかされるかの二者択一的態度をとるのではない。それをよく表わしていると思われる例として挙げておきたいのは、リードがエッセイで述べるように、意外にもわれわれの先入観に反して、「フードゥーには悪魔が存在しない」（一八）という事実である。したがって、フードゥーという言葉を想定すると、必ずやその対立概念としてキリスト教を本能的に受け取りたくなる誘惑が生まれるが、そこに分割線は存在せず、むしろフードゥーは一神教とも融合し、溶け合ってしまう。

前述のように、リードは「ネオ・フードゥー」という新しいコンセプトを文学界で提唱したが、これまでに明確な定義をしてきたわけではない。ただ、フードゥーが他者との混合主義的な要素を強く持つのだとすれば、彼の「ネオ・フードゥー」とは、作品の中にフードゥー教のモチーフを、読者がそれにすっかり馴染んでしまうまでに多用することで、フードゥーの持つ混合主義《シンクレティズム》の世界観を、読者に広めようとする戦略ではなかったか。と、同時に混合主義《シンクレティズム》を肯定することによって「一神教であるキリスト教の抑圧性や求心性にもとづく『アメリカ』文化の主流が否定されているのであるが……『世界中の諸文化が交差する』地球国家としてのトポス『アメリカ』への期待の裏返しともなっている」（山口　二二一）のである。

また「ネオ・フードゥー」の戦略の背景には、公民権運動を肌で知るリードが、キリスト教のキング牧師も、彼がインタビューしようとしていたイスラム教のマルコムXも、共に道半ばで死んでしまったことから、一神教の思想に限界を覚えた可能性があったことも否定できない。むしろ第三の選択として、奴隷が苦難のなかで醸成したフードゥーという折衷的で敵をいつのまにか取り込む多神教を、リードが戦略的に選択し、そこにひとつの可能性を期待しながら、フードゥーを用いた作品を創作してきたとは考えられないだろうか。

さて、ようやくニューオリンズに着いたリードは、町に繰り出し騒然とした人の流れの中をかきわけ、キャナル・ストリートへ行く。突然パレードに出くわすが、山車の行列にはジョン・F・ケネディやトルーマン、マッカーサーなどの装飾が施されている。それらの山車が通り過ぎるのをぼんやりとながめながら、リードは、そういえば一八六〇年代は、アイリッシュが「黒人を捕まえる日」（"Get Nigger Day"）として黒人を殺して楽しみ、また猿の仮装をした人々が黒人を追いかけることで群衆を楽しませた歴史があった過去に思いを馳せる（一五）。結局その日は「白人のマルディグラだったな」と思い、宿泊中の「タマランカ・ホテル」に戻ったリードは、夢をみる。

バスの停留所から定宿に戻り、オレは自分の薄暗い小さな部屋で、テレビをちょっと見た……オレは眠りに落ち、溶けかかったマスクだらけのマルディグラのお祭り騒ぎから、追いかけられる夢を見た。（一七）

本来、マルディグラは、マスクをつけてパレードを行う祭りである。たとえばジョージ・リプシッツによれば、カーニバルのパレード自体は一八二七年に始まったが、高価な衣装を着て山車に乗り、観客にビーズのネックレスやお土産用のコインを配るのは、資金力のあるマスクをつけたエリートたちであるという（一一五）。もちろん、その中には現在、黒人も含まれるが、しかし、過去に黒人は一般的にマスクを被ることが認められていなかったのであり、一八八〇年代に最初のトライブ（グループ）が結成されたとき、ネイティヴ・アメリカンのように頭にヘッドピースをまとい、顔にペイントをすることで、ようやく法をかいくぐり、マルディグラに参加することが可能となった（リプリッツ　一〇四）。そのような歴史に鑑みると、リードのマスクが溶けていく夢とは、マスク姿で明るい大通りを行くパレードのマルディグラ・カーニバルではなく、黒人居住地区の周辺を、素顔をさらして奇抜な衣装で練り歩く、マルディグラ・インディアンに近づいていくことを暗示しているようでもある。

三　マルディグラ・インディアンとの遭遇——混合主義《シンクレティズム》としての衣装

リードは月曜日、いわば祭りの最高潮となる「太った火曜日」の前日に、作家のトニ・モリスンとトニ・ケイド・バンバーラらと一緒に、昼食をとっている。

ザ・プロヴェンシャルという場所でランチを食べた。ジャンバラヤを口にしたとき、それは神々の仕業なのだが、何故これが聖なる食べ物という地位を手に入れたのかがよくわかった。ボストンのクラムチャウダーよりも美味いし、ネイサンズのホットドッグよりも……フードゥー料理ってわけだ。混合主義的 (Syncretic)。つまり、スペイン、アフリカ、ネイティヴ・アメリカン、フランス――すべての文化に当てはまる。（二五）

リードは、ニューオリンズの郷土料理でもあるジャンバラヤにまで、フードゥーの混合主義《シンクレティズム》を見出し、すっかり空腹が満たされた一行は、ぶらぶらと観光がてら街を散歩する。リードは十九世紀のフレンチ・クォーターから、その前の時代のスペイン領時代の総督府まで歩いたとき、あらゆる時代と場所がニューオリンズに混在していることに気付き、この町こそが実は「シンクレティック」そのものでフードゥー的だったのだと得心するのである（二五）。

そしていよいよ最高潮となった火曜日の当日である。街で最初に気がついたのは、マルディグラ・インディアンたちが立ち止まることになっている十字路に、一台のぼろ車がとまっており、中には何人も人が乗っていて、彼らは必死にビールで車を走らせようと奮闘している光景だった。そこに、こつ然とマルディグラ・インディアンが現れる。

フライボーイと呼ばれる小柄の少年が、頭に雄牛の角の冠をいだいたワイルドマンとの重々しい言葉のかけあいに、のめり込んでいた。その最大の特異な特徴は、その衣装である。ふんだんに飾り立てられており、そしてとてつもなく素晴らしい。一年がかりで、その衣装に取り組むのである。（三一）

約三十あるともいわれるそれぞれのトライブは、十五から三十人の労働者階級のアフリカン・アメリカンの黒人男性から成る（ヴァンスパンカレン　四二）。別のトライブと通りで遭遇するのをいち早く察知するのがスパイボーイであり、それを自分のトライブに伝える。別のトライブに出会うと、まずスパイボーイどうしが顔を合わせる。目の醒めるようなコスチュームに身を包んだ彼らは、互いの美と踊りと歌で競う。

リードのエッセイと同じ時期、一九七八年に制作された、マルディグラ・インディアンをとらえた『オールウェイズ・フォー・プレジャー』という貴重なドキュメンタリー映像で、マルディグラ・インディアンの一人は次のようにインタビューに答えている。

まず、スパイボーイどうしが顔を合わせる。踊って、お互いに話したりする。そして離れる。それが順番に続いていく。フラッグ・ボーイの対決、セカンド・チーフの対決。最後にビッグ・チーフの対決。戦いと言っても、大方話して踊るだけなのさ。……インディアン・トークさ。台本がある訳ではない。言葉が口をついて出てくるんだ。言いたいこと、感じた事を言ってるだけさ。

その言葉の闘争は、アフリカン・アメリカンの「ダズンズ」の遊びにも似ている（ヴァンスパンカレン　四六）。また、その闘争のために衣装の製作と同様、一般的に一年をかけて歌と踊りの練習が積み重ねられるといわれている。そのままリードは、そのトライブのワイルドマンとフライボーイ（小柄な少年がなることが多い）の内輪のかけ合いを見ている。中世の道化のような役回りであるワイルドマンは、トライブの中でも最も重要な地位にあるビッグ・チーフのそばに仕え、彼の衣装を守る役割も引き受けている。一方、ビッグ・チーフの衣装は、ひときわ豪華で精巧で重さ百ポンドを越えるものもあり、ワイルドマンは、チーフの進む道を空けるよう人を追い払い、彼の衣装が誰からも攻撃されないように飛び回って守る（ヴァンスパンカレン　四七）。一九七〇年代に、写真家で文化人類学者のマイケル・P・スミスによって撮影された、ワイルドマンの写真が図1のようなものである。さらに、リードは次のように続ける。

図1（マイケル・P・スミス『スピリット・ワールド』102頁）

> オレはその衣装の正体を見極めようとした。白人はブラック・インディアンを奇妙だと見なすが、黒人とインディアンの共生が、アメリカで新たな人種を創出していると主張する者もいる。（三一）

ここでリードは、マルディグラ・インディアンのコスチュームには、黒人とネイティヴ・アメリカンが共生してきた歴史が表象されているとする説を提示する。事実、羽のクラウンは、たとえばナッチェス・インディアンからの影響が指摘されるなど（ミッチェル　一一八）、この衣装がかつて逃亡奴隷をかくまったインディアンを讃えているという解釈は一般に敷衍《ふえん》している説でもある。だが、真相は不明であり、現在のマルディグラ・インディアン自身でさえ、なぜインディアンの衣装なのかわからないという（ミッチェル　一一四）。ひとつ確かなことは、バッファロービル・ワイルド・ウェスト・ショーの影響であろう。ニューオリンズに一八八四―八五年にやってきた際に、ショーの出演者のインディアンがマルディグラのパレードに出たという記録があり（ミッチェル　一一四）、それが一八八〇年代のトライブの出現時期と重なっていることから、この衣装がバッファロービルから受けた影響は否めない。

最後にリードは、以下のような二つの説を紹介する。

> ひとつ有力な説は、その幾何学的デザイン（ヴェヴェス）が、地面の上でヴードゥー教の司祭によって「地上の」神々に指示をするのにひき割りトウモロコシで作られたものであり、ハイチの現地のインディアンからハイチ人が学んだテクニックであるというものだ……さて、ボブ・キャラハン……メルヴィルのひ孫であるが……私は彼にブラック・インディアンの写真を見せたところ、彼はその衣装がカリブのものだと言うのだった。（三一）

図2
（マイケル・P・スミス『スピリット・ワールド』94 頁）

まずリードは、マルディグラ・インディアンの衣装の羽の間を複雑に彩るビーズ細工に注目し（図2）、それがハイチで呼ばれるところのヴードゥーの儀式で用いられる護符のデザインの幾何学模様からの影響の可能性に言及している。一方、そこに居合わせたリードの友人がカリブに由来するものだと主張しているように、事実、マルディグラ・インディアンの起源は、同じ様に羽飾りを用いるトリニダード・トバゴのカーニバルだという説も存在する（ミッチェル　一一七）。このような雑多な解釈を可能にするマルディグラ・インディアンについて、リプシッツは次のようにいう。

ヨーロッパのカーニバルの伝統儀式の日程に沿ってはいるものの、インディアンの外観は本来ヨーロッパ的なものではない。それは、ネイティヴ・アメリカン・インディアンについてのビジュアル的かつナラティヴ的な言及がなされているものの、正真正銘のインディアンの祝祭や儀礼に似ている所は殆どないのである。その表現の明らかな様式をアフリカ文化や哲学から用いているかといえば、純粋にアフリカの儀式というわけでもない。むしろそれは、文化的不確定さを示しているのであり、極めて複雑なアイデンティティに調和をもたらすのに適したパフォーマンスとナラティヴを形作っていくために、数多くの伝統の中から抜き取り選択している。（リプシッツ一〇二）

リプシッツの言う、マルディグラ・インディアンの衣装の様々な場所の宗教と文化からの取捨選択と、アフリカン・アメリカンの複雑で不確かなアイデンティティがむしろ肯定的に捉え直されたという意味での「文化的不確定さ」とは、リードがフードゥー（またはニューオリンズの町やジャンバラヤの料理）にみるシンクレティズム、すなわち混合主義に他ならない。それはあたかも、異質なものとの出会いをきっかけに、それと融合し、取捨選択の結果、増幅と洗練を繰り返していくようでもある。

四　マルディグラ・インディアンに接続される『カナダへの逃亡』

ここで、小説『カナダへの逃亡』を紐解いてみたい。二人の主人公のうち、まずアンクル・ロビンが、作品の最後の方で次のように言うセリフがある。奴隷がプランテーションを乗っ取るという痛快な転覆の物語において、大富豪だった主人の財産を相続した元奴隷の彼が、これからどうするかと妻と話し合ったとき、ロビンは、宗教を自分たちの馴染みのものに変えることから始めようと提案する。

　つまり、キリスト教はとどまってもいい。でもでかい顔をし過ぎるのをやめる必要がある。オレは馴染みの信仰を取り戻したいんだ。このキリスト教ってのは、オレたちには効き目がないのさ。砂漠の人たちのもんだ。灰色で、乾燥してて、冷たくってな。ニューメキシコの宗教だよ。雲一つない場所さ。そんで雲が出てくるときには、最後の審判みたいだしな。雄牛の角の祭儀をやって、黒人がインディアンのように着飾ったときにゃ、森の中が活気に満ちあふれたもんだ。誰もが羽目を外して振る舞ったよ……。（一七一、傍線は引用者による）

　この「雄牛の角の祭儀」とはマルディグラ・インディアンでも、前掲の写真（図1）のワイルドマンを想起させる。また、「インディアンのように……着飾」って羽目をはずすことから始めようと提案する祭儀の衣装は、まさしくマルディグラ・インディアンにほかならないだろう。さらに、キリスト教があまり性に合わないというアンクル・ロビンが取り戻したい「馴染みの信仰」とは、おそらくフードゥーではないか。様々な場所の宗教と文化が混ざり合い、他者との融合により自己増幅する混合主義《シンクレティズム》を内包した「馴染みの信仰」のもとでは、主人のプランテーションをのっとった後、逆にこれから黒人のための黒人による反動的なプランテーション支配が始まることはなさそうである。むしろ、他者に開かれた態度がある。

　また、もう一人の主人公である奴隷レイヴン・クイックスキルが、本人の登場はないものの作品の最後の一文で、カナダから突如ヴァージニアのプランテーションにひょっこり帰ってきたことがわかる。読者は、情報量の少なさに戸惑うに違いない。だが、その最終ページをよく見ると、ややスペースを空けて「一九七六年三月二日、太った火曜日、午前〇時一分、タマランカ・ホテルにて」という短い記載がある。この「タマランカ・ホテル」は、じつはエッセイ『なつかしきニューオリンズ懺悔《ざんげ》の三ヶ日』の中で紹介されるニューオリンズで宿泊中のリードの宿でもあったが（一二）、もちろんこれは、彼が『カナダへの逃亡』を脱稿した際の記録であるだろう。しかし、もしこのさいごの部分を作品の一部として理解するならば、主人公レイヴンが、マルディグラの「太った火曜日」の午前〇時一分、つまり祭りの最終日が始まった瞬間に、プランテーションに戻ったと考えることもできるのではないか。

なぜなら前述のように、作品がラストにむかうにつれてマルディグラに関する服飾のキーワードが散りばめられ、アンクル・ロビンが古い黒人の信仰を取り戻して黒人がインディアンのように着飾ろうと提案し、レイヴンより一足先に戻って来ていたリーチフィールドにいたってはパレードの松明持ちになるとされる。これらから辿り着く答えは、一つである。彼らは今からこぞってニューオリンズのマルディグラに出かけるはずなのであり、その意味で『カナダへの逃亡』のラストは、ニューオリンズのマルディグラに接続されているとも考えられるのである。つまり、物語は終わったようにみせながら、じつはたった今、狂乱の祭りが始まったのではないか。

そう考えると、『カナダへの逃亡』のラストは読者に少しだけ違った印象を残す。「太った火曜日（マルディグラ）」の午前〇時一分。ニューオリンズへ出かけて行ったレイヴンやアンクル・ロビンが、どでかいブラスバンドの金属音に合わせて体を揺する度に、けばけばしい色の羽のドレスが大きな弧を描き、重たいビーズが一斉にぶつかり合う音が響き合うのかもしれない。そう、『カナダへの逃亡』は、奴隷が自由になったところで幕が降りる物語ではなく、ブラック・インディアンのドレスのようにあらゆるものと融合しどんな自分にもなれる、だからオレたちはもっと自由になれる、そんな彼らの破天荒なエネルギーを予感させる作品であったように思われるのである。

引用・参考文献

Gates, Henry Louis. "Ishmael Reed." *Dictionary of Literary Biography*. Vol. 33. Ed. Thadious M. Davis and Trudier Harris. Detroit: Gale Research, 1984. 219–32. Print.

Lipsitz, George. "Mardi Gras Indians: Carnival and Counter-Narrative in Black New Orleans." *Cultural Critique* 10 (1988): 99–121. Print.

Mitchell, Reid. *All on a Mardi Gras Day: Episodes in the History of New Orleans Carnival*. Cambridge: Harvard UP, 1995. Print.

Reed, Ishmael. *Flight to Canada*. New York: Scribner Paperback Fiction, 1976. Print.

——. *Shrovetide in Old New Orleans*. Garden City: Knopf Doubleday, 1978. Print.

Smith, P. Michael. *Spirit World: Pattern in the Expressive Folk Culture of African-American New Orleans*. Gretna: Pelican, 1992. Print.

VanSpanckeren, Kathryn. "The Mardi Gras Indian Song Cycle: A Heroic Tradition." *MELUS* 16 (1990): 41–56. Print.

『オールウェイズ・フォー・プレジャー――セカンド・ラインとマルディ・グラのニューオリンズ』Pヴァイン・レコード、[DVD: PVDV4]、二〇〇二年。

小池三枝「文学とのかかわり」『AERA Mookファッション学のみかた。』朝日新聞社、一九九六年、五六―五九。

山口和彦「イシュメール・リード――黒人文学の異端児」諏訪部浩一編『アメリカ文学入門』三修社、二〇一三年、二二〇―二二一。

竹本憲昭「イシュメール・リードの脱中心性」『読み直すアメリカ文学』渡辺利雄編、研究社、一九九六年、二〇六―一九。

＊本稿は、二〇一五年六月十三日、日本アメリカ文学会東北支部六月例会（於東北大学）において、口頭発表した原稿に加筆修正を施したものである。

脱いで始まる、着ずに始めるカーニバル
——内と外から見るカリビアン・アイデンティティ

山本　伸

着るということ

着るという行為にはさまざまな象徴や比喩がある。隠すという行為であったり、変わる、ごまかすという行為であったりするが、いずれも新たな側面が自己に加味されるという点で本質を共有する。衣装は、その意味で重要な意味を持つことになる。色や柄、形状や刺繍等、それをまとう者の精神を代弁し、意図を汲んで発信するための装置となり得るからだ。

トリニダード出身の作家アール・ラブレイスは、代表作『ドラゴンは踊れない』(一九七九)において毎年のカーニバルのマスカレード[1]にすべてを捧げるアフリカ系青年と衣装の関係を次のように表現している。

アルドリック・プロスペクトは衣装を着るたびに自分の魂がドラゴンと一体化するのを感じていた。この神聖な衣装を通して、かつての祖先の尊厳をスラムの人びとに伝えねばならない。目にしたこともない祖国から遠く離れたこの地でひっそりと生きのびてきたこと、伝統的な不屈の精神はいまだ衰えてはいないこと、そして、人の価値というも

のは何をどれだけ持っているかで決まるのではないということを分かってもらわねばならないのだ。[2]

アルドリックが一年がかりで作り上げるマスカレードのテーマは、鋭い爪を立て、口から火を吹くドラゴン、すなわち伝説の生き物の竜であり、それは怒りと恐怖そして反逆の象徴だ。その奥に透けて見えるのは、ヨーロッパによる奴隷制および植民地支配の歴史である。そもそもは白人文化の基盤ともいえるキリスト教の祭典であったカーニバルが黒人奴隷に解放されたのを機に、彼らは自らの精神や思想を表現するすべとしてカーニバルをまったく異質なものに変容させ、まさにその生みの親であるヨーロッパという宗主国、そして白人という支配者に対して逆襲するための機会と空間にせしめたという事実には、思わずほくそ笑まずにいられない。奴隷のガス抜きのつもりが、アフリカに端を発する彼らの知性と哲学と文化力によって白人を揶揄するのみならず、自らの連帯や民族的アイデンティティの意識をも高揚させる手段へとそっくり作り変えられてしまったのだから。「暗黒大陸」出身の人間がまさかそのような知性や能力に長けているとは思いもしなかったであろう当時のヨーロッパ側の認識の低さと甘さについ苦笑してしまうのだ。映画『アミスタッド』[3]で奴隷船に乗り込む奴隷たちに向かってキリスト教の神父がロザリオをかざし、形ばかりの洗礼をする場面が虚しく脳裏をよぎる。

こうして黒人たちの手中に入ったカーニバルはマスカレードという怒りと反逆心をむき出しにすることができる絶好の機会と空間を生み出し、ドラゴンはまさにその申し子として誕生した。数あるオールドマス[4]のなかでもとりわけ人気の高いドラゴンにこだわり、毎年衣装を縫いつづけるアルドリックの表情は真剣そのものである。

ドラゴンの衣装を縫うとき、アルドリックはまさに司祭の顔つきになった。なぜなら、それは、腕の良し悪しではなく、彼自身のドラゴンへの忠誠を確かめるためのものだったからだ。[5]

まさに司祭のごとき様相を呈したこのアルドリックの真剣な表情は、衣装が自由に采配できる単なる衣ではなく、完全に独立したドラゴンという魂を持った存在と化していることを物語っている。つまり、ドラゴンはただの衣装ではなく、アルドリックが対峙すべき神格的存在として奉られているということだ。確かに、マスカレードのテーマ性や歴史性を鑑みれば、とくに怒りや反逆の精神が表現されるためのものとしてドラゴンは単なる衣装以上のものでなくてはならない。アルドリックがアルドリック以上の存在と化すためのドラゴンでなければ、怒りと反逆の精神を十分に表現しきれないからだ。アルドリック自身曰く、何より重要なのは「腕の良し悪しではなく「ドラゴンへの忠誠」なのである。生地や装飾、色やデザインもさることながら、核となるのは衣装を縫う際のドラゴンに対するアルドリックの忠誠心に他ならない。

衣装への忠誠

さて、このドラゴンへの忠誠心であるが、それは衣装を縫い始めてにわかに作り出せるといった類のものではない。一年を通して、恒常的に培われなければならない代物なのである。黒人の歴史、人びとの怒り、そして彼らに宿る反逆精神を代弁するドラゴン・マスカレーダーのアルドリックをコミュニティの誇りと受け入れるスラムの人びとの期待を裏切らないためにも、常日頃からドラゴンへの忠誠心を育んできたアルドリック。ドラゴンへの忠誠とはすなわちそのよう過去を生き抜いてきた先祖への忠誠でもあり、また現代を生きるスラムの人びと、そして未来の子孫への忠誠だと言い換えることもできよう。とりわけ先祖に対する忠誠心は、アルドリック自身の一見ユニークともいえる日常によって体現されている。その一つがサボタージュの美学である。

独り暮らしのアルドリックは、ふだんまったく働いていない。つまり、自分を縛るものはドラゴン以外には何もないわけである。勇壮なドラゴンを舞うがゆえに子どもたちからは憧れられ、女性らには誰かれなくせっせと食事の世話をしてもらえる。昼過ぎまで寝ていようが、誰からも文句ひとつ言われない。一見怠けているようにしか見えないこのアルドリックの生活態度にこそ、サボタージュの美学が宿っているのだ。それはかつて先祖たちがプランテーション農園の過酷な労働のなかで編み出した、「なまける」「怠《おこた》る」「無駄をする」という、たとえ一瞬でも奴隷であることから逃れるための抵抗手段なのであった。

(前略) 奴隷制の時代、常に彼らの祖先たちは、逃亡奴隷あるいは反逆奴隷として、または「マルーン」[6]あるいは「ブッシュ・ニグロ」[7]として、白人農園主の呪縛からなんとか逃れようとした。しかし、それもかなわぬときは、農園に居ながらにして、主人を困らせる方法を見いだしたのだった。それは「なまける」という行為だった。そうすることによって、自分たちの人間としての尊厳を主張しようとしたのだ。洪水やハリケーンや地震が来るようにとホサナ[8]を歌い、農園が被害を受け、働けなくなるようにと祈る。このような「サボタージュ」行為は奴隷解放後も続けられ、さらに度合いを増しながら、ひとつの美学へと発展していった。(中略) 祖先たちは丘の上にのぼり、敵のすぐ鼻先に居を構え、この美学をそれまで以上に完遂しようとした、(中略) アルドリック・プロスペクトは、昼まで寝床にいて、あくびをし、のびをして、さあこれからどこでおまんまにあり着こうかと思案するのだった。[9]

アルドリックにとってドラゴンに忠誠を誓うことは、まさに祖先たちが苦難の末にたどり着いたこのサボタージュの美学を遂行することでもあった。言い換えれば、サボタージュという名の反逆と抵抗の精神は、カーニバルの衣装を縫っていないときでさえ、またドラゴンを舞っていないときですらも、常に探求しつづけねばならなかったのだ。

しかしながら、小説のタイトル通り、アルドリックはやがてドラゴンが踊れなくなってしまう。いったいそれはなぜなのか。

その理由を解く鍵はこれまでアルドリックのドラゴンをスラムの誇りとして受け止めてくれていたコミュニティにあった。とりわけスラムの子どもたちは彼のマスカレードを楽しみにしていたし、またアルドリック自身も自分が荘厳な衣装を着て巧みにドラゴンを演じることで先祖の過去を現在へ、そしてこの子どもたちの未来へとつないでいると自負していたのだった。

> (前略)子どもたちはいつものように道を空けてマスカレードがやってくる方へと目を凝らす。[10]そして、マスカレードが来たとたん、時間《とき》は一瞬にして数世紀も昔へとさかのぼる。人びとの魂は中間航路を超え、踊り手が神聖で尊ばれていた時代のアフリカ――マリ、ギニア、ベナン、コンゴ――へと帰っていく。(中略)踊り手たちが村や民族のことを、男のたくましさと女の優しさを大声で叫ぶことで、村人の心は祖先や神々のそれとひとつに重なるのである。

しかし、このような荘厳な信条とは裏腹に、実際アルドリックはスラムのたった一人の子どもすら救うことができないでいた。少年の名はベイジル、警官である父親から毎日のように暴力的虐待を受けている。ドラゴンの衣装を縫うことに没頭するアルドリックのもとを訪ねては訴えかけるようにじっと見つめるベイジル。思わず目をそらすアルドリック。彼のこの情けない姿はベイジルの一件だけにとどまらない。好意を寄せてくれているスラムの美少女シルビアの気持ちにも、自分もまた好きでたまらないにもかかわらず、応えてやることができない。結果、裕福な中産階級の黒人男性からの強引な求婚にしぶしぶ同意するシルビアを見て見ぬふりをする。ベイジルもシルビアも、暴力や貧困による抑圧という不条理からの解放を望んでいるのに、そしてまたアルドリック自身もこれまでずっとドラゴンを通してこれらの不条理に対する怒りや反逆心を表現してきたのに、あれはいったい何だったのか。

このアルドリック自身とドラゴンの精神性とのかい離こそが、ドラゴンが踊れなくなった第一の理由である。もうひとつは、スラムのコミュニティの変化だ。カリプソ歌手として権力への抵抗をテーマに歌っていた友人は、人気歌手として売れるためだけに歌詞内容を転向させたし、人びとのなかには反逆心がまるで犯罪であるかのように冷たい視線を向ける者さえいる始末だ。目の前の不条理に対してまったく無力な自分の現実と、コミュニティとの一体感が徐々に失われていく現実――このふたつの現実のなかで、アルドリックはドラゴンの衣装を脱ぐことになる。

結局、小説はドラゴンを踊れなくなったアルドリックがスラムを去っていくことで幕を閉じるが、しかし、なぜか終盤に漂うニュアンスはけっして暗くはなく、むしろ未来に向かっての明るささえかもし出している。それはドラゴンが本来持つ精神性を、衣装に頼らず、自らの力で将来必ず手に入れるというアルドリックの決意のようなものを感じさせるからだろう。キリスト教の伝統であったカーニバルという異文化を、機知とアフリカの文化的記憶によって自らの文化に変容させたというアフリカ系人の歴史の重さと、マスカレードによって継承されてきた怒りと反逆の精神――この小説の結末に託されたメッセージは、たとえドラゴンを着ずとも、カーニバルの舞台に立たずとも、自らのなかでそれを体現できるようになることこそが何より重要だということにある。これぞまさに、脱いで始めるカーニバル、着ずに始めるカーニバルなのである。

脱ぐということ

このように、アルドリックにとっての真のカーニバルがドラゴンを「脱ぐ」ことから始まるという理屈に照らせば、この「脱ぐ」、「着ない」という行為をカーニバルの衣装という具体的な次元から「ディアスポラ」という象徴的な次元へと移行させることもできよう。『ドラゴンは踊れない』の作者であるアール・ラブレイスのようにカリブ在住で創作を続ける作家がいる一方で、カリブ出身の多くの作家がイギリスやアメリカ、カナダなどで活躍しているのは周知のとおりである。

むろん作家以外にも数多くのカリブ出身者がおり、このようなディアスポラたちが様々な理由からカリブを出たことで、言い換えれば、異文化に接触し、摩擦や混交の過程を経ることで、自らのカリビアン・アイデンティティに対する意識はむしろ強調されているはずだ。実際、トリニダード出身で一九九五年に亡くなるまでの四十五年間をずっとイギリスやカナダに暮らしながらずっとカリブをテーマに書きつづけたサミュエル・セルボンは、出身地であるカリブを「私の影」[11]と表現し、ガイアナ出身でイギリスに暮らす中国系作家のジャン・ロウ・シャインボーンは「小豆《あずき》ケーキ」[12]を故郷のメタファーと称した。彼らはともにカリブを出ることで一度カリブを「脱ぎ」、しかし、カリブを「着ない」でも、まるで衣装を着ずにカーニバルを満喫するかのように、記憶のなかの文化や歴史、そして精神を異国の地で再現しているわけである。いやそれどころか、カリブ現地に住む人間以上にカリブを客観視できるという点では、むしろその良し悪しを余すところなく理解できていると言っても過言ではないだろう。つまり、ディアスポラはカリブを「脱いだ」からこそ、真のカリブの本質を洞察でき、故郷への思いを募らせるだけでなく、「いま、ここにいる自分」にとってのカリブの意味をさらに深化させることができるのだ。それは大都市のグローバルな流れのなかに身を置きつつも、出自であるカリブのローカルな核をところどころに織り交ぜるグローカリズムの思想とも呼べよう。彼らのなかに現存する記憶のカリブは、例えれば、グローバリゼーションの大波を砕く消波ブロックのようなものだ。グローバリゼーションの波は受け入れつつも、その衝撃をブロックが減衰、消散してくれるおかげで、自らの岸が削り取られる心配はないのだから。

着ないことは着ること

セルボンやシャインボーンと同じく、カリブを「脱いで」も故郷ジャマイカに熱いまなざしを注ぎつづける作家がオリーブ・シニアだ。彼女の作風で注目すべきは、フォークロアつまり民間伝承を重視する姿勢である。まじないや迷信、薬草の知識といった、近代合理主義とはおよそかけ離れたいわば前近代の代物を、トロントという近代合理主義の充満する空間の内側からオルタナティブカウンターとして容赦なくぶち込んでくる点が、オーソドックスでもありまた逆に斬新でもある。『ヘビ女がやって来た』に収載されている「鳥の木」はその好例だろう。

ジャマイカの中産階級の家庭で入学から結婚まですべて母親の言いなりに育てられた少女が、毎年夏に訪ねる田舎の親戚に鳥や草花のことを詳しく教えてもらったり、従兄妹に遊びやさまざまな知恵を授けてもらったりすることで、それまでに味わったことのない解放感と自我意識に目覚め、その体験が大人になってから日常的に目にする庭の木の鳥たちへの愛着と理解へと継承され、最後は鳥たちの縄張り争いからの学びによって浮気相手と一緒になるために自分を追い出そうとする大学教授の夫を逆に家から追い出してしまうという内容の小説である。この痛快な結末は、キングストンの大都会に暮らし、マイアミに所有するコンドミニアムとの行き来で無理矢理詰め込まれた近代合理主義的な価値観からは起き得なかったものだろう。アメリカを優とし、ジャマイカを劣とするグローバリズムを強要する母親や夫への反逆心、言い換えれば中産階級やアカデミズムといった特権への反逆心の源は、やはり彼女の幼き頃の夏の記憶のなかのジャマイカの片田舎での体験にある。自然の不思議を知り、その素晴らしさに感動し、その豊かさを実感したあの幼いときの体験こそが、大人になった彼女に自らも命の有限性という自然の営みのなかに生きているという意識覚醒を引き起こし、母親や夫への不条理な仕打ちに対する怒りと反逆心を呼び起こしたのだ。

この主人公ノリーンの覚醒の原動力こそがジャマイカのフォークロアであるとするオリーブ・シニアの揺るぎない姿勢は、まさに「カリブを着ないでカリブを着る」と表現するにふさわしい。撞着語法にこだわれば、「着ないからこそ着られる」とも換言できよう。トロントの近代に暮らすシニアにとって、ジャマイカの田舎が象徴する古き良き前近代のカリブをもはや「着られない」という事実は、逆にカリブのフォークロアの重要な意味をさらにもっとよく「着たい」という衝動をもたらす原動力となっているにちがいない。

脱いで始まる、着ずに始めるカーニバル

シニアをはじめ多くのカリビアン・ディアスポラ作家の創作の原動力が、「着られない」という反動からの「着たい」というカリブへの衝動であるとすれば、ドラゴンはもう踊れないとしてスラムを去っていくアルドリックの「脱ぐ」という決意はその前段階のプロセスだといえるだろう。やがてアルドリックは再びドラゴンをまた「着たい」という衝動に駆られるであろうし、そのときは真の「反逆心」を自己のなかに内在化させることができるようになることだろう。それはドラゴンを「脱いだ」ことによってもたらされたアルドリック自身の成長である。「脱ぐ」という行為とまた「着る」という行為をつなぐ成長と成熟の過程こそが、じつは何より重要なのだ。ドラゴンを「脱ぐ」と決意したアルドリックも、カリブを「離れ」て暮らしているディアスポラも、脱ぐことや離れることで自らの成長や成熟を手に入れることができる。

脱いで始まるカーニバル、着ずに始めるカーニバルは、今日もカリブの内外、世界中いたるところで行われているのである。

注

1　トリニダード・トバゴにおけるカーニバルの三大要素のひとつで、テーマ性をもったさまざまな衣装を着飾り、舞い、口上を垂れるもの。大きく分けて、主としてストリートで行われる伝統的な「オールドマス」と舞台上で行われる近代的な「プリティマス」に別れるが、ここでのドラゴンは「オールドマス」に当たる。

2 Lovelace, Earl. *The Dragon Can't Dance*, p. 134.
3 奴隷反乱の実話をもとにした一九九七年のアメリカ映画。監督はスティーブン・スピルバーグ。
4 注2を参照。
5 ibid., p. 49.
6 西インド諸島や中央アメリカ、南北アメリカ大陸における逃亡奴隷のことで、山中で武装し、自給自足の生活を送っていた。
7 基本的には注6のマルーンと同義。とくにガイアナではマルーンをこのように呼んでいた。
8 イエス＝キリストがエルサレムに入ったとき、民衆が祝って挙げたとされる叫びのこと。神を賛える言葉として典礼のなかで歌われる。ヘブライ語で「救い給え」の意。
9 ibid., p. 25.
10 奴隷制時代にヨーロッパが行っていた「三角貿易」の航路のひとつで、ヨーロッパからアフリカへを「第一航路」、アフリカからカリブ（のちに北中南米）へを「中間航路」、そしてカリブからヨーロッパへを「最終航路」といった。第一航路には奴隷と引き換えるための物品を、第二航路ではアフリカ人奴隷を、そして最終航路では砂糖やたばこ、ラム酒、コーヒーや綿花といった「第一次産品」と呼ばれる農産物を満載し、この三角貿易の利益率は二百％とも三百％ともいわれるほどであった。この中間航路、英語ではMiddle Passageという。
11 Selvon, Samuel. *Foreday Morning*. p. 224.
12 Shinebourne, Jan Lowe. *The Godmother and Other Stories*. p. 100.

参考文献

Lovelace, Earl. *The Dragon Can't Dance*. London: Longman, 1979.
Selvon, Samuel. *Foreday Morning*. London: Longman, 1990.
Senior, Olive. *Arrival of the Snake-Woman*. London: Longman, 1989.
Shinebourne, Jan Lowe. *The Godmother and Other Stories. Leeds: Peepal Tree*, 2004.

山本伸『カリブ文学研究入門』世界思想社、二〇〇四年。

――「近代から近代を問い直す――カリビアン・ディアスポラが見つめる土着と近代」栂正行・木村茂雄・武井暁子編『近代と土着――グローカルの大洋を行く英語圏文学』音羽書房鶴見書店、二〇一五年。

第三章

「衣装」という表象

意匠あるいは衣装としての比喩

西原　克政

はじめに

この「意匠あるいは衣装としての比喩」を考えるきっかけになったのが、三年前にハーヴァード大学出版局から出たデニス・ドナヒューの『メタファー』である。しかしドナヒューが相手となると、だいたい彼の本で良く取り上げられるウォーレス・スティーヴンズのことが話題の中心になって、またかという気がしなくもないが、このメタファーと衣装ということが頭の中でさっと融合してしまったのは、もうひとつの理由がある。いまから十三年前に書いたエッセイ、「ウォーレス・スティーヴンズの『アイスクリームの皇帝』」、サブタイトルが「センスとノンセンスの境界への航海」が、自分の中でどうもスティーヴンズを読むときに、おそらく誤読のためのガイドブックのように働いてしまうためである。まず最初に、スティーヴンズの「アイスクリームの皇帝」の比喩の効果を考えてみたい。

アイスクリームの皇帝

……………実在を様相の究極にせよ

たったひとりの皇帝はアイスクリームの皇帝
……………………
ランプをその光に貼り付けろ
たったひとりの皇帝はアイスクリームの皇帝

原詩の第一連と第二連の終わりの二行の同工異曲のような謎めいたリフレインの魅惑的な響きを残す印象的な言葉である。これを読解するために、わたしはアンデルセンの「はだかの王様」を使ってみた。アンデルセンの「はだかの王様」は、英訳の古いものでは、The Emperor of the Fine Clothing という題名で知られている。スティーヴンズの詩のタイトルが The Emperor of Ice-Cream である。なんだ Emperor が共通だけの、たんなる一致じゃないかといわれると、はいそうですと引っ込んでしまうしかないのが苦しいところである。しかし、こじつけのように聞こえるが、「はだかの王様」の衣装は、あるようでない仮想空間の現実であって、つまり、題名にある the Fine Clothing は現実には何もないので Nothing のはずである。つまり、結果的には、the Fine Clothing の日本語訳「はだかの」という訳語はまさに的確な訳であることに気づく。スティーヴンズの詩のタイトルも魅惑的なのは、「はだかの王様」の衣装が消えているのと同じく、アイスクリームも消えてなくなる運命だからである。つまり「アイスクリームの王様」のアイスクリームはそこにずっと存在しない、やがては Nothing になるはずである。そうすると、スティーヴンズの The Emperor of Ice-Cream は、意外にもアンデルセンの The Emperor of the Fine Clothing と親しい関係にあるのではないか、ということである。いかにも無理がありすぎるという反論が聞こえてきそうだが、不思議な連想の見えない糸のようなものを感じないではいられないのである。

それでは比喩というものの核心に入ってみよう。スティーヴンズの The Emperor of Ice-Cream とはなんだろう。この比喩の種類は、どのあたりに位置し、落ち着くのかというと、やはりフランスの象徴主義の影響が強い、シンボルとしての機能であるということである。Ice-Cream が人間の生と死を表象していて、Emperor は、人間の死を含んだ生の素晴らしさ、高貴なる存在であることを凝縮しているが、うまくパラフレーズすることは困難である。いや、シンボルというよりは、コンシート（奇想）に近いのではという意見も出てきそうな気がする。このように比喩をさらに詳しく分類してゆくのは、なかなか厄介な問題を含んでいる。

一

長年、詩というジャンルの作品に親しんできたつもりだが、読んでいるものは数が少ないので、これまで読んだ詩でいったいなにが自分に残ったのか、ということを問う時期にきているが、うまくまとめることはいささか自分の手に余る。詩を専攻するものとして、やはり自分にとって詩を読む目的は、比喩に止めを刺すのではないかという気が最近特にしてきた。じつはこの考え方も、自分の経験に裏打ちされて、その経験の後に作られたものかもしれない。一九九四年に青土社から『世界の詩論』という大変変わった詩論のアンソロジーが出版された。これまでのいろんな大家の方たちが翻訳した、アリストテレスから最後はイヴ・ボンヌフォアまでの詩論の主だったものが、収録されているものである。英語圏では、ワーズワス、シェリー、キーツ、ペイター、ヒュームがイギリスからで、アメリカからはホイットマン、ポー、サンドバーグ、エリオット、パウンドという面々である。この本に新たに詩論を付け加えるということで、スティーヴンズとジョン・クロウ・ランサムが選ばれ、たまたまランサムの詩論の抄訳が、わたしに回ってきた。有名なエッセイの「形而上詩」という部分の全訳である。その形而上詩を語るうえで、最も特徴的な比喩がコンシートである。ランサムの定義を、少し長めだが、見てみよう。

コンシートは隠喩に端を発する。しかも実際、コンシートは隠喩として使われれば、隠喩にすぎない。それはつまりそのものずばりの意味であるようにコンシートがまさに文字通り展開したり、またはほかのものを意味しないくらいあからさまに断言される場合である。たぶんこれが定義としてふさわしいだろう。あきらかに十七世紀という時代が、勇敢にも隠喩を使って、最も卑近なものを立派な隠喩に仕立て上げた。まったく同様に明らかなのは、十九世紀はこの勇敢さがなかったのと、隠喩に食指が動かなかったか、直喩に甘んじていたかだった。この二つの時代の文学的特質の違いは、隠喩と直喩の違いである。（この概括は、どんな概括とも同様、例外を含めて考えないと成立しないのは、認めざるをえない）。十七世紀は、詩的言語がきびきびとして独創的だったが、十九世紀はというと、くどいのと先がすぐにわかってしまうものだった。だから後者の時代が隠喩に偶然出会ったとしても、すぐに飛びついたりはしなかっただろう。（二七五）

このランサムの文章は、十七世紀の形而上詩人を高みに持ち上げて、それに対比させながら十九世紀のロマン派の詩人をこきおろしているのが滑稽味を添えている。しかし、ロマン派の詩人たちやその擁護派の人たちからすると、とんでもない濡れ衣を着せられたと、ランサムに非難の矢をいまにも放ちそうな恐れを抱かせる。そこがまたこの文章の面白さでもある。ランサムの詩論で、この部分が一番記憶に残っていて、これまたあまりに大雑把とはいえ、ひとつの世紀を「隠喩」と「直喩」で腑分けする着想は、とても魅力的なものであったと思われる。この方法を、さらに十九世紀と二十世紀に応用してみると、これまた確かに大雑把ではあるものの、ランサムの十九世紀の概括では落ちている、フランスに花開いた、世紀末の象徴主義にはなくてはならない「シンボル」を挙げることも可能かもしれない。いっぽう、二十世紀は、パウンドが推進した日本の俳句から影響を受けた、イマジズム詩になくてはならない「イメージ」に落ち着きそうである。パウンドは一九二〇年に出した長篇詩「ヒュー・セルウィン・モーバリー」の中で、印象的な言葉をつぶやいている。「時代はイメージを要求した」であり、これはまさに自らが推進したイマジズム運動が時代を画する、二十世紀を飾る芸術運動であったことを、ひかえめながらつぶやいている印象的な文句である。パウンドの初期の詩、イマジズムのイメージ詩の典型的な例として出される「地下鉄の駅で」という詩よりもあまり知られていないものの、イマジズム詩の傑作といえるイメージの詩法がうかがえる作品「公園」の第一連を見てゆきたい。

塀のほうに吹き寄せられるたるんだ絹の糸巻きのように
彼女はケンジントン公園の小道の手摺りのそばを歩く
感情の貧血症にかかってすこしずつ死にかけている

ケンジントンはロンドンの旧首都圏区のひとつで、高級住宅地、高級商業地区、外国公館が多いところからもわかるように、都会の富裕層の人たちが住むところです。この第一連の Like から始まる直喩の言い回しの一行目は、二行目の最初の彼女にすべてかかってゆく、卓抜な比喩である。おそらく、高級なブランドの絹の服を着た老婦人であろうと思われる。絹の服は、裕福なブルジョアの証であり、「たるんだ糸巻き」(a skein of loose silk) は、絹のドレスがぶかぶかで、老婦人ががりがりに痩せている姿を生き生きと彷彿させてくれる、鮮烈なイメージの凝縮表現である。この詩の第一連を、いつも読むたびに、パウンドの比喩の巧みさに感心させられる。それと同時に、第一行目の中で五回繰り返される、子音Lの音は、なめらかなでつややかな絹の素材を効果的に呼び覚ます役割を担っている。さらに第一行の子音Kの音は、三回繰り返されるが、「糸巻き」(skein) あるいは「糸のかせ」は、彼女の死を連想させる、「骸骨」(skelton) のような体躯を読者に想像させるところも、じつに巧みに計算しつくされている。このような音とイメージが、たがいにうまく助け合って、印象的な表現をうみだすことが、比喩の最大の効果だが、そういう成功例を見つけるのはまれなことかもしれない。最後に、出てくる emotional anaemia は、パウンドの造語であり、通常血が足りない「貧血症」が anaemia だが、この老婦人には人間的な「感情」が不足しているから、emotional anaemia といっているわけで、このような通常は存在しない病名を当意即妙に考え出して、手摺りで頼りなげに歩いている老婦人に対して気の毒ではないかという、反論もでてきそうだ。そこがこの意地悪な詩にたっぷりと込められた皮肉なのである。皮肉の対象は何かというと、もちろん内実に合わないちぐはぐな高級衣装に身を包む、あくまでも自身の外見にばかり囚われている、ブルジョアジーの気まぐれな趣味のありかたに対してである。この詩のあとに、明らかなコントラストとして鮮やかな、公園にいる、「汚らしい、貧しい、殺しても死なないような、タフな子供の一団」が描き出されるが、これを眺めている作者パウンドも、おそらく貧しい子供たちの仲間と言っていいような、温かな視線で、この未来を担う子供たちを観察しているところが出てくる。それは、お芝居でいえば「風習喜劇」のようなスタイルでもって、上流社交界の作法や気取りを描いて、それを風刺することに重点を置く、機知にとんだ喜劇を、詩でもって実践しようとしていると考えるとわかりやすいかもしれない。

二

イマジズム風の短い詩の例はこれくらいにして、長篇詩『キャントーズ』の最も有名といっていい「詩篇1」を見ていきながら、比喩とよべるかもしれない、一つの手法をざっと眺めてみたい。この長篇詩の有名な書き出しの部分と叙事詩の語りの終わりとを引用してみるが、パウンドの詩はその独特な情調を読者に委ねる難解な種類の詩であるのは間違いない。

だがそれから船へ下って行き
波へ竜骨をつきこんで神々しい海原へのりだし
私らはその黒船に檣と帆をつき立て
船には羊を運びこみ、そしてまた私らの身体をも（一—四）
……………………
「オデュセウスよ、君は意地悪の海神
ネプチューンを通過し暗い海を越えて、
すべての仲間を失わなければ帰られないよ」
それからアンティクレアが来た。
ホーマーからはなれて…………（六四—六八）

全体的な詩の構造を考慮に入れて、モダニズム詩の新しさという側面を確認しておきたい。パウンドは一九一七年あたりから長篇詩『キャントーズ』を発表し始める。このようなある意味で本当にモダンな詩が、すでに一九一七年に構想され、書かれたということがひとつの驚異といっていい。この詩を一行目からずっと読んでいって、ほぼ終わり近くの六七行目まで読んで、六八行目に来て、突然この詩の正体が明かされる。六八行目から六九行目を日本語に直してみると、次のようになる。「安らかに眠れディーヴス。それは一五三八年ウケルスの店（出版社）からホーマーを訳したアンドレアス・ディーヴスのことだ」。ここで、この詩の最初の書きだしから六七行目までが、一五三八年のアンドレアス・ディーヴスのラテン語訳『オデュッセイア』をパウンドが英訳した二重訳の翻訳から、この詩が始まるということが種明かしされる。なんとも手の込んだ、作品であるということである。つまり、一行目から六七行目までが翻訳詩、残り六八行目から七六行目がパウンドの創作詩という、つぎはぎのフラグメンタリーな「マカロニック・ポエム」と呼べそうな雅俗混淆の詩の構造を有しているということ。漢詩の翻訳『キャセイ』や能の翻訳を世に出したのが一九一五年当たりのことですから、ほとんど同じ時期に東洋と西洋の古典文学を翻訳によって、しかも個人の仕事として残すというのは、パウンドの才能以外には考えられない試みだったといえる。そして、翻訳が自らの詩と同じくらいの質を保っているのが、パウンドの翻訳の良さであることを物語っている。この詩が、And then went down to the ship という行から始まるわけだが、これは『オデュッセイア』の第一一巻「招魂」と呼ばれる、冥界訪問の物語の部分で、原作の『オデュッセイア』では最初の一行から一〇四行までの分量の翻訳ということになる。パウンドが、冥界訪問譚からこの『キャントーズ』という作品が始まるのを読者に示したのは、なにか意義深い、ウォーレス・スティーヴンズの言葉を借りると、「隠喩の動機」があったはずだと推測される。それは、『オデュッセイア』の全作品のエッセンスが、第一一巻のネクイアと呼ばれる「招魂」の書きだしのおよそ百行くらいの部分であり、それを六七行の英訳にまとめたものこそ、パウンドにとってのイマジズムの求心的なイメージを長篇詩にも応用したのが能の翻訳であったとすると、能の翻訳に似せた形で、自分の創作詩である叙事詩『キャントーズ』にも、可能性があるという望みを託した実験的な「進行中の作品」を夢見ていたように思える。つまり、イマジズムのさらに進化した長篇詩でのイメージの探求を、聖杯探究のような、航海へ乗り出してゆくのが、この詩篇第一が果たしている役割であるような気がする。能が「イメージの統一」というべきものを備えており、少なくともよくできた能は単一のイメージの中に一切が深められているというのが、パウンドの能への理解と洞察でした。とすれば、能の翻訳に長いイマジズムの詩の可能性を確信したのと同じように、それを自らの詩作品にも応用してゆくことは、必然的な成り行きであったかもしれない。パウンドの冥界訪問への執拗なこだわりは、オデュッセウス、ダンテ、オルフェウス、等の冥府への下降は、美的ヴィジョンを捉える瞬間の旅でもあった。冥界譚のヴァリエーションは、たとえば、イマジズムの代表作「地下鉄の駅」が静止したモノクローム写真ないしはスチール写真のようなものだとすれば、この『キャントーズ』「詩篇第一篇」は登場人物のセリフが入っているモノクローム映画のような趣がある。つまり書き出しから六七行目までの翻訳詩の部分が、ひとかたまりの異物のような隠喩としての機能を持っているようにも見えてくる。この『オデュッセイア』のパウンド訳は、デーヴスの一五三八年のラテン語訳よりもさらに古い時代、五世紀ごろから十二世紀半ばの古英語の擬古文をまねた凝ったスタイルで書かれている。アリタレーション（頭韻）がふんだんに用いられ、オデュッセウスの古い冒険譚の雰囲気を精一杯出そうとしているようだし、ラテン語訳のディーヴスへの対抗意識かもしれない。いずれにしても、職人技と呼べそうな翻訳であることが、注目に値するところである。

三

T・S・エリオットの『荒地』の注に施された、おびただしい数の引用から成り立っている詩作品をモデルとして、われわれはモダニズム詩の引用のスタイルを学んだ。しかし、『荒地』とほぼ同時期に書かれたパウンドの『キャントーズ』の「詩篇第一番」は、より革新的な引用の方法を開拓したと考えて良さそうである。しかし、そのことに批評家が気がつくのには時間を要しました。それは、パウンドがモットーとしていた「メイク・イット・ニュー」の精神とつながっているのでしょうが、あまりにも奇抜に見えてしまうせいかもしれない。前人未踏の領域への挑戦でもあり、常人からすれば、おそらくドン・キホーテ的試み、ないしは気違い沙汰と揶揄されてもおかしくない、途轍もない大風呂敷と見まがうものだったのでしょう。パウンドの試みを、巨視的に俯瞰して眺めると、そこに息づいているのは、パロデイや笑いを愛する、根源的な遊戯精神といっていい気がする。コミックなものへの嗜好という点では、意外にも、パウンドとスティーヴンズは共通性を持っている。もちろん詩のスタイルそのものは極端に違うが、詩にはユーモアがないと詩が死んでしまうことを良く熟知していた。もちろん、ふたりのコミックなものへの嗜好の差異が厳然としてあるという見方が、一般的には支配的であろうかと思われる。パウンドは過去の歴史上の人物の声を再生するのが得意なので、かつてレスリー・フィードラーはパウンドを腹話術師に譬えたことがあった（一四〇）。いっぽう、スティーヴンズは地口や洒落のような言葉の音の効果を特に好む傾向が見られる。

四

詩は言語遊戯の産物であるという考え方を、徹底して追及した本がある。オックスフォード大学出版局で長らく辞書編纂に携わっているトニー・オーガードの『英語ことば遊び事典』という書物である。翻訳の分担を任されて、原著の三分の一くらいの分量を翻訳したが、本場のイギリス人にも難しいパズルが掲載されていて、原著にその答えがないもので、独力で解析し答えを見つけ出すまでに半年近くかかった思い出がある。そのとき初めてパズルを解く醍醐味を味わったといえるかもしれない。そしてことば遊びの奥深い深淵をほんのわずかながら覗き込んだ気がする。ことば遊びのエッセンスの詰まった、ライト・ヴァースの傑作と誉れ高い実例を見ましょう。オグデン・ナッシュのライト・ヴァースの真髄をみごとに抉り出した、リチャード・ウィルバーの文章である。これも長めの引用ですが、ともかく面白い文章なので引用させてもらいたい。

週刊誌「ニューリパブリック」の春の号に、ある教師の投稿者が、理系の技術者に教えているクラスで、オグデン・ナッシュの有名な四行詩を紹介して、落ちこんでしまった体験を語っていた。詩は次のようなものである。

キャンディは
すばらしい
が酒のほうが
てっとりばやい

記憶では、その記事には、生徒のうちひとりだけが、詩がユーモラスであることに気づいたという。ほかの生徒たちは、無反応だったたか、肥満や血糖値といったようなものを警告する、味もそっけもない詩だ、と受け取るかだった。ところで、同時代の詩人たちは、機知のまじめさの再発見といったような批評的な意味合いに促されて、ライト・ヴァースとまじめな詩との区別を混乱するような努力をしてきたようなふしがある。きわめてまじめな詩の中で、ロバート・フロストがいかに軽やかになれるかを想像してみるといい。ライト・ヴァース専門のフィリス・マッギンリーが、まじめな詩の領域にいかにひんぱんに不法侵入するか考えてみるといい。しかしそれでも、このオグデン・ナッシュ氏の詩を生真面目な顔で読むのは、きわめて的外れな機転のきかせ方であるといえよう。似た音の繰り返しの調子のよい文句、つまり本質的に笑いをさそう詩であるのと俗語的な言葉遣いが相俟って、われわれはこの詩をライト・ヴァースの伝統に位置づけることになるはずである。伝統への確信から、言葉の調子を取り出し、その調子がわかってくると、この詩の主題であるべきものが理解できるようになる。つまり、ナッシュ氏がいおうとしているのは、恋愛を成立させる誘惑の方法を述べているということである。アメリカ人ならだれしも気後れするような主題であることと、この主題をあからさまに見せないようにするナッシュ氏のやり方自体が、女性への目くばせ、ないしは相手のわき腹を軽く肘で小突くような愛情表現に等しいのである。(一九―二〇)

これは実にトリッキーな詩であることに間違いはなさそうである。特に英語が母語でないわれわれ外国人にとっては、この詩の本質を掴むのに困難なことば遊びの仕掛けが施されている。この短い四行詩は覚えやすいのも手伝って、人口に膾炙している。この四行詩には、実は題があるが、そちらの題まで知っている人は多くないはずである。「気まずい瞬間を和ませる方法についての考察」(Reflections on Ice-Breaking)という、なにやら少々いかめしい感じの表題になっている。そのしゃちこばった題と軽めの本文の調子の対照が、このライト・ヴァースの隠し味になっている。題が、人間関係のつきあい方の開示を示唆しているが、どうみても詩の題らしくないところも、かえってユーモラスである。そして本文の四行を読むことで、その人間関係がさらに男女の関係へと収斂してゆく詩の構造になっていて、その部分の解釈をウィルバーはみごとに展開している。この短い標語のような詩の「キャンディ」と「お酒」は、恋を成就させる小道具以上の働きをしている比喩ですが、ウィルバーの指摘する通り、かなりきわどいエロティックな詩で、それを覆い隠すような構造になっているのが、トリッキーという言葉を用いた真意である。ところが、題名と本文が相互に補完しあう構造になっているはずの詩が、本文だけが独り歩きしている現実があるからなのか、ことば遊びの音の効果をうまく生かした他愛もない「軽い詩」くらいにしか認識されていないようである。それは、本文だけでもじゅうぶん楽しめるライト・ヴァースの独自性を持っているから、題名が加わることで、大人向けの詩に変わる魔術的といっていい比喩を用いた、言語遊戯の精髄を味わえる作品に仕上がっていることである。

五

ウィルバーの評論家としての才能が発揮されたエッセイのみごとな実践の一部をご覧いただいたが、彼は詩人としてすぐれた作品も数多く残している。最も早い時期の傑作と言ってよい詩の最終連を眺めて、メタファーの役割を詩的に考えてみよう。

あなたの手は、薔薇があなたのものだけではないと言っているかのように、

いつも薔薇を抱えている。美しいものは変わる
こんなにも親切なやり方で――
第二の発見のために、事物と事物の性質を切り離し、
美しいものが触れるすべてを、つかのまに新鮮な驚きへと返すことを、
たえず願いながら

ウィルバーの最初の詩集『美しいものは変わる』（一九四七）の表題作から取ったもので、二十世紀のメタフィジカル詩人の作品といっていいような重厚な哲学的瞑想詩の風格を備えている。確かに、この詩は難解な語りで成り立っていて、取りつく島もなさそうな近寄りがたい雰囲気を湛えている。ただし、時間をかけて瞑想的なスタイルの語りに耳を傾けると、キーワードの「美しいもの」と「薔薇」とが相俟って、読者に光を投げかける仕組みになっているような気になる。古来、「薔薇」は「愛」のアレゴリーあるいはシンボルとして用いられてきた。英詩の中でも、「薔薇」を扱ったロバート・バーンズ、ウィリアム・ブレイク、等の有名な詩がすぐ思い浮かぶかもしれない。しかし、おそらくウィルバーの意識にあったのは、とりわけキーツの「ギリシアの甕によせるオード」にある、例の有名な詩句「美は真実で、真実こそ美である」という美の永遠化に対する異論である、「美しいものは変わる」とは、モダンなアンチテーゼとしてこの詩の核として屹立している。そうなると、薔薇は薔薇でなく、「つかのまに」「美しいものは変わる」とき、「新鮮な驚きに返す」機能を持っているのが、メタファーの役割であるレトリックの模範例を提示しているのかもしれない。

「隠喩の動機」というスティーヴンズの言葉を、ノースロップ・フライは次のように説明している。

それ〔隠喩の動機〕は……人間の精神をその外にあるものと関連づけ一体化させる欲望である。なぜなら人間が持てる唯一の本当の喜びが、パウロも言っているとおり、われわれは部分的には知っているのかもしれないが、われわれが知っているものの一部であるということが感じ取れる、そのたぐいまれな瞬間にあるからである。（一一）

究極的に、言葉と物との幸福な調和の関係性を発見する認識論に聞こえるかもしれないが、ウィルバーの詩にあったように、言葉が別の言葉を纏うことによって生み出される、新しい驚異の瞬間を夢見ることにつながっている。同時に、ウォーレス・スティーヴンズの言葉には、詩が宗教の代わりを担う可能性を示唆しているふしがある。その意味でも、すぐれた詩のメタファーとは、新たな「衣装哲学」を詩に応用することにほかならない。ステーヴンズの「箴言集」の中に、印象的な詩人の定義が簡潔に述べられている。「詩人は蚕《かいこ》から絹のドレスを仕立て上げる」（一五七）。それは、ひょっとして、「はだかの王様」同様、目に見えない「絹のドレス」ということも、大いにありうる気がするのである。

（本稿は、二〇一五年十二月十九日に西南学院大学で開かれた多民族研究学会第二十五回全国大会で口頭発表した原稿を、加筆訂正したものである。）

引用・参考文献

Donoghue, Denis. *Metaphor.* Cambridge: Harvard University Press, 2014.
Fiedler, Leslie. "Pound as Parodist" in *Ezra Pound: The Legacy of Kulchur.* Tuscaloosa: The University of Alabama Pr., 1988.
Frye, Northrop. *The Educated Imagination.* Toronto: CBC Publications, 1963.

Hawkes, Terence. *Metaphor*. London: Methen & Co. Ltd., 1972.

Pound, Ezra. *Selected Poems 1908–1959*. London: Faber and Faber, 1975.

Ranson, John Crowe. "Poetry: A Note in Ontology" in *Modern Poets on Modern Poetry*. ed. by James Scully. London: William Collins, 1966.

Stevens, Wallace. *The Necessary Angel: Essays on Reality and Imagination*. New York: Alfred A. Knopf, 1951.

——. *The Collected Poems of Wallace Stevens*. New York: Alfred A. Knopf, 1954.

Wilbur, Richard. "Round About a Poem of Houseman's" in *Responses: Prose Pieces 1953–1976*. Harcourt Brace Jovanovich, 1976.

——. *Collected Poems 1943–2004*. New York: Houghton Mifflin Harcourt, 2004.

窪田般彌・新倉俊一（編）『世界の詩論』青土社、一九九四年。

トニー・オーガード『英語ことば遊び事典』大修館書店、一九九一年。

西脇順三郎（訳）、エズラ・パウンド「カントー　I」（『ユリイカ　特集エズラ・パウンド』、一九七二年、十一月号）。

象徴としてのズボン
――アリス・ウォーカーの『カラー・パープル』

清水　菜穂

一　はじめに――『カラー・パープル』における衣服と手仕事

アリス・ウォーカー（一九四四―　）の代表作『カラー・パープル』（一九八二）は、アフリカン・アメリカンの女性セリーとその妹ネッティの書く手紙からなる書簡体小説である。セリーは父親の性的虐待によって二度も妊娠させられ、結婚後も夫の暴力におびえ、その苦しみを神に宛てた手紙に綴る。ネッティは宣教活動を行う牧師夫妻を手伝うためにアフリカにわたり、姉にアフリカの様子を手紙で伝える。しかし、その手紙はセリーの夫が隠したため、セリーのもとには届かない。彼にはアルバートという名前があるのだが、暴力をふるって虐待する彼を恐れるセリーは、敬称を意味する「ミスター＊＊」としか呼ばない。セリーはやがて夫の愛人でもあるブルース歌手の女性シュグと愛しあうようになり、彼女の助けを得て夫のもとを去り、最終的には生き別れとなった子どもたちやネッティにも会うことができる。

『カラー・パープル』では、登場する女性たちが裁縫や刺繍などの手仕事に携わる描写が非常に多い。このことが何を表現しているのかについては、これまで多くの研究たちによって論じられてきた。特にパッチワーク・キルトは、アフリカン・アメリカンの女性たちが古着をほどいて様々なパターンに切り、それらを縫い合わせて新たな衣服や寝具にするものであり、彼女たちの歴史や文化を伝統的に表現し、また女性どうしの連帯の力を示すものとして高く評価されている。その中でも代表的なのが、M・テレサ・タボミーナによる論文であろう。彼女は、『カラー・パープル』におけるキルトや刺繍などの手仕事の詳細な描写をとりあげ、それらがセリーとネッティそれぞれの書く手紙の中の言語とともに、彼女たちの「自己定義・自己表現の手段」(二二八)であり、「創造的芸術」(二二七)にまでなっていると論じている。作者ウォーカー自身が代表的なエッセイ「母たちの庭を探して」に書いているように、キルトはアフリカン・アメリカンの女性たちの伝統的な手仕事であり、彼女たちは「手に入れることのできるかぎりの布に自分の存在を残していった芸術家」(二三九)なのだと言えるだろう。確かにアメリカ南部の各都市の博物館にはアフリカン・アメリカンの有名・無名の女性たちのキルト作品が数多く展示されている。筆者も南部を訪れた際、そうしたキルトの一針一針にこめられた女性たちの思いに強く心を動かされたものである。

一方、これまでキルトをはじめとする手仕事が注目されてきたのに対し、衣服そのものはあまりとりあげられることがなかった。本稿では、この衣服について考察を進めたい。実は、手仕事によってできあがる衣服は『カラー・パープル』では物語の展開において重要な役割を担っている。セリーは、神への手紙の中で、妹以外で初めて愛するようになるシュグの魅力や美しさを語る際、その衣服について事細かに描写する。セリーにとっては衣服を着る者の美しさが衣服の美しさを反映しているかのようである。また、ネッティが姉への手紙の中で書くアフリカの人々が着る衣服についての鋭い洞察は、彼女の成長の様子をもの語ってもいる。セリーは産んだ子供を取りあげられ生き別れとなるが、彼女が刺繍をほどこした産着こそ、後に成人した若者が彼女の子どもであることを証明するものであった。さらに、セリーが生まれて初めて「自分のためだけに作られた服」(二一一)を手にし、他の女性から「あんたはそれ以上の価値があるよ」（二一一）と言われるとき、衣服は彼女に自らの存在価値に気づかせる役割を担っている。また、後に論じるように、身につける者それぞれに合うように様々な工夫をこらして個性的なズボンを作るセリーの生き生きとした姿は、それまでの彼女とはまったく異なる積極的な生き方を示していると言える。

衣服の中でもズボンは、特に注目に値する。というのは、ズボンは他の衣服や手仕事とは異なる特徴をいくつも備えているからだ。たとえば、セリーがズボンを初めて作る前に、「あたし、言ったんだ。どうしてズボンが必要なのさ。あたしは男じゃないんだよ」（二四一）と述べるように、ズボンはドレスとは異なり、アフリカン・アメリカンの女性たちがそれまで身につけてきた衣服ではない。したがって、キルトなどの手仕事がアフリカン・アメリカンの女性たちに伝統的に伝わったものであるのに比べて、「女性用のズボン」を作ることは彼女たちにとって全く新しい目的のための仕事なのである。さらに、セリーに暴力をふるって虐待した夫さえも作品の結末ではズボンに合うシャツを縫い始めるように、セリーのズボンは、裁縫という女性の仕事を男性の領域にまで拡大させ、伝統的なジェンダー役割を打ち壊す役割を果たしている。『カラー・パープル』においてこうしたいくつもの特徴をもつズボンの製作は、単にタボミーナが主張するような「自己定義・自己表現の手段」や「創造的芸術」というだけではなく、他に何か別のことを表現しているのではないだろうか。『カラー・パープル』におけるズボンの意味を考察してゆく。

二 ズボンが象徴するもの

セリーのズボン製作には、二つの重要な契機がある。まず、それぞれのズボンの製作の経緯や特徴を確認し、ズボンがどのようなことを象徴しているのかを探ってゆきたい。

（一） 精神的自立の象徴としてのズボン

セリーがズボンを作るようになった最初のきっかけは、ネッティからの手紙を夫のミスター＊＊が長い間隠していたことを知ったことにある。彼女は、髭剃り用のかみそりで彼を殺したいと思うようになる。このようなセリーの気持ちを他に向けさせようと、シュグが彼女に畑仕事に役立つズボンを作るように提案したのである。その結果、「今、あたしの手には、かみそりではなく、針がある」（一四二）とセリー自身が言うように、彼女が作るズボンは夫を殺す武器に代わるものとなる。こうしてセリーが初めて作るようになった一連のズボンは、それまで虐待され、恐れ続けた男たちと彼女が対等に口をきく、というよりも彼らと対峙し、彼らに抵抗するときに身につける衣服となる。つまりズボンは形を変えた抵抗の手段となっているととらえることができる。

このことをもっともよく示しているのは、性的虐待を繰り返し、二度もセリーを妊娠させた父親が、ネッティの手紙により、実は血のつながらない他人であったことがわかったときである。彼女は以前、神に宛てて「あたしは男たちのほうを見ません。本当です。女たちのほうを見ます。だって女たちは怖くないから」（五）と書いたように、男たちを非常に恐れていた。しかし、自分の作ったズボンをはいた彼女は自ら義父に会いに行き、「あたしの本当の父親はどこに埋められたの」（一七八）と、面と向かって亡くなった実の父親について聞きだすことができたのである。

実の父親が白人のリンチで亡くなり、自分を強姦したのが血のつながらない義父であったと知った結果、彼女はそれまで心のよりどころとして全面的に信じていた神に対して不信感を抱くようになり、神に手紙を書くことをやめ、ネッティに手紙を書くことにする。そして夫に対しては「あんたみたいな卑劣な奴……あんたから離れてあたしは生きるんだ」（一九五）と家を出ることを宣言する。こうして、それまで虐待の加害者である義父や夫に反抗することなどまったく考えず、神に頼るだけだったセリーは、彼らの暴力性を初めて意識し、自ら彼らに抵抗するための精神的な強さを抱くようになったのである。

義父や夫に立ち向かうきっかけとなったズボンは、このようなセリーの精神的な力を象徴している。彼女が初めて作ったズボンの生地は、かつては男たちが戦争で身につけた軍服を再利用したものである。しかし、戦争が終わって無用となった軍服は、いまや女たちによる畑仕事という、生産に役立つ有用なズボンとなったのだ。すなわち、人間の命を喪失させる悲惨な戦争を象徴する衣服が、命を育む滋味豊かな食物を生みだすための衣服へと変化したのである。その結果、かつて男たちの残虐性と死の影をまとった生地でできたズボンは、セリーという女性の抵抗と生きる力を象徴するものへと、その意味が転換されている。ズボンは彼女の精神的な自立の象徴として描かれていることが理解される。

（二）経済的自立の象徴としてのズボン

シュグがメンフィスの自宅へセリーを連れて行き、好きなことに使える部屋と時間を彼女に与えたことは、セリーのズボン製作の第二の契機となった。以後、セリーには新たな人生が始まったと言ってよいだろう。そしてセリーがここで作る大量のズボンもまた、それまでのものとは大きな違いがある。それは付加価値をともなうようになったという点である。

付加価値の第一は「着心地の良さ」である。自分で作るズボンについて「何がそんなにいいかっていうと、着心地がいいってこと」（二一〇）とセリー自身が述べているように、最初の固い軍服から作ったものとは異なり、やわらかい布地で作られた新たなズボンは「走ることもでき……暖炉の前で横になることもでき」（二一二）、はいていても「暑すぎるなどと感じない」（二一二）といった長所をもつように工夫がこらされている。また、物語の最後でセリーを理解し、彼女のズボンに合うシャツを縫い始める夫のミスター＊＊も「ネクタイを締めているとリンチされているみたいに見える」（二八四）と述べて、ゆったりした「着心地の良さ」を重視する。またネッティの手紙で知る暑いアフリカの衣服もまた「着心地の良い」（二七一）涼しいものであるとセリーは言う。「着心地の良さ」とは、衣服を身につける者の動きを邪魔しない、つまり自由に動けることなのである。

第二の価値は、セリーのズボンはそれをはく者に合わせた「個性」的な衣服となっていることである。セリーは、それぞれの生活の状況に合わせて素材や色、形を変えている。ブルース歌手のシュグには、巡業のための旅先でもしわにならず、しかも舞台でも美しく見える花模様で豪華なズボン、子供が大勢いる男性には、子供の世話に必要なものが何でも入る大きなポケットのついた洗濯しやすいラクダ色のズボン、という具合にセリーは様々な工夫をこらす。したがって、このようなズボンの注文の依頼がやがて殺到するのは当然の結果であろう。その後彼女は作業を手伝う女性従業員を二人雇って「民衆ズボン無限会社」（二一二）を設立するにいたる。こうしたセリーの経済的自立へと導いたそもそもの要因が、彼女のズボンがもつ「着心地の良さ」と身につける者に合わせた「個性」という付加価値であることは言うまでもないだろう。

しかしここで忘れてはならないのは、付加価値があるからといって必ずしも事業として成功するわけではないという点である。生産したものが利益を生みだすには、資本、土地、労働という三要素が必要である。『カラー・パープル』では、ズボンが実際に利益を生みだすために必要なこれらの要素がどのようにして得られたのかを明確に描いている。たとえば、「(シュグは)出かける前に、今週はいくらお金がいるんだいと言う」(二一〇)とあるように、シュグはズボンの材料の元手となる資本を惜しげなくセリーにわたす。また、生産のための土地すなわちスペースと労働については次のように描かれている。

新聞に広告を出そう、と彼女(シュグ)は言う。そして値段もずっと上げてさ。このダイニング・ルームをあんたにあげるから、作業場にしたらいい。それに裁断と縫製のできる女たちを何人か雇って、あんたはデザインだけすればいいいよ。自分で金を稼ぐようになったんだね、セリー、と彼女は言う。ああ、自分の道を進んでいるんだね。(二一一)

この引用でシュグの言葉はいみじくも、作業場と縫子という生産のためのスペースや労働力とが、セリーの経済的自立に必須であることを示している。さらに彼女は事業展開のための戦略、すなわち広告と適切な価格の設定の必要性をも指摘しているのだ。シュグのセリーに対するこのような援助は、セリーを愛しているからであるが、精神的自立同様、経済的な自立においても、女性どうしのきずなが重要であることを表しているのは言うまでもない。だが、見方を変えれば、ブルース歌手として成功し、金儲けという点で先輩であるシュグの存在なくしてセリーの経済的自立はありえないということも言えるだろう。セリーのズボンは、女性どうしのきずながけっして精神的な側面ばかりではなく、経済的な側面でも重要であることも表現しているのである。

(三) 価値観の転覆の象徴としてのズボン

以上述べてきたように、『カラー・パープル』という作品では、主人公セリーの作るズボンは彼女の精神的および経済的自立を表している。しかしこのズボンは、さらにジェンダーについての価値観の転覆を象徴するという役割も担っている。

最初に触れたように、セリーのズボンはジェンダー領域の境界を抹消する。「ズボンは男がはくものだ」(二七〇)と述べることからもわかるように、夫のミスター＊＊は伝統的なジェンダー役割を内面化している典型的な男性中心主義の人物である。その彼が作品の最後では、セリーを理解するばかりか、彼女のズボン作りに影響され、自らズボンに合ったシャツを縫い始めるくだりは、小説作品としてはやや唐突な感は否めないが、ジェンダー領域の境界の排除を描く重要な場面であることは間違いない。また、先に触れた子供を世話するのに役立つ大きなポケットのついた洗濯のきくズボンは、ジャックという男性のためのものである。このズボンは、子育てという仕事が女性の領域だけのものではないことも主張しているのである。

ズボンがジェンダー領域の境界を抹消していることをもっとも適切に表現するのは、セリーの作るズボンの特別な点が「誰にでもはける」(二七〇)ことにあるという彼女の言葉だろう。先に述べたように、男女の区別なく身につけることのできるズボンに共通するのは、自由に動くことのできる「着心地の良さ」と各自の「個性」を尊重するという点である。言い換えれば、ズボンはそれをはく者それぞれの自由の尊重の重要性を示しているのだ。登場人物の中でもっともジェンダー役割の境界を打ち破り、自らの「自由」をもっとも大切にしている人物は、ミスター＊＊の息子の妻ソフィアであろう。男性のような怪力の持ち主で、束縛されるのを嫌い、夫どころか白人の市長に対してさえ堂々と反抗する彼女のために、セリーは常識を覆すようなズボンを作る。「片方が紫色でもう片方が赤いズボン。ソフィアがある日これをはいて、月に飛んでいく夢を見たよ」(二一四) と言うセリーの言葉は、ソフィアのズボンが既存の価値観にとらわれず、月世界旅行までも含むあらゆる可能性を象徴していることを示していると言えるだろう。

三　ズボンの歴史的意義

ズボンはフェミニズムの文脈では非常に重要な衣服である。女性たちの伝統的な衣服は裾の長いドレスであったが、特に十九世紀以降、広く浸透した従順、純潔、敬虔、家庭的といったいわゆるビクトリア的価値観のもと、女性たちは女らしさを強調するために、ウェストを細く締めあげたドレスを着た。だが一八五一年、窮屈このうえないこうしたドレスに異を唱え、女性の服装改革を訴えたのが禁酒運動の活動家アメリア・ブルーマー (一八一八―九四) である。アメリカの女性史研究者サラ・エヴァンスは、著書『自由のために生まれて』の中で、ブルーマーについて次のように述べている。

彼女 (ブルーマー) が雑誌『百合』〔訳注　禁酒運動の啓蒙のための雑誌〕で宣伝した服装は、「トルコ風のズボンまたはゆったりしたズボンの上に短めのスカートをはくというものだった。他の活動家たちもまたこの新しいスタイルを賞賛した。動きが自由になるだけではなく、縁に埃や泥が付くことが少ないからだった。(一〇三)

このように、ブルーマーの提唱したズボン風の服は「女性の権利運動のシンボル」（武田　一〇七）となった。もちろん、ブルーマーの主張は、当時裕福で教育のある白人女性たちに向けたものだったが、服装改革が女性の権利や自由を獲得することと大きく結びついている点は、作家であると同時に二十世紀の第二波フェミニズムの活動家でもあるアリス・ウォーカーが描く『カラー・パープル』のズボンを考えるうえで重要であろう。

アフリカン・アメリカンの女性の事業展開という点においても、セリーのズボンの背景には歴史的事実が存在する。アフリカン・アメリカン女性労働史の研究者ジャクリーン・ジョーンズは、その優れた著作の中で、十九世紀末から二十世紀初頭にかけて、南部農村の黒人女性たちの望みが「綿花の南部からの脱出」（七九）、すなわち畑仕事からの解放であったと記している。長年綿花の栽培という重労働に携わってきたにもかかわらず、彼女たちは「めったに木綿の新しい服を着る喜びを味わうことがなかった」（八〇）のは、セリーの状況そのものである。また、同じくアメリカ女性史研究者の岩本裕子は、アリス・ウォーカーの造語である「ウーマニスト」をキーワードにアフリカン・アメリカンの女性史をまとめた著作の中で、二十世紀初頭に経済界で成功を収めたマダム・C・J・ウォーカー（一八六七―一九一九）とマギー・レナ・ウォーカー（一八六七―一九三四）をとりあげ、両者の共通点を「仲間たちに向上のための努力を促し……各種団体への寄付」（一〇二）や経済的援助を行ったと述べている。岩本によれば、縮れた髪をまっすぐにする整髪剤の開発と販売で財を成したマダム・C・J・ウォーカーに豊かな髪の美しさを目覚めさせたのが、アフリカン・アメリカン教育の先駆者ブッカー・T・ワシントンの妻マーガレット・ワシントン（一八六五―一九二五）であり、その事業の拡大には娘や孫娘という女性たちの協力が不可欠であった（九二―九三）という。さらにアメリカ初の女性銀行頭取となったマギー・レナ・ウォーカーが勤めた銀行の基礎を作ったのは元奴隷の女性であり、またマギーは多くの女性従業員を雇い入れた（八九―一〇〇）。資本、土地・スペース、労働力、そして事業拡大の戦略を手に入れるに際して、先輩の女性たちの影響を受け、また後輩の女性たちのために尽力したという点で、この二人のアフリカン・アメリカンの女性実業家のいわばパイオニアとしての軌跡は、まさにセリー（とシュグ）のそれと重なるのである。

以上のように見てくると、『カラー・パープル』で描かれているズボンは、アフリカン・アメリカンの女性たちの伝統的文化であるキルトなどの手仕事と、共通点と相違点の両方をもっていることが理解される。共通するのはどちらも女性たちの間の強いきずなの象徴だということだ。彼女たちの強いきずなは、過酷な労働や人種差別、そして男性中心主義のはびこる日々の暮らしを耐え抜く精神を生みだす原動力となっている。一方、相違点は、資本主義社会の中で女性が自由と平等の権利を獲得するためには、経済的自立が何よりも重要だということをズボンが象徴していることである。一九二〇年に女性参政権獲得を実現させた女性の権利運動は、二十世紀後半には、男女が平等となるためには、いかにして女性が経済的自立をなしとげることができるかという点にその目的が変化したのである。

こうした状況の中、アリス・ウォーカーは、エッセイ集『母たちの庭を探して』において、「ウーマニスト」（xi–xii）という造語を提唱した。十九世紀から始まった女性の権利獲得運動フェミニズムが白人女性中心の差別的意味あいをもつことに対し、彼女はこの造語によって、アフリカン・アメリカンのような有色人種の女性たちも含んだ、差別の排除と自由の獲得を訴えたのである。『カラー・パープル』のズボンとは、まさにアメリカの女性たちの権利獲得運動のさまざまな歴史の流れの中から生まれた、ウォーカーの政治的主張を象徴するものだと言えるだろう。

四　おわりに――身体を装う／「意味」を着る

美学・芸術学の研究者吉岡洋は、衣服について次のように述べている。

衣服を身につけることは、「着る」「纏う」「装う」などさまざまな言い方で表現される。服を着るとは意味を着ることであり、人間の身体を意味の体系に登録することなのである。（四）

セリーの作るズボンをはく者は、まさに吉岡の言う「意味」を着ている。精神的・経済的自立や価値観の転覆を象徴し、女性たちの歴史の中から生まれたウォーカーの政治的主張という「意味」を着ているのである。

衣装とは身体を装うものである。しかし身体を装うのは衣服ばかりではない。履物や装身具、マニュキュアやペデュキュアはもちろん、刺青さえも装うものと言えるかもしれない。それらを身につけて装う者は、それぞれの「意味」を着る。『カラー・パープル』でズボンの「意味」を描いた作者アリス・ウォーカーにとって、「意味」を着る装いは実は衣服以外にもある。それはヘアスタイルである。彼女はアフリカン・アメリカン独特の縮れた髪の毛のヘアスタイル、特に自身のヘアスタイルでもあるドレッド・ヘア（ドレッドロックともいう）について独自の「意味」を見いだしているように思われる。拙論を終えるにあたり、ドレッド・ヘアについて彼女が言及している二つのエッセイを通して、『カラー・パープル』のズボンとも共通するウォーカーの装いについての主張を考察してみたい。

一九八七年、ウォーカーは母校のスペルマン・カレッジで「押さえつけられた髪が脳に天井を作る」と題するスピーチを行った。彼女には身体の不調が長く続き、精神的な解放感が得られない時期があったという。精神がのびやかに発達するのを阻害しているのが「脳の中にある天井」（七一）のような髪だと感じた彼女は、髪をすっかり剃ってしまう。その後新しく生える髪は「それ自身命があり、ユーモアのセンスをもっている」（七三）かのようにあらゆる方向に自由にのび始め、その様子はまさに自分自身のように感じたと、彼女は述懐している（七三）。こうして髪を自然のままにのばすようになったウォーカーは、精神的にも髪と同じように成長し続けることができたのである。

その十年後の一九九七年、ウォーカーは「ドレッド・ヘア」と題するエッセイで、ジャマイカの歌手であるボブ・マーリーのヘアスタイルであるドレッド・ヘアに魅了され、自分は十年以上髪を梳かしていないと述べている。ドレッド・ヘアとは、縮れた髪を細く束ねて房にしたヘアスタイルであり、その魅力は次のように語られている。

ひとつひとつの房は、不思議なことに、頭皮を離れるとすぐに自然と平らな房か丸い房に編み上げられていくのだとわかった。……自然のままでいたいという願いがこのように報われたと知ったとき、私は非常に満足し、ある意味、一生幸福でいられると言っても言い過ぎではないほどだった。（八五）

この引用からもわかるように、ウォーカーはドレッド・ヘアに自然、すなわち束縛されない自由という「意味」を見いだしているのである。先のエッセイ「押さえつけられた髪が脳に天井を作る」で、ウォーカーは、アフリカン・アメリカンの少女の縮れた髪を白人のようにまっすぐにしたり、根元から短く切ってしまうのは、伝統的に母親たちの「使命」（七三）だったと述べている。なぜなら、主流の白人的価値観における美の基準では、縮れた髪は美しくないどころか、劣等人種のしるしとみなされていたからであろう。だからこそ、先に述べたマダム・C・J・ウォーカーの整髪剤は、当時の女性たちの夢を実現するものとして成功したのではないだろうか。したがってウォーカーは美の「意味」までも変化させたと言えるだろう。

セリーのズボンは、身体とは区別される人工的に作られる衣服であり、髪は身体そのものである。しかし、人は何を着てどのようなヘアスタイルにするかを選ぶことによって「意味」を着るという点では共通している。ズボンもドレッドヘアも、自然のままの自分自身や何ものにも束縛されない自由と、それまでの価値基準の転覆という「意味」、すなわち身体を装うことについてのウォーカーの主張を象徴している。『カラー・パープル』のズボンを通して、人種差別と性差別を生き抜いてきたアフリカン・アメリカンの女性たちの強いきずなを継承しつつ、その歴史を克服し、自然のままの自由な自己の確立を求めるアリス・ウォーカーの姿が浮かび上がってくる。

引用文献

Evans, Sara M. *Born for Liberty: A History of Women in America.* 1989. New York: Simon & Schuster, 1997. Print.

Jones, Jacqueline. *Labor of Love, Labor of Sorrow: Black Women, Work and the Family, from Slavery to the Present.* 1985. New York: Basic Books, 1986. Print.

Tavormina, M. Teresa. "Dressing the Spirit: Clothworking and Language in *The Color Purple.*" *The Journal of Narrative Technique.* Vol. 16, No. 3 (Fall, 1986): 220–30. Web. 20 Dec. 2016.

Walker, Alice. *The Color Purple.* New York: Harcourt, 1982. Print.

——. *In Search of Our Mothers' Gardens: Womanist Prose.* 1983. London: Womanist Press, 1984. Print.

——. "In Search of Our Mothers' Gardens." *In Search of Our Mothers' Gardens.* 231–43. Print.

——. "Dreads." *Anything We Love Can Be Saved: Writer's Activism.* New York: Random House, 1997. 83–85. Print.

——. "Oppressed Hair Puts a Ceiling on the Brain." *Living By the Word: Selected Writings 1973–1987.* London: Women's Press, 1997. 69–74. Print.

岩本裕子『アメリカ黒人女性の歴史——二〇世紀初頭に見る「ウーマニスト」への軌跡——』明石書店、一九九七年。

武田貴子「アメリア・ブルーマー——早すぎた服装改革者」『アメリカ・フェミニズムのパイオニアたち——植民地時代から一九二〇年代まで』（武田貴子他編）彩流社、二〇〇一年、一〇六—〇八。

吉岡洋「刊行に寄せて」『着ること／脱ぐことの記号論』（日本記号学会編）新曜社、二〇一四年、三—五。

雪のなかの豹
――ポスト人種的ヴィジョンとトニ・モリスン『神よ、あの子を守りたまえ』

川村　亜樹

はじめに

二〇〇八年の大統領選挙の折、トニ・モリスンは大統領候補者に対する初めての公の支持表明として、バラク・オバマに手紙を送った。人種には配慮しておらず、他の候補にはない創造的な想像力をオバマが持っているから支持する、という称賛が記されていた（マクゲバラン）。そして、二〇一五年にホワイトハウスでの食事会に招かれ、非公式なのでジーンズで参加しても構わないのではと周囲に言われた際、彼女は少し間をおいて首を振り、「ジーンズ！ 生涯においてジーンズをはいたことなんて一度もないわ」と話したという（ガーンサ）。理由は説明しなかったそうだが、彼女の衣装への意識が伺える。

手紙と食事会のエピソードに直接的な関わりはないが、「人種には配慮しておらず」という点が示唆するように、「初の黒人大統領」が誕生するとともに、ヒトゲノム計画の完了を経て、ポスト人種をめぐる議論が盛んになりつつある現在、二〇〇八年以降のモリスン作品における人種に関する言説の扱いは興味深く、今後のアメリカの人種関係の行方を検討するうえで大きな意義を持っているはずである。また、『マーシィ』（二〇〇八）、『ホーム』（二〇一二）において、衣装はその検討のための重要な鍵を握っており、『神よ、あの子を守りたまえ』（二〇一五）では、漆黒の肌を持つ女性主人公が「黒さ」を利用してアパレル企業の化粧品ラインの重役となっており、モリスンの世界で異彩を放ちつつ、大学でアフリカン・アメリカン研究をおこなった恋人と人種問題を語り合っている。

そこで本稿では、近年のポスト人種言説に目を向け、科学的証拠にもとづき人種という概念自体を無効にしようとする「リベラル」な態度の問題点を検討したい。そのうえで、『マーシィ』『ホーム』において、人種の歴史的構築に関わってきた衣装の機能を考察しつつ、二〇一〇年代を舞台とする『神よ、あの子を守りたまえ』で、衣装をめぐるアフリカン・アメリカンのトラウマの歴史、そして、人種の関係性が、理論と現実の衝突や矛盾を孕みながら書き換えられていく過程を分析したい。

一　ポスト人種的ヴィジョン――理論と現実

一九七一年十月五日付「ニューヨーク・タイムズ」は、ノースカロライナ州で人種関係の緊張の高まりから黒人狙撃者が三人の白人警察官を負傷させた事件後、三日間連続の夜間外出禁止令が発令された一方で、「主要な（社会的）関心事として、人種関係は、人口増加、産業発展、経済変動によって、じきに取って代わられる」（ウーテン二六）「ポスト人種的な」時代に入ったと見る社会の変化を報じている。このように、ポスト人種という用語は、少なくとも半世紀近く前には存在していたが、二十一世紀に入り、いよいよ現実味を帯びてきたかにみえた。

二〇〇三年にヒトの遺伝情報を解析するヒトゲノム計画が完了し、人種という分類法は科学的に否定された。フランスの分子生物学者ベルトラン・ジョルダンは『人種は存在しない——人種問題と遺伝学』（二〇〇八）において、「人類が現れてから経過した時間はあまりにも短く、さらに、人類は、移動し続け、交わり続けてきた。それらの理由から、われわれの肌の色が、黒色、白色、黄色であっても、また、われわれの容姿が異なっていたとしても、われわれ人類はたった一つの種なのだ」（一二三）と主張した。また、アメリカの歴史学者ジョージ・M・フレドリクソンは、『人種主義の歴史』（二〇〇二）において、人種主義は「十四世紀から二十一世紀にわたってたどることのできる歴史的構築物」（一四三）であって、「この用語を自分たちの語彙から削除したい誘惑に何度も駆られてきた（私自身を含む）歴史家や社会学者がいる」（一五六）と訴えている。

こうした科学者や歴史学者らによるゼロ年代の反人種主義の声は、二〇〇八年、二〇一二年の大統領選挙、そして、在任中、バラク・オバマが背負わねばならない大きな課題となった。オバマは人種を全面に押し出さず、大統領に相応しい候補が偶然「黒人」であったというかたちで選挙戦を戦おうとしたが、結局は、「初の黒人大統領」というレッテルはアメリカ史から永遠に消え去ることはない。そして、人種に絡む事件が全米各地で起こるごとに、ポスト人種的ヴィジョンと現実の距離は程遠いと非難を受けることになる。

たとえば、二〇〇八年大統領選挙後の間もない時期から、「ロサンゼルス・タイムズ」は、「オバマによるポスト人種への約束」と題した記事を掲載し、ポスト人種主義が孕む逆説を次のように指摘している。若い世代の白人がポスト人種主義の観点からオバマを支持する場合、彼らは図らずも人種を大統領選びの主な動機として受け入れてしまっている。ポスト人種的な社会というのは、白人と黒人の交渉人たるオバマの戦略であって、人種問題において潔白というヴィジョンでもって白人を誘惑し、人種的動機から行動をおこさせるのである。真のポスト人種主義者は身の潔白の誇示になど関心はない（スティール）。

そして残念なことに、人種主義の存続は黒人青年たちの殺害事件によりクローズアップされることになる。二〇一三年、トレイヴォン・マーティン事件について物議を醸す判決が下りたときオバマは、世代を重ねるにしたがい、人種問題に関する態度は変化し、進展してきたが、それはポスト人種的な社会が訪れ、人種主義が根絶されたことを意味するわけではない、と苦難のなかにも希望を存続させようとする、難しい立場を余儀なくされた。また、二〇一四年にマイケル・ブラウンが射殺されたときには、オバマが上院議員時代の二〇〇四年に開催された民主党大会での演説で、「私は自身が受け継いだ多様性に感謝しつつ、今日ここに立っています。両親の夢が二人の大切な娘のなかで息づいているのを感じています」と述べたときより困難な状況となっており、ポスト人種的なヴィジョンははるか遠く、いまだ実現していないという記事が「ワシントン・ポスト」に掲載された（シリッツァ）。

さらに、黒人の父と白人の母を持つ、コラムニスト、作家のアンナ・ホームズは、二〇一五年、対前年比で、より多くの黒人が、人種関係をアメリカにおいて最も差し迫った課題の一つと認識している、というギャラップ調査を引き合いに出し、ポスト人種という用語自体が日々の会話からほとんど消え去り、ポスト人種的アメリカとは、負の遺産処理という重荷から解放されたい白人のためのものにすらみえると述べた。ここまで見てきたように、ポスト人種をめぐる議論を時系列に並べると、国民がオバマに期待したその夢は、大統領在任中、進展というより挫折したと言わざるをえない。悲しいことに、科学的に人種など存在しない、と唱えても、少なくともアメリカでは人種問題は解決しないようである。こうした状況をモリスンは『神よ、あの子を守りたまえ』において、アフリカン・アメリカン研究をおこなったブッカーと、黒過ぎる肌でトラウマを抱えるブライドの会話で率直に提示している。

「単なる色さ」とブッカーは言った。「遺伝的な特徴であって、欠陥でも、呪いでも、恵みでも、罪でもない。」

「でも」と彼女は反論した。「ほかの人は人種特有のって考えるわ。」

ブッカーはさえぎって、「科学的に人種なんて存在しないんだよ、ブライド。だから人種が存在しないなかでの人種主義は選択なんだ。〔……〕」

彼の言葉は理性的で慰めにもなった。でも日々の経験とはほとんど関係がなかった。恐竜博物館にいる幼い白人の子供たちの、これ以上に心を捉えるものがないってぐらいの驚いた眼差しのもとで、車のなかに座っているようなものだった。（一四三）

とはいえ、引用文最後にある、ブライドが自身の状況を説明するための誇張した比喩表現は、理論と現実の衝突のなかでの新たな可能性を示唆する。彼女のトラウマの原因である肌の色は白人を魅了 (fascinate) しもする。肌の色をどう見せるか、どう受け取るかは「選択」であり、解釈は可変的なのである。人種という分類法の抹消不可能性に直面したモリスンのここでの試みは、人種が孕むイメージの刷新である。彼女の別の表現を拝借するなら、「いかにして自由でありながらしっかりと自分の居場所を確保するか、いかにして人種主義のハウスを、人種を無視することなく、それでいて人種差別的ではないホームへと改善することができるか」（「ホーム」五）ということである。

ヴァレリー・スミスは『トニ・モリスン——寓意と想像の文学』（二〇一二）で、「アメリカ合衆国の大統領としてバラク・オバマが選出され、専門家や一般的なアメリカ人の多くが、同様にアメリカ合衆国はポスト人種主義の時代に突入したとすぐさま宣言した。非常に多くの人種的不平等の印がいまだ存在するのに、アフリカ系アメリカ人の大統領が選出されたからと言って、人種差別が終わったと考えるのは単純である。〔……〕モリスンは、フィクションやノンフィクションの執筆をとおして、人種形成の歴史や経験が、どんなに暴力的で搾取的で非人間的であろうと、複雑で豊かな情緒的、文化的、そして芸術的な応答に繋がってきたかを示している」（一四—一五）と黒人作家としてのモリスンの取り組みを評価している。では具体的に、ポスト人種的ヴィジョンに対して、二〇〇八年以降のモリスンの三作品がどう応答したか、衣装に焦点を当てて考察したい。

二　靴とキルト——奴隷制度と黒人女性の自立

モリスン文学において衣装は人種的特徴を説明する機能を果たしてきたが、その特徴は作品ごとに時代性を反映させながら書き換えられてきた。そこで、『神よ、あの子を守りたまえ』との時代的な比較として、舞台が十七世紀末の『マーシィ』と、一九五〇年代の『ホーム』における衣装の扱いをみてみたい。

二〇〇八年に『マーシィ』が発表された意義として、「モリスンはアメリカ史において「人種が生まれる前の」人種主義や階級的偏見が萌芽する瞬間に我々を立ち返らせてくれる。本作品は、何人かの文化批評家が「ポスト人種」、その他が「オバマ時代」とみている、二十一世紀アメリカの夜明けに語りかけているのである」（フルッ　一二七）というモリスン研究者の分析がある。アメリカにおける人種主義のルーツを探求するかたちで、いま目前にある人種をめぐる現実に向き合う、さらにいえば、ポスト人種的な風潮のなかで、人種の歴史を忘却してはならない、といった意味合いを帯びている。

この点を踏まえ、本作品におけるアメリカの植民地化の過程を、衣装の観点からみてみたい。貿易商のジェイコブの家にはリナというネイティヴ・アメリカンが住み込んでおり、「獣の皮で自身を覆うと神を怒らせるとして、彼らは彼女の鹿皮のドレスを燃やし、上等のダッフル地の服を与えた。彼らは彼女の腕からビーズ飾りを切り取り、はさみで髪を数インチ切った」(四八)という経験をしている。戦争といった大きな歴史的事件ではなく、日常生活での習俗の取り上げによって、暴力的な植民地化が生々しく現前化されている。同様に、この家に同居する奴隷の娘フロレンスの母ミーニャ・マンイは、「わたしはネグリタ［negrita：アフロ・ラティーナを指す］だった。あらゆるもの、言語、衣服、神々、ダンス、習慣、装飾、歌――そのすべてが、わたしの肌の色に一緒に混ぜ合わされていた。そういうわけで、セニョールがわたしを買って、サトウキビ畑から連れ出し、彼のタバコ農園に向け北に送ったのは、黒人としてだった」(一六五)と語っている。肌の色と衣装は分ち難く結びついており、それらのせいで、ネグリタは「黒人」、すなわち、奴隷としての社会的立場を強いられることになる。

さらに、衣装が示唆する階級差をとおした人種の発生も書き込まれている。たとえば、ジェイコブは、奴隷取引をおこなうドルテガの「上着、靴下、粋なかつらに驚いた。これらの飾り衣装は凝ったものだが、この暑さでは苦しいにちがいない。だが、ジェイコブは相変わらず汗をかいているのに対して、ドルテガの肌は羊皮紙のように乾いていた」(一八)という印象を持つ。汗が示唆する慈悲心を持つジェイコブと対比するかたちで、奴隷取引で得た金で買ったドルテガの凝った衣装と、白い乾いた羊皮紙は、白人の冷酷さを強調している。また、「ハイヒールを履いて着飾った女たちが、十歳のニグロたちがひく荷車に乗って」(一三―一四)おり、少年の特徴が単なる車曳きではなく、あえてニグロと表現されているのに対し、女たちは白人とは説明されておらず、白人が社会の中心的存在になっていく過程が示されている。

そして、本作品の衣装で最も注目を集めるのはフロレンスの靴であろう。冒頭、靴を欲しがる、彼女の着飾ろうとする癖に母ミーニャ・マンイは顔をしかめ、「悪い女だけがハイヒールをはくんだよ。お前は危険で乱れてる」(四)と叱る。先に引用した点を考慮すると、ハイヒールが白人性を特徴づけるなら、黒人が欲しがることは、身を危険に晒す文化的コードの逸脱になるからである。とはいえ、こうした母の想いをよそにプロットは展開し、ジェイコブの死んだ娘の靴、彼のブーツ、そして、リナがウサギの皮で作ってくれた靴と、繰り返し他者から靴が与えられる。先行研究のなかには、物語の初期段階での、フロレンスの足が役に立たないという描写を踏まえ、その奴隷の娘は自身の足で歩けない、つまり、自立できていなかったが、終盤で足が「糸杉のように固く」（一六一）なることから、彼女の足、そして、靴への執着は、他者に依存しない自己の確立過程を示している、という意見がある（カーラシオ　一四四）。

娘の靴をめぐるミーニャ・マンイのもう一つの懸念は、「お前はだらしのない女の靴を欲しがった。それに、お前の胸を包む布も役に立たなかった」（一六六）という、最後に示される性の問題である。母は娘を単に道徳的に非難したかったわけではなく、奴隷の女が自己防衛、明確に言えば、レイプされないために、性的に挑発する「女の靴」などもっての他と言いたかったのである。植民地化が進むアメリカ社会において、人種という概念が萌芽し、定着していく過程で、自己防衛の観点で、階級的なコードを逸脱しないためにも、レイプされないためにも、自己を持つ、自立した黒人女性はハイヒールを欲してはいけなかったのである。

こうした奴隷によってフェティッシュ化された靴のモチーフは次作『ホーム』にも引き継がれ、その他の衣装も時代性を帯びた人種表象を展開している。本作品は、朝鮮戦争への従軍経験によりＰＴＳＤに悩むことになるフランクが妹シーと、何者かが死体を埋める現場を覗き見るところからはじまり、死体の黒い足とクリームがかったピンクの足裏が見え、裸足であることがわかる。続いて場面は変わり、彼は精神病院から裸足で逃走しており、逃げ込んだ教会では、靴は余分にはなく、道中、知り合ったビリーからまともな靴を買いに行こうと親切にされるなど、靴の不在が繰り返し強調される。『マーシィ』のフロレンス同様に、フランクの靴の欠如と周囲からの施しは、自立できていない黒人男性の状況を示唆している。このように、靴をめぐる奴隷制時代の人種的トラウマの記憶は、時代を一九五〇年代に移して、PTSDにより去勢された黒人男性の苦悩へと書き換えられている。

モリスンは、「オバマの選挙で初めて「力強く愛国心」を感じ、[……]十作目の小説は愛国主義、すなわち、一つの国に所属し、その国のために戦うことが普通のアフリカン・アメリンの男性にとって何を意味するのか、の試金石として読めるかもしれない」(アクバル)と語ったとされ、本作品がオバマと中東との戦争という、いまの現実とアフリカン・アメリカンが向き合う機会になることを構想していたようである。作品冒頭で彼が目撃した裸足の死体は、同じく裸足のフランクの分身であり、ラストシーンで黒人共同体の産物としてのキルトで包まれることで弔われ、それはフランクの傷の癒しを示している。人種統合部隊に参加したフランクが帰国して、奴隷制のトラウマを引きずるかたちでまともな靴も履かないまま放浪し、結局、黒人共同体で癒されるという結末は、オバマ政権下のアメリカ社会において、人種問題がいまだ解決の方向に進んでいないことの暗示となるはずである。

また、フロレンスの着飾る癖は、『ホーム』ではシーに引き継がれている。「オーバーオールの代わりにベルトを締めたズボン」(四七)をはいた男を初めて見た彼女は、その男プリンスとそのまま結婚してアトランタに移り住み、買ってもらった花柄プリントのドレスに気を良くしていたが、すぐに騙されていたことを思い知る。それでも彼女は故郷に帰ろうとせず仕事を探すが、雇われた病院で人体実験の対象とされ、危うく命を落としそうになる。結局、フランクに救助され、故郷の共同体のなかで回復し、キルト作りをはじめると、「新しい安定した自分、自信があって明るく、多忙な」(一三五)自分になる。彼女の物語のなかで、衣装は他者依存の兆候を示すだけでなく、自身が制作する立場になることで、自立した自己を確立する道具としても機能する。しかも、この自立した黒人女性は精神的な感覚だけでなく、キルトの販売を計画しており、収入は電気や水道といった共同体のインフラ整備に活用されることになっている。黒人の男たちが退役軍人となって疲弊し、他者依存的な生活を余儀なくされる一方で、女たちは主体的に共同体を構築する原動力となる。

こうした戦後の時代を反映した黒人男女の社会的な関係性は、フランクと元恋人リリーの関係にも当てはまる。彼が彼女と同棲中、日常的な生活にも適応困難な姿をさらしている一方で、彼女は「裁縫技術で頭角を現しはじめた。［……］彼女は何が起ころうと、自分の場所を手に入れて、そこで洋裁店を開こうと決心した」（七八）。しかし注意すべきは、リリーの独立心が、女性に対して暴力的で権威的な男性への対抗から生じているわけではない点である。すでに黒人男性は疲弊しており敵視する対象ではなく、アメリカにおいて奴隷制時代から構築されてきた、黒人女性にとっての自己防衛、主体性の獲得こそが、リリーの野心を駆動させていると見るべきであろう。このように、二〇〇八年以降のモリスン文学において、奴隷制時代からの記憶としての衣装をめぐるモチーフは黒人たちに引き継がれていくが、時代ごとにその意味合いを変え、現在のポスト人種的言説を疑問にさらしながら、黒人の生、主体性を存続させる。

三　雪のなかの豹――黒人女性の商品化

『ホーム』におけるシーとリリーによる、衣装制作をとおした黒人女性の自立、主体性の獲得というモチーフは、『神よ、あの子を守りたまえ』では、化粧品会社の重役となったブライドへと引き継がれている。だが、「モリスンは最新作において、人種差別、肌の色への意識によってもたらされた被害に断固として目を向けている」（ウムリガー）という書評があるように、奴隷制の時代からポスト人種的な時代へと向かう、アフリカン・アメリカンの歴史との関係性のなかで、依然、手放しでは喜べない危うさを孕んでいる。白人が支配する企業国家アメリカにおいて、一定の地位に登りつめた黒人女性が、白人に魂を売り渡すことなく、主体性を維持できるか注視する必要がある。

本作品は浅黒い肌の母スィートネスが、自身の肌よりずっと黒い、「真夜中の黒、スーダン人のように黒い」（三一）ルーラ・アンを産むところからはじまる。この出産が原因で、スウィートネスは父になるはずの男性から捨てられ、さらには、「肌に触れないように咎める方法を持っていた」（三一）と、我が娘に触れることすらできない。黒さのグラデーションにおいて明るさに価値を置く、黒人共同体のなかの肌の色に対する意識が問題視されている。とはいえ、一定の距離を取りつつも、「あの子の黒い肌がどれほど白人を怯えさせ、あるいは、笑いからかわせるか、彼女はわかっていなかった」（四一）といった不安のもと、娘が自立して暮らしていけるか常に見守っており、『マーシィ』でも見られたように、奴隷制以来、黒人の母は人種特有の観点から、娘の安全に気をもみ、自立を願っている。

ただし、『神よ、あの子を守りたまえ』では、別のかたちで黒人女性の自立、主体性が脅かされている。ルーラ・アンは、ブライドと名乗りなおし、名前の変更が示唆するように、漆黒の身体自体を、流行のファッション・イメージ、商品として、差別の対象から羨望の的へと変化させるが、その変化は必ずしも彼女自身による行為とはいえない。彼女の特別なビジネスの才能や努力について際立った言及はなく、漆黒の肌のおかげで企業の重役になっただけであり、白人デザイナーのジェリから、彼女の身体の露骨な商品化を命じられている。彼は、彼女に常に白だけを着るよう「命じ」、「新しい黒、［……］きみを見る人たちにホイップクリームとチョコレートスフレを思い出させる」（三三）、あるいは、「ブラックコーヒーとホイップクリームのパレット、雪のなかの豹」（五〇）といったイメージを作りだし、「黒は売れるんだ。文明世界において一番ホットな商品さ」（三六）と彼女を「称える」。彼女もそれを理解したうえで、白人の部下のブルックリンと並んで、「ブロンドのドレッドをした白人の女の子と、シルクのような巻き毛のとても黒い女の子」（一二三）といった感じで、あからさまに白人が黒人に憧れ、真似をする風潮をあくまで「利用している」と認識している。

このように、「黒人女性の身体が白人社会のファンタジーと恐怖を投影する場になっている」（ロブソン）といった見方があるように、命令と称賛が相矛盾するかたちでブライドは企業に組み込まれている。それゆえ当然ながら、本作品の「問題の一部は、化粧品会社の重役であるブライドがあまり活々とした登場人物ではないところにある。身に着けているスタイリッシュな服と同じぐらい薄っぺらく、表面的で、見た目だけで、それによって彼女は消え去っている」（ウリン）いった批判もある。実際、「アタシたちの付き合いはファッション誌の二ページにまたがる広告のようなものではなかった。二人が波間に半裸で佇んでいて、とても激しい感じでカッコいい。稲妻のように性的で、夕暮れの空が彼らの肌の輝きを引き立てている。私はそういう広告が好き。［……］どうして自分たちと雑誌の見開きと音楽を比べたのかは分からないけど」（九）という箇所では、ファッション誌の広告がブライドのプライベートの充実度の基準、さらには、主体を形成していることがわかる。とはいえ、広告の呼びかけに応答してしまってはいるが、比較する理由を思い当たらないことに気づいている点では、広告の権力に抵抗する余地を残していると言えるのではないだろうか。

もう少しブライドのプライベートを覗いてみると、「しばらくしてアタシのセックスライフは、栄養のない偽りの甘さのダイエットコーラのようになった。ほんの束の間、ヴァーチャルな暴力に安全な歓喜を上げる真似事をするプレイステーションのゲームみたいな、といった方が良かったかもしれない。ボーイフレンドはみんな型にはまった奴らだった。俳優志望、ラッパー、プロアスリート、私の股か小遣いの小切手を待っている奴ら、そのほかといえば、すでに成功していて、アタシをメダル、彼らの武勇の光輝く静かな証拠のように扱った」(三六)というように、彼女自身が現実感を伴わない、憧れの対象としての広告イメージになっていると受取れる。そのイメージを作ったのは、彼女ではなく企業である。とはいえここで注目したいのは、プライベートな男女関係のレベルで言えば、資産を持ち、権力を握っているのはあくまで彼女という点である。奴隷制の時代以来、白人だけでなく、黒人男性からも虐待を受ける黒人女性の物語は枚挙に暇がないことを考慮するならば、黒人女性の社会的地位向上という側面で、たとえブライド本人が空虚感を抱えようとも、部下のブルックリンが言及するように、非常に恵まれた立場とも言える。

そして何より、成長した娘を見て、母スウィートネスは良い意味で、「彼女がやってくるたびに、私は彼女がどれほど黒いか忘れていた。彼女はきれいな白い服を着て、黒さを利用していた」(四三)と過去の娘への不安を裏切られる。『マーシィ』『ホーム』でみられた、オシャレを求め不幸になる、自立できていない娘の物語は、『神よ、あの子を守りたまえ』において、支配的システムとしてのそのプロット自体が書き換えられるのである。また、時にはブライドも、「アタシは漆黒の美をまとった。キスしたくなるような唇にするためのボトックスや、死人のような蒼白さを隠すための日焼けスパ、そして、お尻のシリコンも必要なかった。アタシは子供時代の亡霊たちに優美な黒さを売り込み、いまや、その報酬を受けている。ぜひ言っときたいんだけど、アタシをいじめてた奴らに[……]アタシを見て羨望の的としてよだれをたれさせるのは報復以上のもので、栄光なの」(五七)と与えられた境遇に、素直に満足感を示しており、これは個人的な事例を超えて、人種、ジェンダーをめぐる歴史的戦いでの勝利宣言とさえ言っても過言ではない。

それでもプライドは、物質的な成功で満足することは許されず、モリスンの世界で黒人の娘たちが辿ってきたように、そんな彼女を捨てようとした恋人ブッカーを追いかけるかたちで自己探求の旅に出る。道中、事故に見舞われ、愛車ジャガーとともに、彼女の身体がマジックリアリズム的想像のなかで傷つき変化していくが、最終的には、歴史的勝利といえる、白人企業における重役のポストをかなぐり捨ててまで、ブッカーとの復縁を選択し、子供をもうける。ここで話を終えてしまうと、結局、物質主義に陥ることなく、未来ある家族の存続こそが、アフリカン・アメリカンのサバイバルの歴史において最重要視されるべきメッセージになってしまう。

だが、オバマが大統領に就任した二〇〇九年頃を振り返るならば、父親から性的に虐待され、母親からも家庭内暴力を受けている、「醜い」黒人の女の子が子供を産む映画『プレシャス』がアカデミー賞作品賞にノミネートされた一方で、ファッション業界では「ミッシェル・オバマ効果」なる用語まで飛び出していた。オバマの時代、ファッション業界での黒人の存在感と、アメリカ社会が抱える大きな課題としての、黒人家庭の問題を含めた人種問題は、双方が等しく現実であり、『神よ、あの子を守りたまえ』は、まさにそうした相矛盾する諸現実のなかで黒人女性が自らの主体性の確保を意識し続けることの重要性を強調しているのである。本作品を締めくくるにあたり、スウィートネスはブライドからの援助で不自由ない生活を施設で送り、「世界は私の若かった頃から少し変わった。真っ黒な黒人たちがテレビや、ファッション誌、コマーシャルに溢れていて、映画にまで出演している」（一七六）と感慨に浸っている。別居が示すように、母と娘の距離は最後まで埋まらない、つまり、人種に対する世代的な意識の差は埋まらないが、それは人種に絡む事件に際してオバマが述べていたいように、アメリカ社会における人種問題の改善の兆しとも受取れる。

おわりに

奴隷制の時代、一九五〇年代、二〇一〇年代を舞台とする二〇〇八年以降の三作品を、ポスト人種的ヴィジョンと衣装という観点でここまでみてきた。モリスン作品の「設定がますます歴史的になり、寓話に近づいていくようだ」(チャーチウェル)という批判もあるが、靴やその他衣装を欲しがる、自立できていない黒人女性たちの旅物語をとおした教訓は不変的な言説とはならず、黒人の歴史のなかで書き換えられていく。しかも、三つの各作品は、設定された時代を反映するだけでなく、オバマの時代に人種問題と向き合う機会も提供してきた。そして、黒人を対抗的な固定的イメージで称揚することなく、社会との関係性、歴史的変遷のなかで、矛盾を抱える変容可能な構築物として捉えることで、黒人の生、主体性を存続させようとしてきた。

こうした黒人の歴史に対する態度を明確に記した一節が『神よ、あの子を守りたまえ』にはある。ブライドとブッカー、「二人それぞれ、傷つき、悲しんだ小さな物語に、これからもつきまとわれていくことだろう。純粋で無垢な自己にぶちまけられた何年か前のトラブルや痛みに。そして、それぞれが、その話を永遠に書き換えていくことだろう。すでに知っている話の筋に、テーマを考えて意味を生み出し、起源に囚われないようにするのだ」(一五八)。黒人のトラウマ、モリスンの比喩になぞらえるなら「人種のホーム」は、これからもその枠組みを残し、リフォームされていくのである。これがポスト人種的ヴィジョンに注目が集まった時代におけるモリスンの政治的態度である。

引用文献

Akbar, Arifa. "*Home*, by Toni Morrison." *Independent*. 20 April 2012.

Carlacio, Jami. "Narrative Epistemology: Storytelling as Agency in *A Mercy*." Ed. Lucille P. Fultz. *Toni Morrison: Paradise, Love, A Mercy*. London and New York: Bloomsbury, 2013. 129–46.

Churchwell, Sarah. "Does Toni Morrison's latest novel stand up to her best?" *Guardian*. 27 April 2012.

Cillizza, Chris. "Obama's vision of a post-racial America looks even more distant than before." *Washington Post*. 17 August 2014.

Fultz, Lucille P. "A Mercy." Ed. Lucille P. Fultz. *Toni Morrison: Paradise, Love, A Mercy*. London and New York: Bloomsbury, 2013. 127–28.

Ghansah, Rachel Kaadzi. "The Radical Vision of Toni Morrison." *New York Times Magazine*. 8 April 2015.

Holmes, Anna. "America's 'Postracial' Fantasy." *New York Times*. 30 June 2015.

McGeveran, Tom. "Toni Morrison's Letter to Barack Obama." *Observer*. 28 January 2008.

Morrison, Toni. *A Mercy*. New York and Toronto: Alfred A. Knopf. 2008.

——. *God Help the Child*. London: Chatto & Windus, 2015.

——. *Home*. New York and Toronto: Alfred A. Knopf. 2012.

——. "Home." *The House That Race Built: Black Americans, U.S. Terrain*. Ed. Wahneema Lubiano. New York: Pantheon, 1997. 3–12.

Obama, Barack. "America is not a post-racial society." *Guardian*. 19 July 2013.

Robson, Leo. "Innately Forgiving." *Telegraph*. 17 April 2015.

Smith, Valerie. *Toni Morrison: Writing the Moral Imagination*. New York: Wiley-Blackwell, 2012.『トニ・モリスン——寓意と想像の文学』木内徹、西本あずさ、森あおい訳、彩流社、二〇一五年。

Steele, Shelby. "Obama's post-racial promise." *Los Angeles Times*. 5 November 2008.

Ulin, David L. "The magic is missing in Toni Morrison's 'God Help the Child.'" *Los Angeles Times*. 23 April 2015.

Umrigar, Thrity. "'God Help the Child' by Toni Morrison." *Boston Globe*. 18 April 2015.

Wooten, James T. "Compact Set Up for 'Post-Racial' South." *New York Times*. 5 October 1971. 26.
ジョルダン、ベルトラン『人種は存在しない——人種問題と遺伝学』山本敏充監修、林昌宏訳、中央公論新社、二〇一三年。
フレドリクソン、ジョージ・M『人種主義の歴史』李孝徳訳、みすず書房、二〇〇九年。

第四章

あざむく

隠れて騙る、隠して語る

西垣内　磨留美

はじめに

アメリカのある有名デパートでは、連日同じシーンが展開する。試着室の前に、ゆったりとしたソファーがいくつか並べられ、そこを占領するのは、初老の殿方。夫人の服選びを辛抱強く待つ姿である。このようなシーンを取り上げると、女性差別の誹りを受けるだろうか。性差を映す至って自然な光景に、私には見えるのである。やはり、装いは、女性にとって時間をかけて吟味したい格別な意味を持つものに思える。それは自己主張であったり、美意識の表れであったりするだろう。しかしこれは男性にとっても同じかもしれない。装いをめぐって、女性であらばこその意味は存在するのだろうか。あるとすればどのようなものなのだろうか。

一方、装いそのものに目を転じると、その美しさ、豪華さ、艶やかさを、真っ直ぐに主張するものもあれば、専ら隠すために機能するものもある。それ自体が光を放つものもあれば、言わば、光を避けようと働くもの、そして、華やかな外見がその裏で実は隠す機能を持つものもあることにも着目したい。衣装の多面性は、そのスタイル、色、機能の点で時代や民族を映す鏡となっているが、ジェンダーという切り口で、眺めたときに、その映すものは、さらに広がりを見せるかもしれない。

本稿では、ふたつの物語の女性たちを中心に、「隠すための装い」が多くを物語る姿を検討することとしたい。作者不詳『女水兵――ルーシー・ブルーワー嬢の冒険』(一八一五)、ゾラ・ニール・ハーストン『彼らの目は神を見ていた』(一九三七)を通して、衣装に備わっている明示的また物理的機能の陰に隠れているもの、「隠れ蓑」の語り(騙り)を探る試みである。

一　少女が売春婦に、そして水兵に

『女水兵――ルーシー・ブルーワー嬢の冒険』(以下『女水兵』)は、一八一五年に初版が刊行されて、出版が繰り返されているのだが、作者はわからない。主人公本人の語りで自伝の形を取っているが、出版者ナサニエル・カヴァリー・ジュニア、あるいは無名文筆家の作と言われている。主人公ルーシー・ブルーワーは、ボストン近郊の家庭に生まれ、十六歳まで穏やかに成長するが、その先に波乱に満ちた人生が待っていた。両親の忠告を聞かずに男に誘惑された挙句に捨てられて、家を出ることを決意する。ボストンにたどり着いたルーシーに一夜の宿と食べ物を提供してくれた雑貨屋の女店主は、ルーシーの行き先を見透かすかのように、売春婦は「永久に転落し続ける」(六四)ことになると警告するのだが、ルーシーはその日のうちに不用意に売春宿に招き入れられてしまい、とうとう身を売ることになるのである。

語り手は、一貫して騙された立場で、売春宿の女将を非難するのだが、この女将の側からの反論も、『ルイーザ・ベイカー、別名ルーシー・ブルーワーの近著への短い返答』(一八一六)なる書物として存在する。こちらも『女水兵』の人気にあやかろうとした出版社の創作の可能性が高い。女将の手記によれば、ルーシーはしたたかな娘で「連夜のどんちゃん騒ぎの主役」（一四〇）であったことになっている。

真相は明らかにされず、読者は想像に頼るほかはない。しかし、『女水兵』でルーシーは、売春婦に関して次のような描写を残している。

……三時になると、娘たちは夜のどんちゃん騒ぎのために、手の込んだ支度を始める。実際の姿をできるだけ隠し、化けるためである。口紅や頬紅、つけぼくろ、入れ歯にカツラを総動員して、彼女らはそれを見事にやってのけるのである。知らない人ならロウソクの灯りで眺め、現代のソロモンが世界中から美女を集めたのかと思うほどである。しかし、この魅惑的な娘たちをのぞき見して、だらしない部屋着姿、シミだらけの顔、充血した目に気がつき、臭い息をしているのを知れば、色っぽい襲撃からさっさと逃げ出すことだろう。（六九）

描かれるのは、売春婦たちの精一杯の偽装である。よく見せて自分を売らなければならない。しかし、当然ながら、売春婦の仕事は、装っていては成り立たない。結局のところ、衣服の助けを借りずに勝負するその姿は、人間としての潔さをも如実に示しているのかもしれない。

この描写は、私たちに、売春婦の、特に外見について情報を与えてくれるが、語り手の冷静で客観的な視線に基づくものと言えるだろう。騙されて日々泣き暮らしていた少女の視線とは思われない。この作品は、手の込んだ人物の造形を期待する種類のものではなく、ルーシー自身というよりは、執筆している出版者が語り手として顔を出していると考えるほうが自然かもしれない。しかし、一人称の語りであるという前提に立ち、ルーシーの言葉とするならばという条件付きで、ルーシーの後の行動も考慮すると、最初こそ騙されたものの、案外したたかに生きていたのではないかと思わせる描写なのである。

売春宿での生活が三年になる頃、ルーシーは、知り合いの中尉から、独立戦争で男装して兵士となったデボラ・サンプソンのことを聞く。触発されて、自らも男装して水兵になることを決意するのである。デボラ・サンプソンは実在の人物である。彼女は背が高く、男に見える体格であったというから、追随することを即座に決意するのも無謀な話である。もちろん不安がなかったわけではない。

男に見せかけようとしているという奇妙な外見から、疑われるのではないかという不安に付きまとわれていた。コート通りを過ぎて、思い切って女の人に声をかけてみて、やっと心配から解放された。彼女は当たり前のように「イエス・サー」と答えたのだ。自信が持てた。男として通用する！（七一）

ルーシーの試みは成功し、売春宿を出た翌日には、水兵として乗船を果たしたのである。そして、見破られることなく約三年間が過ぎる。ガーバーは、『既得権』(*Vested Interests*, 1992) において、変装が姿を消すための常套手段となっている探偵小説の例を紹介している。女装や男装によって別人になることは、なるほど、元の人間が行方不明になるということなのである。

ルーシーが売春婦から制服がつきものの水兵に変容したことにも、着目すべきだろう。裸で勝負するということは究極の個性をさらけ出すことでもある。それにひきかえ、組織の駒であることを示す水兵の制服は、アイデンティティを付与する機能を持つ一方で、同時に、均一化された集団の中での個性の埋没にもつながる。「制服を着るというのは『自分を脱ぐ』こと」（鷲田ら　一六）という考えに照らせば、彼女はまた脱いだのである。制服という着衣が、個性を脱がせて、隠れる所作を助けることにもなったということであろう。

しかしまた、伊達雅彦の指摘するように、制服は、外見だけでなく、「人間の内面に一定の影響を及ぼす」ことも考慮しなければならない（一八四）。ルーシーは、水兵の外見を手に入れただけではおさまらず、女性がなしえなかった手柄をあげたいと考え、戦闘が始まるのを心待ちにするようになるのである。戦功をあげることはとりもなおさず、人目を惹く行為である。組織の中で今度は個性の可視化が行われ、没個性の集団の一員となって組織の外から隠れる行為にとどまらない局面に移行していたと考えることができる。

ガーバーは、異性の服を身につける行為は「不協和音の存在を示唆」するとしている（一六）。確かに、水兵になるというルーシーの動きは社会通念を覆す行為かもしれない。しかし、それは必ずしも否定されるべき行為でもない。この物語の編者コーエンは、『女水兵』は警告を与える誘惑の物語である一方で、一人のアメリカ女性の勇敢な愛国心を讃える物語であると評している（二五）。この作品において、男装はルーシーの逃亡の手段であったが、男装がもたらしたジェンダーの越境は、かつての存在そのものをかき消し、別の存在へと移相する行為でもあった。海軍という組織に身を隠すという所作が、売春婦階層からの脱却、さらには、内面的な変貌とともに、個性の復活の指標ともなり得たといえるのではなかろうか。

家を出て、六年近くが過ぎ、望郷の念がルーシーを「元の人間」に戻すことになる。

> ご婦人方が言うように、「ショッピング」に出かけた。コーンヒルでジャケット、ブラウス、スカートを買い求め、ガウンや帽子も仕立ててもらい、もう一度本来の自分の姿になることができたのである。（七五）

「本来の自分」という言葉は、自己回復を意識した発言とも取れる。こうして無事帰郷して、第一部は終わる。ところが、それはルーシーの冒険の終わりを意味したのではなかった。自ら進んで水兵として活躍したルーシーが平穏な生活に退屈しだすのも当然の帰結であった。田舎の落ち着いた暮らしに収まりきれない内面を持つに至っていたということだろう。郵便馬車に乗って、また旅に出るのである。そしてまた読者は男装したルーシーに出会うこととなる。ここでは男装の理由は語られない。しかし、男装したルーシーの後の行動が何ものかを物語っているようでもある。

夕食のために立ち寄った宿屋で、郵便馬車に同乗していた若い女性がそこにいた無礼な男たちに侮辱され、同乗していた老人の穏やかな制止も功を成さない場面である。「同性」が辱められたことがルーシーの「義務感」を呼び起こし、男たちに立ち向かうことになるのである（八五）。今度は同乗していた若い士官がルーシーの言葉に腹を立て、決闘を持ち出すが、ルーシーは慌てず臆することなく策を講じた。密かに宿屋の主人から未装填の銃を二丁借り、士官を呼び出すと、彼はうろたえ、渋々老人と若い女性に謝罪したのである。「こうして事件は収束した。幾多の戦闘経験があり、男に脅されようが何ともないと豪語していた若い士官は、虚しくも、一人の女の命令に屈服させられたのだ！」（八七―八八）。

士官はそそくさと去り、ルーシーの勇気ある行動と機転は、戦争経験の豊かな老人をして、多くの武器を使い多量の血が流れたどの戦闘よりも素晴らしい勝利と感嘆させたのである。この間、ルーシーは男装したままである。虚飾を重ねる娼婦の身支度が必然であるように、男装はもはやルーシーの必然になっていたのかもしれない。彼女の内面を支え、大胆な行為と等価になり得たのは、男の容姿であったのである。しかし、一方で、力に頼らず血を流さない勝利は、女性的な発想に基づくものとも考えられる。一つのシーンのなかの二重構造を読者に意識させ、単なる勧善懲悪とは異なる意味が存在することを知らしめる事件である。

ニューヨークからボストンへ旅をするルーシーだが、そこで読者はまた無謀とも言える彼女の行動に驚かされることになる。変装のスキルを試すべく、もといた売春宿に男装して乗り込むのである。「この年老いたいかがわしい詐欺師を完璧にあざむいているのだとわかって満足だった。かつて取り返しのつかないほどに私を騙した人なのだから」（九一）。さらにルーシーはかつての自分——いなくなったミス・ベイカー（当時の偽名）——のことを話題にするという暴挙に出る。ここでも女将は、まんまと騙されて、「恩知らずの売春婦」と彼女が話のなかで罵った当の本人が目の前にいることに気づかず、「少佐」ともち上げて、ルーシーに「快感」をもたらしたのである（九二）。

副題に謳われるルーシーの冒険には、物理的な行程や遭遇する事件もさることながら、自ら危険の中に飛び込んでいくルーシーの行動力と大胆さを通して、読者の心理にも働きかける要素をも見いだすことができる。「はらはらドキドキ」を提供する娯楽小説として人気を博していたことは首肯ける。そして、ルーシーの企みの成功は、ストーリーに誇張はあってもジェンダーに関する急進的、転覆的メッセージが含まれるとするコーエンの評価を裏付けるものだろう。

言うまでもなくこれは虚構の世界の話であり、実際のところ、どこまで隠しおおせるのかは疑問の残るところではある。しかし、男はズボン、女はスカートという当時優勢な固定観念が変装の成功を助けた可能性は高い。ヘアスタイルの変化に気づかないという笑い話が今日に至るまで連綿と繰り返されることから推しても、外見に関する日常的な判断は、それほど綿密でも慎重でもないことは、容易に想像できる。女性が「ズボンを履く」という行為がかつては性差の越境として機能したことは、十分に考えられるのである。

容姿の越境は、規範やイメージの破壊につながる。ガーバーの言う「文化的、社会的、美的不協和音」、また、明確な区分が消滅する「カテゴリーの危機」として脅威をもたらすものともなろう（一六）。しかし、『女水兵』は、逃避と復活の物語であった。売春婦となり辛酸を舐めたのは、「女性であること」に起因する悲劇であったかもしれないが、ルーシーはそれを覆す強さを持っていた。その時彼女の力になったのは変装である。郵便馬車での旅の途中、無礼な男に立ち向かうその決然たる態度は、男性のロールモデル的でさえあった。またその策には、女性的な要素も見られたことも先に見た。『女水兵』において、自立した勇気ある一個の人間としての女性を私たちは目撃したのである。

二　見えぬものの問わず語り

ゾラ・ニール・ハーストンの『彼らの目は神を見ていた』では、作品の冒頭から、主人公の着衣に読者の注意を引く作りになっている。町に戻った主人公ジェイニーが歩いてくるのを目にした町の人々が彼女について発した最初の言葉はこんな具合である。

「なんだってオーバーオール着て帰ってくんだ？　ドレスが見つからなかったたってのかい。ここ出てったときの青いサテンのはどこ行っちまったんだ？……四十のおばさんがわけぇ娘っ子みてぇに髪の毛、背中に垂らしてんのはどういうわけかね。」（二）

女たちは、外側の色あせたシャツや泥だらけのオーバーオールに固執して、大事に覚えておくことにする。「ジェイニーの強さに対抗する武器」として役に立つかもしれないからだ。そうでなかったとしても、ジェイニーが「いつか彼らのレベルに落ちてくる」ことを期待させるものとして働いていた（二）。

一方、男たちは、作業着の陰にあるのは、疲れ果てたジェイニーの姿ではないことに気がつく。「ポケットにグレープフルーツを入れているかのような引き締まった尻」、「シャツを破って飛び出さんばかりの胸」――男たちは、包まれて目には見えない豊かな肉体を思うのである。そして、「ふさふさした黒髪は腰のあたりで羽飾りのように揺れていた」（二）。苦難の果てに挫折を伴って帰ってきたのではないことが、実はここですでに示唆されているのである。

もちろん、ジェイニーが作業着で帰ってきたのには訳があった。彼女の作業着は、町を出てからの生活や事件を物語る。恋人ティーケイクと町を出て行くまでジェイニーが身に付けていたのは、元市長夫人、そして雑貨屋の女主人としてのドレスである。ティーケイクと向かった先は、エヴァーグレーズで、季節労働者として働く彼らの着衣は必然的に作業着となった。そこでジェイニーは初めてともいえる精神的に充足した生を獲得するが、ティーケイクが狂犬病にかかってしまうことで状況は一変する。ティーケイクは狂気の中で彼女を襲い、やむなくジェイニーは彼を殺してしまったのである。裁判があり、投獄の難は逃れたものの、事件から着の身着のままであったろうことは容易に察しがつく。作品冒頭のジェイニーの姿は、「地平線のところまで」行った彼女の旅を伝えるのである（一八二）。ドレスから作業着へ、市長夫人、雑貨屋の女主人から労働者へ、一見没落とも映り、町の人々を驚かせるが、いわゆる額縁仕立ての作品で、第二章から時間が巻き戻されて、ジェイニーの人生を追っていく読者は、作品の最後に至って冒頭の作業着が示す内実を知ることになるのである。

ティーケイクの死が絡むくだりは、当然ジェイニーにとって苦痛を伴うような壮絶な場面が展開するが、これは、人知を超えた不可避ともいえる事象である。ジェイニーが避けられるはずの理不尽な苦悩を味わうのは、二番目の夫ジョディとの結婚生活であった。そのような彼女の状況を表すために、ヘッドラグが効果的に使われている。それは、アフリカの民族衣装の一部であり、ヘッドラップまたはヘッドドレスと呼ばれるが、ここでは、作品内の呼称に従うこととする。ヘッドラグは、即座にアフリカを連想させるような特徴的な装いである。ハーストン自身も、西洋の帽子とともに、好んで身に付けていた。「白人並み」を目標とする当時のアフリカ系の人々には、逆行する行為とも映り、アフリカ系の人々に受け入れられるようになるのは、もっと先のことである。アリス・ウォーカーは、ヘメンウェイによるハーストンの伝記の序文で、次のように述べている。

［ハーストンは］アフリカやハイチといった地域の黒人女性が身につけていたように、スカーフを頭に巻いていたものだった。……彼女を批判する連中は、彼女の頭の上の「ラグ」でさえ毛嫌いした。（おかしなことに、彼らはアフリカ系アメリカ人の女王とジェマイマおばさんの区別がつかなかったらしい。）（xv）

ウォーカーの『カラー・パープル』には、性別不問のズボンを作る主人公セリーが、ズボンは男が履くもんだと言う元夫に対して、アフリカではどちらもドレスを着ていると返す場面がある（二七九）。これは、本作品の重要な表象であるズボンをめぐる会話というだけでなく、民族の服飾の歴史を伝える会話ともなっている。アメリカで奴隷としての労働を余儀なくされた時点で、ズボンとスカートという着衣上の男女間の分化が行われたのである。アメリカでは、男性がヘッドラグをつけることがなくなったのである。ヘッドラグについても同じことが起こった。

奴隷の女性たちは、不足する布をかき集めて、ヘッドラグの習慣を守った。ハーストンにとっては、ヘッドラグもフォークロア同様、白眼視の対象ではなく、民族の、そしてアフリカ系の女性たちの、誇りを表すものに他ならなかったのである。

しかしながら、『彼らの目は神を見ていた』においては、それは別の意味を持っていた。作品の冒頭でも注意を引いたジェイニーの美しい髪は、男たちの垂涎の的であり、それを夫ジョディが独占するために、ジェイニーは常にヘッドラグを巻いているように言いつけられるのである。

ヘッドラグは、うんざりだった。しかし、ジョディは頑固だった。彼女の髪は、店では決して見せてはならない。……彼は何度も他の男たちが彼女の髪に我知らずうっとりしているのを見ていたが、彼女には教えなかった。……彼女はジョディが見るために店にいるのだ。他の男のためではない。(五一―五二)

ハーストンは、ここでは、ヘッドラグを束縛の象徴として機能させたのである。ジョディが亡くなった時にすぐさまとったジェイニーの行動は、鏡の前でヘッドラグを外すことであった。「ジェイニーは自分の頭から剥ぎ取るようにヘッドラグを取って豊かな髪が下に流れるのに任せた。重さ、長さ、美しさがそこにあった」(八三)。

解き放たれた髪は、その祖母や母の人生を物語るものでもあることも看過できない。奴隷の時代に祖母は、農園主の妻からせっかんを受けて、乳飲み子を抱え、産後の身体をいたわることもできずに、農園から逃げざるを得なかった。のちにジェイニーの母親となるその乳飲み子は、農園主の子だったからである。ジェイニーの肌の色の薄さとともに、長い髪は、前の世代の人生の過酷さにつながるものでもあったのである。その髪に男たちが憧れるというのも、アフリカ系社会の複雑さを示すのかもしれない。ハーストンは、ジェイニーの容姿、そして、彼女の結婚の有り様によって、アフリカ系の女性たちの歴史的な負荷を再現したと言える。最初の夫キリックスは、ジェイニーを労働力としてしか捉らえない。白人を頂点とする搾取関係の最下位——ジェイニーの祖母の言う「この世の騾馬」——の姿である（一四）。二番目の夫ジョディの妻に対する横暴さは、ヘッドラグにまつわる逸話の存在でより明瞭になる。ジェイニーの髪が、小説の冒頭でその存在を強調されるのは、ジェイニーの人生を通してアフリカ系の女性たちの歴史を検討するこの作品ならではの意図があったとも考えられる。

冒頭の姿とはっきりと呼応することに気付かされるのは、次の描写である。夫の葬儀の後、「彼女はヘッドラグを一つ残らず燃やしてしまい、翌朝には、編んで一つにまとめた髪を揺らしながら、家中を歩き回った。それは優に腰の下まであるのだった」（八五）。作品の最後に至って、冒頭に現れるジェイニーが自信に満ちて落ち着いた暮らしを始められる女性として戻ってきたことが明示されるのだが、ここでは、ジョディの死後に訪れた束縛からの解放を映す姿であろう。ヘッドラグは、自由への希求を封じ込める衣であったのである。

同時に、頭部を保護するというヘッドラグの本来の機能にも着目すべきだろう。ヘッドラグを巻いた姿は、ジョディと結婚していた時期のジェイニーの置かれた状況を示唆するものでもあったということである。ジェイニーはジョディの財力によって守られていた。つまるところ、ジョディの側の「保護してやるから、かしずけ」という論理をもヘッドラグは表すのである。さらに、民族の背景へと視野を広げれば、奴隷制は何もできない黒人のための保護策なのだという白人の主張も根強かった事実にも行き着く。ヘッドラグは、アフリカ系アメリカ人の苦難の歴史を物語るものともなり、主人公の動きによって屈従からの解放をも示す手段ともなっていた。ハーストンは、ジェイニーの豊かな髪を隠したヘッドラグの声なき声の雄弁な語りを提示したのである。

むすび

ここでは、本稿のテーマ「隠れる」、「隠す」、そしてジェンダーと無縁でないアフリカ系の女性たちの裁縫の仕事に関わる物語にも触れておきたい。

エリザベス・ケックレーの『舞台裏で——奴隷として三十年、ホワイトハウスで四年間』(一八六八)は、スレイヴ・ナラティヴではあるのだが、本編の五分の一にも満たない部分で、奴隷時代——子供時代、父親との別離、レイプによる息子の誕生、不幸な結婚生活、自由になった経緯——が描かれる。それらはいずれも痛ましい場面ばかりで、読者の印象に残りはするが、副題のなかでも三十年間の奴隷時代の描写というよりは、四年間のホワイトハウス時代、その後のリンカーン夫人との交流が、作品の主たる題材となっている。

ケックレーは、千二百ドルで自身と息子の自由を手にするが、それを可能にしたのが、裁縫の仕事であった。彼女は、裁縫師として自立し、名声を勝ち得て、エイブラハム・リンカーン大統領夫人の衣装を担当するまでになる。彼女が手がけたのは、パーティや集会のためのドレスであり、公衆の面前に立つための舞台衣装である。ケックレーは、ドレスの縫製だけでなく、夫人の着付けにも立ち会う。「舞台衣装」の着付けは、一枚一枚まとっていくたびに日常から離れていく所作でもある。ケックレーが目撃したのは、華やかな礼装の陰の日常であった。着付けに立ち会うということは、着衣前の無防備な姿で接しても安心できる相手とみなされたことに他ならず、彼女は、夫人だけでなく大統領が漏らす本音も耳にすることになる。大統領の死後は、頼りにされさえしたという信頼を得ているのだが、アフリカ系の一女性が、夫人からは重用され、大統領からも丁重な扱いを受けている様子は、南北戦争時代の一側面を映す姿でもあろう。多少の誇張があるにせよ、ケックレーには、大統領夫人のみならず、社交界の婦人たちから依頼が集まるのだが、一方で横柄な顧客もおり、我先にと近づく姿は、どこか流行性を帯びてもおり、総じて、ハーレムルネッサンス期の白人富裕層のアフリカ系アメリカ人に対する態度を思わせるものがある。ケックレーの裁縫師ならではの手記は、アメリカのある時代を表出した証言であったと言えるだろう。

その自伝で有名なハリエット・ジェイコブスにとってもまた、裁縫は重要な役割を果たしていた。彼女を追うために出された逃亡奴隷の報償付き広告には裁縫師とあり、ボストンでは、仕立て業を自らの生活の糧としている。ジェイコブスは、ボストンに逃れる前に六年十一ヶ月の隠れ家生活を送っているが、そこでも裁縫の手仕事が彼女を支えるものであった逸話が語られている。ジェイコブスは、子供達へのクリスマスプレゼントとして洋服を縫うのである。子供と引き裂かれ、屋根裏に隠れて暮らす日々――母としての勤めが果たせない時に、子供のためにできることがあったことは大きな支えや慰めになったはずである。母の作と明かすことはできないが、裁縫の手仕事は、この時の彼女にとって唯一可能な愛情の伝達手段であり、母親としての密かな自己実現であったのである。

ここで触れた二人の女性たちの物語は、彼女たちが生きた時代やその苦闘を映しているのだが、同時に当時の女性の自律や自己実現を支えるものとして裁縫があったことも伝えてくれるのである。

本稿の第一章では、変装が主人公の生存に関わり、人間性の維持を支えている様を見た。ヒロインにとって、社会通念の越境となった外見上の越境――隠れる行為が自律への自らの意思の表出でもあったのである。そして、第二章では、隠すための装いの語りに耳を傾けた。ハーストン自身が好んだヘッドラグは、作品に目を転じると、アフリカ系アメリカ人の複雑な感情や歴史に関わる多面的な含意があった。作家ハーストンにとって、ヘッドラグは、アフリカ系女性の苦難をも秘めた民族の象徴であったのである。

これらの作品に現れた女性の衣服や手仕事は、時には密かに時には鮮やかに、女性であること、そしてある時代に生きた女性たちが紡いだ自律への道を、私たちに雄弁に物語るのである。

＊本稿第二章は、第五十三回日本アメリカ文学会全国大会ワークショップにおける発表内容に加筆・修正を施したものである。

参考文献

Cohen, Daniel A. *The Female Marine and Related Works: Narratives of Cross-dressing and Urban Vice in America's Early Republic.* 1997. Amherst: U. of Massachusetts Pr. Print.

Garber, Marjorie. *Vested Interests: Cross-dressing and Cultural Anxiety.* 1992. New York: Routledge, 2011. Print.

Hurston, Zora Neale. *Their Eyes Were Watching God.* 1937. New York: Harper & Row, 1990. Print. 松本昇訳『彼らの目は神を見ていた』新宿書房、一九九五年。

Jacobs, Harriet Ann. *Incidents in the Life of a Slave Girl, Written by Herself.* 1861. Amazon Services International, 2012. 小林憲二訳『ハリエット・ジェイコブス自伝――女・奴隷制・アメリカ』明石書店、二〇〇一年。

Keckley, Elizabeth. *Behind the Scenes, or Thirty Years a Slave and Four Years in the White House.* 1868. Leopold Classic Library, 2016. Print.

Walker, Alice. Foreword. *Zora Neale Hurston: A Literary Biography.* Robert E. Hemenway. 1977. Urbana: U. of Illinois Pr., 1980. Print.

——. *Color Purple.* 1982. New York: Simon & Schuster, 1985. Print.

伊達雅彦「『真実の物語』と『寓話』が映す二一世紀のホロコースト表象――『ディファイアンス』と『パジャマの少年』」。細谷等ら編『アメリカ映画のイデオロギー――視覚と娯楽の政治学』論創社、二〇一六年、一六四―八九。

鷲田清一、吉岡洋「〈脱ぐこと〉の哲学と美学」日本記号学会編『着ること／脱ぐことの記号論』新曜社、二〇一四年、一一一―一二七。

ウィニフレッド・イートンの自伝小説『私』におけるファッションとその意味について

中地　幸

序にかえて

「女の子は誰だって、ショッピングが大好きなものです。たとえ、高すぎて買えないとしても、かわいい服を試すことは楽しいことです」(二二九) と一九一五年に出版されたイートンの自伝小説『私』(*Me: A Book of Remembrance*) の主人公ノラ・アスカフは語る。この言葉は一見、服飾資本主義に踊らされる無邪気な少女の言葉のように響く。しかし、それが階級・人種・民族・ジェンダーをパフォーマティヴに構成する服飾の力に対する彼女の欲望を物語っているとすればどうだろう。

十九世紀末よりアメリカ社会は急速に工業化するが、とりわけ一八七〇年から一九〇〇年にかけての服飾産業の発展には目覚しいものがある。服飾産業の資本はこの期間に三倍に増えており、この産業に従事する男性労働者数は十二万から二十万六千人へ、女性労働者数は六万九千人から十二万七千人へと急増している (Green 46)。服飾産業の発展期は、デパートメントストアの黄金期とも重なる。一九〇〇年までにデパートメントストアはアメリカ経済の「新しい力」と人々に認識されるようになるが (Whitaker 8)、デパートメントストアに象徴される消費文化社会は富裕層にだけ支えられていたわけではなかった。実際服飾産業の発展は、工場や商店やオフィスで働く独身女性人口を急速に増やし、その中でも下層中産階級の女性は消費者層として拡大し、その消費活動によりさらに服飾産業を大きく発展させるという循環を作ったのである (Green 26–27, Crane 4)。服飾産業界では最初は男性服の生産のほうが女性服を上回っていたが、男性服の仕立てよりも女性用の既製服を縫うほうが簡単であったことや移民女性の労働人口が急速に増え、働く女性たちが職場での衣服を必要としたことにより、十九世紀の末には女性服の流通量は男性服を上回るものとなった。[1]

アメリカでは、十九世紀末から二十世紀の初頭にかけて、労働者階級から下層中産階級の女性消費者を主人公とし、服飾への欲望を描いた作品が多い。スティーヴン・クレインの『街の女マギー』（一八九三）、セオドア・ドライサーの『シスター・キャリー』（一九〇〇）、ドロシー・リチャードソンの『長い日』（一九〇五）、ジーン・ウェブスターの『足ながおじさん』（一九一二）、アンジア・イェジースカの『ブレッドギバー』（一九一五）、ジェジー・フォーセットの『プラムバン』（一九二九）、ネラ・ラーセンの『流砂』（一九二八）、『パッシング』（一九二九）などはこの系譜に当てはまるが、アメリカ小説が服飾に夢中になる女性消費者を主人公に据えたのは決して偶然ではない。「母であること《マザーフッド》」を中心に構築された従来の女性のジェンダー規範が失われつつある時代において、服飾産業と消費文化が「新しい女」の形成に共謀的に関わっていることをアメリカの作家たちは強く意識し始めていたのである。

一　ワーキング・ガール小説と『私』の商業的戦略

ウィニフレッド・イートン (Winnifred Eaton, 1875–1954) の自伝小説『私』は一九一五年の『センチュリー・マガジン』に、『足ながおじさん』の作者でありイートンの親友でもあったジーン・ウェブスターの序文とともに匿名で掲載された。[2] イートンがなぜこの作品を匿名で発表する必要があったかについては、はっきりした理由は見つかっていないが、一九〇五年に匿名で発表されたドロシー・リチャードソンのワーキング・ガール小説『長い日』(*The Long Day*) の成功を意識していた可能性が高い。リチャードソンの『長い日』は今でこそほとんど知られていないが、出版当時はかなりの商業的成功を収めた作品であったようだ。リチャードソンはこの作品が自伝であることを強調しているが、シンディ・ソンディック・アーロンは中産階級出身のリチャードソンが労働者階級の女性の生活を自ら調査しそれに基づいて仕上げた虚構であると述べている (Aron ix–x)。実際、リチャードソンの作品は労働者文学として成功したのではない。労働者階級に身をやつしてもなお溢れ出てくるリチャードソンの中産階級的視点に支えられたワーキング・ガールのビルダングズ・ロマンとして成功したのである。

イートンの場合も、リチャードソンに倣って作品を匿名にして発表することで、詮索好きな読者の好奇心を引こうとするだけでなく、『私』をワーキング・ガールの成功物語として提示しようとする意図があったといえるだろう。序文においてウェブスターは「この話の大筋は本当のことです」と強調しているが、その言葉はかえってこの作品の詳細は全く虚構であることを強調している。この虚構性の中にイートンは作品と自分との「距離」を計算していたように思われる。すなわちイートンは過去の自分を描いたのではなく、ノラというアジア系移民のワーキング・ガールを新しい時代の女性読者層に広くアピールする「新しい女」として構築しようと試みたのである。

二　周縁から中心へ――ジャポニスム作家イートンの小説技法

イートンは、オノト・ワタンナという名前を使い、日系人作家という「偽装」のもと、日本を舞台にした多数のロマンス小説を発表した作家であるが、その文学的評価はスイ・シン・ファーという中国名を使い、小説を書いた姉のイーディス・イートンに比べて低い。イートン研究では第一人者であるエイミー・リンが下した評価――ウィニフレッドはカメレオンのような迎合作家であり、その新奇さで人気になっただけの作家である[2]――は完全には覆されてはいない。しかし、ジーン・リー・コールが述べるように、ウィニフレッドはアメリカで小説を発表した最初のアジア系の女性であり、また最も多作なアジア系の作家であるという意味で、アジア系アメリカ文学研究者には「無視できない」存在なのである (Cole 3)。またドミニカ・ファレンズは、イートン姉妹は、ともにアメリカのエスノグラフィーを戦略的に利用した作家であると論じ、ウィニフレッドが「日本人」というステレオタイプの内側から固定的なアジア人像に挑戦していったことを高く評価する (Feren 12)。

実際、イートンがその作品の中で、繰り返し、混血や異人種混淆というテーマに戻ってきたことは注目に値するだろう。というのも、パット・シーアが指摘するように、異人種間結婚は当時のアメリカにおいてはタブーであったからである (Shea 20)。イートンはオリエンタリズムの構造を利用しつつも、その内部からその構造を撹乱していくことを試みた。ただし、ジャポニスム小説の観点から言うならば、イートンは男性視点によってのみ書かれてきたジャポニスム小説という植民地文学を「家庭小説」として確立するための手助けをしたというアンビバレントなポジションに位置していることも忘れてはならないだろう。家庭小説の枠組みに入ることで、日本／アジアというトポスはアメリカに完全に領有化されることとなるのである。この意味ではイートンの小説は撹乱的要素を持ちながらも、オリエンタリズムの構造の枠を突き崩すことはなかったといえる。

『私』はそれまでのイートンの作品とは異なる。ノラは混血の主人公ではあるが、混血の問題は作品においては中心的なものではないし、また『私』はジャポニスム小説でもない。この意味では『私』はイートンの作品群において周縁的な位置に属しており、評価も高くない。イートンの孫のダイアナ・ビーチャルはイートンの伝記の中で「しかしながら、彼女の作品は生き生きとしており、とりわけ自伝では世紀転換期の働く女性を、新鮮に描いている」(Birchall xviii) と『私』を弁護するが、先の述べたように『私』には感傷小説的な虚構性が強いことも否めない。十七歳で家を出て、一人都会に暮らす若い女性の生活を描きながらも、そこには、クレインやドライサーに見られるようなアメリカの物質社会への批判もなければ、イェジースカやリチャードソンに見られるような女性労働者のおかれた劣悪な環境への抗議もなく、フォーセットやラーセンに見られるような人種間の葛藤や人間の孤独を掘り下げる視点もない。しかしこのイートンの「回避的」な態度は、彼女の小説技法の一部とみなすことができるだろう。それはアメリカ社会に対し正面から対抗言説を確立することを忌避し、主流に迎合しながら、その中で周縁的な自己を「中心」へとずらしていく巧妙なやり口なのである。実際、アジア系混血移民少女というノラのアメリカ社会における周縁的な位置を考えるならば、そのような少女をアメリカ小説のヒロインとして成立させることにイートンが苦心したことは想像に難くない。『私』において、イートンはアジア系カナダ人移民のノラをアメリカ白人女性と同格な存在として提示しようとしたのである。

三 「新しい女」としてのワーキング・ガールと服飾文化

『私』はカナダ出身の混血の少女ノラが、アメリカで作家として自立していくまでを描く成長物語である。リンダ・トリン・モーザーは、この作品は自伝というよりは、十九世紀感傷小説とホレイショ・アルジャー的な成功物語という二つの文学ジャンルが混合した「小説《フィクション》」であると考える (Moser 361)。しかしこの筋立て以上に『私』というビルダングズ・ロマンおいて興味深いのは、ノラの成長が服飾文化との関係性の中に描かれる点であろう。服飾という記号的構造《シンボリック・ストラクチャー》においては、抑圧（男性的権力と支配）と自由（女性的快楽と自律性）が拮抗するが、その拮抗する力の狭間において移民のワーキング・ガールたちがどのように自己を形成していったかをイートンはノラという少女の中に体現していくのである。

物語の始まりにおいて、ノラは「タブララーサ」――書き込まれるべき空白――として提示される。ノラは極めて野暮ったい移民の少女として登場する。頬はカナダ産の林檎のように赤く、小柄な身体に「絶望的にカナダ的な」（六）分厚いコートを着ていて、赤い毛糸の帽子をかぶっている。コートの中には母の手作りの寸胴なドレスを着ている。ここにはアメリカの服飾消費文化と隔絶した世界に生きる少女の姿がある。この「無垢な」ノラのアメリカ服飾消費文化へのイニシエーションは船上から始まる。カナダからニューヨーク港を経て、さらにジャマイカに向かう船の中で、ノラはデパートで働いているというアメリカ人の女性と友達になるが、彼女はノラの服をしげしげと見つめる。ノラの服はあまりに流行遅れなのである。こうした女友達との関わりの中で、ノラは次第にアメリカ服飾資本主義への参与こそが社会参加の一歩であることを理解し、ジャマイカを離れ、シカゴのストックヤードで働くようになる頃には、服飾により自らの身体に記号を書き入れていくことを学ぶのである。

このノラという移民少女を理解する上で、十九世紀後半から二十世紀初頭にかけてのワーキング・ガールの服飾文化について論考したキャシー・ペイス (Kathy Peiss) やナン・エンスタッド (Nan Enstad) の研究は参考になる。ペイスは世紀転換期に都市で働く若い女性たちの文化の中で、服装は「尊厳」、「魅惑」、「独立」、「地位」といった概念と深く結びついており、アイデンティティと存在を誇示するための重要な役割を果たしていたと述べている。とりわけ移民の少女たちにとっては、「適切な服装」は「社会参加のための必須条件」であり、「アメリカ人」となるために必要なものであったという (Peiss 63)。またペイスは労働者階級の少女たちの服装は単に、中産階級や上流階級の女性たちの服装の真似に終わったとは考えていない。服装の流行は階級の上から下へと垂直に流れるというゲオルク・ジンメル (Georg Simmel) の理論は、一九八〇年代になるとピエール・ブルデュー (Pierre Bourdieu) らから異議が唱えられ、服飾における階級文化の錯綜が指摘されるようになるが (Crane 6–8)、ペイスもまた労働者階級の女性たちの服装の特異性に注目する。例えば、労働者階級の女性たちは帽子に独自の装飾を施したというのである (Peiss 65)。彼女たちは単に上の階級の女性たちの服装を真似たのではなく、時に娼婦の服装を取り入れたりしながら、独自の服飾文化を発展させていったらしい。このような見方はエンスタッドにおいても共通する。エンスタッドの場合は、さらに、服飾文化と三文小説文化が平行していたことを強調する。つまり、現実と想像の世界の両方において、女性たちが共通の文化を共有しており、また服飾文化と三文小説文化は互いに影響し合っていたとエンスタッドは論じている。

ペイスとエンスタッドの論は労働者階級の女性たちに独自の文化があったことを示唆するだけでなく、服飾文化が彼女たちのアイデンティティの形成と深く関わっていたことを証明するものである。ただしこの両論において「ワーキング・ガール」は中産階級の働かない女性たちとの対比において論じられ、「ワーキング・ガール」内部の格差はあまり問題とされない点は注意しなければならない。「ワーキング・ガール」といっても、当然職種によって経済格差があった。技能のある女性労働者の場合の一週間の賃金は平均五ドル八十五セントといわれるが、工場勤めの未熟練女性労働者は二ドル五十セントから三ドル程度であり、おしゃれに賃金を費やす余裕はなかったという(Aron 193)。また下層中産階級のワーキング・ガールにおいても、服飾が持つ意味は一様ではなかったし、読書の範囲も多様であったことが『私』からは明らかである。

しかし、その存在に集団的な意味がなかったわけではない。とりわけ下層中産階級のワーキング・ガールたちが服飾産業における新しい消費者層として拡大し、独自の文化をもった「新しい女」として立ち現れたことは注目に値するだろう。そもそも「新しい女」の定義は「独身で、白人で、経済的に豊かで、政治、社会的には進歩的で、高い教育を受けていて、スポーツをする」(Patterson 27) というものであったが、二十世紀になると労働法改正、女性参政権、賃金値上げ運動などが「新しい女」のイメージと結び付けられるようになり (Patterson 11)、下層中産階級女性がその中心的存在となっていくのである。

『私』においてイートンがワーキング・ガールのノラを新しい時代の「アメリカン・ヒロイン」として描き出そうとした事は時代的にもマッチしていたといっていいだろう。しかしワーキング・ガールであるからといって、ノラはすぐに「新しい女」に仲間入りをできたわけではない。というのは二十世紀初頭のアメリカにおいては、「新しい女」をめぐる概念の階級的の推移はあったものの、その概念は常に白人女性を中心に回っていたからである。アジア系のノラが「新しい女」としての女性性《フェミニニティ》を獲得するためには、白人女性をモデルとして仰がなければならなかったのである。

四　ノラと下層中産階級女性の服飾行為《ファッション・プラクティス》

『私』において、イートンはノラの前に二人の「新しい女」のモデルを用意する。エステラとローリーである。二人とも、タイプや筆記などの技能を持ったワーキング・ガールであり、おしゃれや男性とのデートを楽しむ下層中産階級のアメリカ人女性である。しかし、この二人はファッション・センスにおいて異なっており、それが二人の役割を分けている。ここではそれを「仮装《マスカレード》」と「仮面《マスク》」という概念を導入して考えていきたい。「仮装《マスカレード》」と「仮面《マスク》」の問題はジェンダーのパフォーマティヴィティ理論においては重要な視座を成すものであるが、エステラはノラに「仮装」を教え、ローリーは「仮面」を教える。

　装飾的な服装に身を包むエステラはいわば、労働者階級的なファッション・リーダーである。彼女は出会いから奇抜な髪型でノラを驚かせる。ぐるぐると巻いた金色の縦ロールが幾つも折り重なって垂れ下がるその髪が、なんと着け毛であることを知って、ノラはさらにびっくりする。だが、それがアメリカで流行中のファッションであり、エステラが最先端の流行を楽しみ、さらに家に仕送りするほどのお金を稼ぎ、婚約までしていることを知って、ノラは彼女を心から賞賛するようになる。エステラの奇抜なファッションは、中産階級女性の服飾の記号を独自にデフォルメしたり、娼婦的服装を積極的に取り入れる典型的なワーキング・ガール服飾文化を示しているといえるだろう。エステラのファッションにおける奔放さは、労働者階級や下層中産階級出身の「新しい女」の自律性と自由を体現するものである。エステラはわざと「仮装的」に衣服を着こなすことにより、中産階級女性と完全に同化することを拒み、自らの階級的アイデンティティを堂々と主張していく。

　しかし同じワーキング・ガールであっても、ローリーはエステラと違った価値観の持ち主である。ローリーはエステラを軽蔑し、「あの人はくずよ」（一三六）と言ってノラから遠ざけようとするが、ローリーにとって、ファッションを過剰に装飾的に変容させる労働階級女性的な服飾文化は、「尊厳」、「魅惑」、「独立」、「地位」を意味しない。なぜならそれは結局、階級という枠の中にワーキング・ガールたちを押し込めていくからである。ローリーは徹底的に上流階級女性の服装を模倣する。一見、ローリーはエステラに比べ保守的に見えるが、そうではない。彼女は階級秩序そのものを服飾の記号により撹乱していこうとしているのである。実際、ローリーはそれに成功しているように見える。背が高く、色白で、金髪碧眼のローリーが美しいシフォンのドレスやシルバー・フォックスの毛皮を身にまとえば、押しも押されぬ淑女《レディ》なのである。彼女は上流階級の男性の連れとして相応しい「仮面」をかぶり続けることで、結婚による階級上昇を企んでいる。

さて『私』においてノラはエステラとローリーの両方から服飾を学んでいく。ノラは終局的には金髪碧眼のローリーを美の規範とし、エステラよりも高い評価を与えるようになるが、注目すべき点はノラの模範がエステラからローリーへと移るという単純なプロセスを踏まないことである。ノラはファッションについてはローリーを模倣するが、その行為《ブラックティス》としてはエステラの「仮装《マスカレード》」を模倣しており、彼女はそこから独自のアイデンティティを築いていっているのである。ある意味、それが小説の最後でローリーとノラの運命を分かつ。小説の最後で、ローリーは上流階級のボーイフレンドに振られ自殺してしまうが、同じく上流階級のボーイフレンドに振られても、ノラは未来に向かって前進していく。仮面の下にアイデンティティを構築するローリーは仮面が剥がれたときに破滅するが、ノラにとって白人中産階級女性を演じることは、単なる仮装《マスカレード》であり、エステラのかつらと同様、脱ぎ捨てることができるものなのである。

実際、ノラにおいて興味深いのは、ローリーを真似しても彼女は決して白人中産階級の仮面《マスク》をつけようとはしないことであろう。ノラの目標はむしろ、仮装《マスカレード》の中で密かに自己を主張し、アメリカ的「新しい女」となることである。そしてノラはその目標どおり、皆から「絵のように綺麗だ、おもしろい、すばらしい、抜きん出ている、かわいい」（一八四）などと褒められるようになり、ワーキング・ガールの中では「ピーチ」（一五五）と呼ばれる特別にきれいな女性にだけ与えられる「称号」を手にするようにまでなるのだが、ここで注目に値するのは、ノラが自分のエキゾチックな顔立ちに肯定的な意味をもたせることに成功している点であろう。『私』の中で、ノラは何回も自分の黒い目と髪を卑下してみせるが、同時に「二十四人の男性が第一週目に私のことをデートに誘いました」（一五六）と言って、いかに自分が白人男性に人気であるかを誇示する。さらには七十歳の男性が彼女を「黒い瞳」（一六四）と呼び、毎日彼女のオフィスの机に花を置いていったことを自慢する。明らかにノラの非白人的な顔立ちは彼女のチャーミング・ポイントの一つとして描写されている。このようにノラは「仮装《マスカレード》」により白人中心的な美の秩序を内部から侵食し、美の記号を転置していくのである。このような操作こそ、イートンは、混血のノラが「新しい女」としてのアイデンティティを確立するために必要なプロセスと見なしていたのではないだろうか。

五　支配・抑圧・パッシング

しかしノラが白人至上主義的な女性美のイデオロギーへの果敢な挑戦者かといえばそうともいえない。確かに彼女は自分の「エキゾチック」な顔立ちを魅力的なものへと作り変え、自分を白人女性と対等な美的存在へと高めていく。また小説の最後では、ローリーとノラの力関係は逆転する。金髪碧眼のローリーが破滅することにより、

「新しい女」の役割は、完全にノラへと移行するのである。しかしその時点において、ノラは自分を白人女性のカテゴリーに入れることに成功しているのである。すなわち、ノラは「仮装」によりエキゾチックな魅力の白人女性へのパッシングを果たしているのである。結局、ノラはアジア系女性の美しさを主張したわけではなく、白人女性美のカテゴリーの中の一つのヴァリエーションを加えたにすぎない。その意味では、ノラは白人至上主義的な抑圧から完全に自由になったわけではない。

また服飾記号を操作するように見えるノラだが、彼女が男性的支配からも完全に自由なわけではない。ローリーは若い女性があまりに不釣合いな高級な服を着れば、また別の意味が生産されること――それが「囲われた女」の印になること――を自覚しているが、無知なノラはそもそも何が高級品なのかがわからない。気がつけば、有名服飾デザイナーのドレスや黒テンの毛皮など、ワーキング・ガールが買えるはずのないものを、ハミルトンから裏取り引きにより特別に安い値段で買っているのである。「あなたが着てるような黒テンをバーゲンで売る店はないわ」（三二〇）と友人に言われ、初めてノラはハミルトンが裏でお金を支払い、ノラを自分の愛人に仕立て上げようとしていることを知るのである。このようにイートンはワーキング・ガールの服飾文化に様々な欲望が交錯している様を描き、女性の身体に書き込まれる記号の流動性と同時に危険性をも示していく。

『私』のクライマックス場面として用意されるのが、ノラと上流階級の白人女性との対決的な瞬間であることは、いかに白人女性美と階級の問題がノラの中ではエスニシティの問題と絡み合い、彼女のアイデンティティ形成に影を投げかけているかを明らかにしている。小説の最後で、ノラの「足ながおじさん」であるハミルトンが実は妻帯者であることがわかるのだが、ノラは新聞にのったハミルトンの妻の写真を見て、打ちのめされる。

彼女は私ではない全てでした。女神のような身体つきと眠そうな牛のような顔をした、彫像のような美人だったのです。彼女に比べたら、いったい私は何なんでしょう？　彼女のような女が男に愛される女性なんです。知っていますとも。私みたいな女は単に男の想像力と好奇心をそそるだけだって。私たちは男たちがちょっと立ち止まって遊ぶ小さなブリキの玩具にすぎないのです。（三九二）

白人女性を女神に、自分を玩具に例えるノラの反応は、ピンカートンの妻に出会った蝶々夫人の反応そのものである。混血のノラの最大のコンプレックスは、彼女の中に流れるアジア系の血筋であったということができるだろう。どんなに「仮装」し、美人だと褒められ、男性にちやほやされても、なお自分が「オリエントの女」であるかもしれない不安がノラを苦しめるのである。しかし、ノラはすぐに対抗言説の作り手（＝作家）として自分を規定することにより、このアイデンティティ・クライシスを乗り越えていく。

いいえ、いいえ、彼女は私よりましってわけではないわ。きらきらした服を脱がせて、ボロを着せて、洗い桶に入れてみたらいいわ。そしたら彼女もつまらないものに変身するでしょうよ。でも私はどう？私を洗い桶に入れたって、私は石鹸の泡からロマンスを紡ぎだすわ。（三四九—五〇）

中産階級白人女性の仮面を被るローリーの姿を擬態して仮装するノラは、「きらきらした服」は剥ぎ取れるものであると知っている。服飾という記号の流動性と不安定さの中に、ノラは自分のアイデンティティの活路を見出したのだといえよう。それは、作家という記号の操作者となることであり、パッシングという危険な越境の欲望へ身をゆだねることでもあった。

六　操作される母のエスニシティ

『私』において、イートンはノラの肖像の構築するにあたり、意図的とも思われる「操作」を行っている。それが顕著であるのはエスニシティの取り扱いであろう。『私』においてイートンがアジア系の出自についての言及を回避している点は、批評家の間でしばしば議論される問題であるが、『私』においてイートンは母親が外国人であるということを言いながらも、国籍を中国や日本に限定することを避けている。ノラは自分が「浅黒く、外国人風の顔立ちである」(四一)と言いながらも、アジア系であるとは決して言わない。そもそも小説のはじめで、田舎娘として登場するノラが「カナダ産の林檎」のような頬を持ち、「絶望的にカナダ的なオーバー」を着ている様子からも、ノラを構成する民族記号が「カナダ」に限られていることがわかる。ノラはアジア系移民としてではなくカナダ系移民としてアメリカに入り込んでいるのである。

『私』のすぐ後に書かれた『マリオン』は姉のサラの伝記であるといわれるが、こちらの作品においても、イートンは、マリオンが子供時代に受けた人種差別を描いてはいるものの、母親の出身国をはっきりと述べていない。マリオンは、そのエキゾチックな顔立ちから「インディアン」や「スペイン人」に間違われるが、決して中国人や日本人とは言われないのである。肌の色の白い「黒人」が「スペイン人」に間違われることは、白人へのパッシングの成功を意味するが、マリオンもまた人種的パッシングに成功している。このように、『私』においても『マリオン』においても、イートンは母が外国人であると告白しながらも、その出自を曖昧にすることにより、その身体が黄色人種化されることを拒否しているのである。

また『私』においては、母が常に「古い女」として「新しい女」ノラと対置されていることにも注意したい。ノラの母親が、イギリス人男性と自由恋愛をし、国際結婚を果たしたことを考えるならば、彼女が時代を先んじた人物であることが見えてくるのだが、ノラは決して母親を「新しい女」として描かない。そもそも彼女は中国人の母親とイギリス人との父親の結婚をロマンチックなものと思わないのである。十六人の子供を産んだ母親からは、「ロマンチックなものは全て絞りとられて」しまっており、彼女は「興奮しやすく、気まぐれな」存在にすぎない（三）。またノラは母親が決して「外国人であるという感覚」を克服できなかった人であったと思っている。キャサリン・H・リーは、ノラが母親を自分の人生のモデルとしては拒否していると述べているが(Lee 24)、服飾により、アメリカナイズされていくノラとは対照的に、流行遅れのドレスを作るノラの母親は経済的にも自立できず、社会にも適応できない古い価値観に生きる女性として描かれている。この白人文化を吸収し西洋人になりきろうとする娘と西洋文化に適応しない「時代遅れ」のアジア人の母という対比は、マキシン・ホン・キングストンやエイミー・タンの作品を彷彿させるが、イートンは、アジア人の母を、沢山の子どもが泣き叫ぶ「地獄」（一一三）のような「家庭」に押し込め、「古い女」の役割を演じさせることで、都会型の「新しい女」ノラと完全に分離してみせるのである。

さらにノラの母親のエスニシティの希薄性は注目に値するであろう。「私の母は若い頃ロープの上で踊るダンサーでした」（三）とノラは母の過去を述べるが、サーカスやアクロバットのイメージは、かえって母の存在を現実とは離れた世界に位置づけるものとなったと言えよう。『私』には、母親の顔立ちや服装の描写は皆無であり、アジアを連想させる物質も不自然なほど登場しないばかりか、母と娘の交流も全く描かれない。母のエスニシティについては、ほとんど消去されているといってもいいほどなのである。

七　アングロサクソン系へのアイデンティフィケーション

一方『私』では父親について言及するときには、人種、民族、階級が強調される。父親はイギリス系アイルランド人と書かれるだけでなく、その高貴の血筋についても何回も言及されている。「私の父はオックスフォード出身でサー・アイザック・ニュートンの血を引いています」(二六)とノラは父親が上流階級出身であることを殊更に強調する。また芸術家の父親の影響で、彼女がディケンズやジョージ・エリオット、サー・ウォルター・スコット、ハックスレー、ダーウィンなどの著作に親しんだことが述べられる。面白いのは『私』において、父親は決して悪く描かれないことであろう。家族が貧しいことの最大の原因は、大黒柱たる父親が芸術家であるために収入が乏しいことにつきるはずなのだが、『私』において、その原因は「母との結婚が親族との縁を切ってしまったから」(二六)と母親に帰せられる。さらにノラは自分がイギリス人の父親の娘であることを強調する。ジャマイカに仕事が決まった時もノラは、遠い土地へ一人旅立つことに大きな不安を抱えながらも、「私は、革命のときに、十八回以上も中国との間を行き来した男の娘じゃなくて？　お父さんは東洋との間を、旧式の船で、時には百日以上もの旅をしたのよ。その娘に何ができないっていうの？」(五)と自己を奮い立たせる。ノラは、「私は、決して恩義は忘れない、母方の民族の血を引いています」(一八九)と言ったり、「いつかお母さんの国の物語を書きたい」(一二五)とも言っており、決して母の娘であることを否定しているわけではないが、母親についての描写は徹底的に避け、父親とのアイデンティフィケーションを強めようとしているのである。

母親のアジア系の出自を利用して作家デビューを果たしたイートンだが、彼女は自伝小説においては、徹底的に「アジア」の記号で自分が意味づけられることを拒否し、アングロサクソン系との混血であることを利用して、自らの身体をアングロサクソン系を示唆する記号で構成することを選んだといえよう。実際、一九二〇年代になるとイートンは自分のアングロサクソン系の出自を殊更に強調するようになる。インタビューにおいてイートンは、自分は「カナダ人」であると述べ、また日本を題材とした小説を書いたのは、父親が長く極東に住んでおり、子供のころから父親の東洋での話を聞いていたからであると説明する。つまり、イートンの小説のオリエンタルな主題の源は、母親のエスニシティではなく、父親の海外経験におかれるようになるのである。この意味では、『私』が匿名で発表されるやいなや、作者は長崎生まれの日本人の母を持つオノト・ワタンナであるという記事を『ニューヨーク・タイムズ』が掲載したことはイートンにとっては皮肉な結果であったのかもしれない。『私』においてイートンは、「オリエント」の呪縛から逃れ、新しい「非アジア人の私」を作り上げようとしていたのだから。

終わりに

イートンが作家として最も華やかに活躍した時代は二十世紀初頭のわずかな期間だが、その全盛期のイートンには、着物らしきものを着て「仮装」した写真が数枚かある。これはしばしばイートンの日本人へのパッシングとしても受け止められる。実際、オノト・ワタンナは日本人高橋琴子であるという記事もまことしやかに報じられたこともあるぐらいだから、イートンを本気で日本人あるいは日系人と信じた人がいたことも確かであろう。しかし吉原真理の調査によれば、二十世紀初頭のアメリカでは中産階級の「新しい女」たちの間では着物を着て写真スタジオで写真を撮るのが流行していたとのことで、着物を着るという行為が必ずしも日本人という民族を擬態する行為ではなかったことにも注意したい。イートンの場合、ちょうどノラがローリーを真似て「白人女性」の仮装をしたように、着物もまた日本人を演じる白人中産階級女性の「仮装」だった可能性は高い。

この仮装する者を仮装するというこの二重に倒錯的な行為は、アングロサクソン系とアジア系の両方の血を引くという二重性と階級的なコンプレックスの両方からきているもののように思われる。知的教養があり、裕福な階層出身の父親を持ちながらも、非常に貧しく、しかも中国系の血を引くイートンが、人種的にも階級的にもアンビバレンスを抱えていたことは想像に難くない。そのような自分の中のアンビバレンスを解決するために、彼女はあえて着物を着たのだろう。それは一つの記号によって、身体が意味づけられることを拒否するものでもあり、また記号の撹乱を引き起こすものであった。しかし現実問題として、仮装するイートンは白人ではなく日系人として人々の目に映っており、彼女が自分の身体に与えた「日本」という「新しい女」の記号は彼女のコントロールをはるかに超えていくのである。

ただし、イートンの戦略が功を奏したことも事実である。彼女は、アメリカのジャポニスム小説の新しい旗手として、次々と作品を発表し、人気作家としてのし上がっていったのである。『私』に、もしイートンが抱えた重荷が表現されているとすれば、それは時々「小説」の中に現れるイートンの後悔の声であろう。「私はスープのために、生得権を売ったのです」（一五四）とか「私の小説は奇妙に私に似ています——満たされなかった前途のようなものです」（三一九）とイートンは『私』の中で作家としての自分を過小評価してみせる。ロマンス作家として記号を操作する中で、自分が結局は真の自分を見失ってしまったというのが、イートンの痛切な告白なのである。

しかし、そのような告白は、意気揚々とニューヨークへ出発する「新しい女」ノラの姿に影を投げかけるものではない。都会的な衣装に身をつつみ、職業作家として自活していこうと出発する十八歳のノラには希望があり、未来がある。執筆当時、イートンは離婚問題を抱えていたが、このノラの姿には、離婚を機にそれまでの人生をリセットし、新たな人生を歩もうとする四十歳のイートンの姿と重ねあわせることができるだろう。イートンは、作家としても、個人としても、これまでの自分を脱ぎ捨て、再び新しい自分を作り上げる準備を進めていたのである。

一九一六年イートンはリノに向かい、バーナード・バブコッブとの離婚を正式なものとする。そして離婚したイートンは、全く変わり身の早いことだが、さっそく離婚先のリノで出会ったフランシス・F・リーヴと再婚し、カナダのアルバータ州のモーレイへ、後にカルガリーへと移住するのである。カルガリーでは、「リトル・シアター運動」にかかわり、カナダ作家協会カルガリー支部の会長となっている。また、この時期のイートンはアメリカで何十冊もの本を出版したモントリオール生まれの「カナダ人作家」としてカナダの新聞で持てはやされている。一九二二年に最後のジャポニスム小説『サニーさん』を出版するが、この時期のイートンはもはや日本人という仮面を完全に脱ぎ捨てて、ウィニフレッド・イートン・リーヴの名前でカナダを舞台にした作品を発表するようになる。カナダでの生活は幸せだったようだ。しかし着物を脱いだイートンは、もはやかつての栄光を取り戻すことはできなかった。

注

1 アメリカの服飾産業の発展については、詳しくは Green の *Ready-To-Wear, Ready-To-Work:A Century of Industry and Immigrants in Paris and New York* (Durham: Duke UP, 1997) および Diana Crane, *Fashion and Its Social Agendas: Class, Gender, and Identity*

in Clothing (Chicago: U of Chicago P, 2000) を参照。

2 Amy Ling, "Winnifred Eaton: Ethnic Chameleon and Popular Success." *MELUS* 11 (1984): 5–15 を参照。また *Between the World: Women Writers of Chinese Ancestry* (New York: Pergamon, 1990) においても Ling は Winnifred を Edith より劣った大衆作家として位置づけている。

引証文献

Archive Consulted

Winnifred Eaton Reeve Fonds. Special Collections, University of Calgary Library, Calgrary, Alberta, Canada.

Works Cited

Anon, Cindy Sondik. "Introduction." *The Long Day: The Story of a New York Working Girl*. By Dorothy Richardson. Charlottesville: UP of Virginia, 1990.

Birchall, Diana. *Winnifred Eaton: The Story of Onoto Watanna*. Urbana-Champaign: U of Illinois P, 2001.

Cole, Jean Lee. *The Literary Voices of Winnifred Eaton: Redefining Ethnicity and Authenticity*. New Brunswick: Rutgers UP, 2002.

Crane, Diana. *Fashion and Its Social Agendas: Class, Gender, and Identity in Clothing*. Chicago: U of Chicago P, 2000.

Eaton, Winnifred. *Marion: The Story of an Artist Model*. New York: W.J. Watt, 1916.

——. *Me: A Book of Remembrance*. 1915. Jackson: UP of Mississippi, 1997.

Enstand, Nan. *Ladies of Labor, Girls of Adventure: Working Women, Popular Culture, and Labor Politics at the Turn of the Century*. New York: Columbia UP, 1999.

Ferens, Dominika. *Edith and Winnifred Eaton: Chinatown Missions and Japanese Romances*. Urbana-Champaign: U of Illinois, 2002.

Lee, Katherine Hyunmi. "The Poetics of Liminality and Misidentification: Winnifred Eaton's *Me* and Maxine Hong Kingston's *The Woman Warrior*." *Studies in Literary Imagination* 37 (2004): 17–33.

Ling, Amy. *Between Worlds: Women Writers of Chinese Ancestry.* New York: Pergamon, 1990.
——. "Winnifred Eaton: Ethnic Chameleon and Popular Success." *MELUS* 11 (1984): 5–15.
Moser, Linda Trinh. "Afterword." *Me: A Book of Remembrance.* By Winnifred Eaton. 1915. Jackson: UP of Mississippi, 1997. 357–72.
Patterson, Martha. H. *Beyond the Gibson Girl: Reimagining the American New Woman, 1895–1915.* Urbana-Champaign: U of Illinois P, 2005.
Peiss, Kathy. *Cheap Amusements: Working Women ad Leisure in Turn-of-the-Century New York.* Philadelphia: Temple UP, 1986.
Richardson, Dorothy. *The Long Day: The Story of a New York Working Girl.* 1905. Charlottesville: UP of Virginia, 1990.
Riley, Glenda. *Inventing the American Woman: An Inclusive History.* 2nd Ed. Vol. 2. Wheeling, IL: Harlan Davidson, 1995.
Shea, Pat. "Winnifred Eaton and the Politics of Miscegenation in Popular Fiction." *MELUS* 22 (1997): 19–32.
宇沢美子『ハシムラ東郷——イエローフェイスのアメリカ異人伝』東京大学出版会、二〇〇八年。
Whitetaker, Jan. *Service and Style: How the American Department Sore Fashioned the Middle Class.* New York: St. Martin's P, 2006.
Yoshihara, Mari. *Embracing the East: White Women and American Orientalism.* New York: Oxford UP, 2003.

※本稿は『多民族研究』三号（二〇〇九年）に掲載された論文「ウィニフレッド・イートンの『私』における服飾・階級・エスニシティ——アジア系混血女性ノラの「新しい女」へのパッシング」（六四—八四）の、タイトルを変更し、注を簡略化し、微修正した上で転載したものである。

イギリスのなかのカリブ
――ポーリン・メルヴィル作品にみる偽装と衣装

岩瀬　由佳

「衣装はそれを纏う者を象徴する」という諺が示すように、衣服はその人の魅力を引き出すだけではなく、その内面をも映し出す鏡である。その人の信条であり、民族意識であり、アイデンティティをわかりやすいかたちで具現化する術なのだ。

しかしその一方で、制服や戦闘服に代表されるような衣服は、個性を人から奪い、ある特定集団への帰属意識を強化させる。差異を覆い隠し、集団として画一化することがそのねらいである。

また、たとえそれが布一枚のことであったとしても、政治的論争を引き起こしさえする。ムスリム女性のヴェールがその一例であろう。ヴェールが女性の抑圧を示唆するのか、あるいは篤い信仰心を意図するものであるのかという認識の齟齬は、単なる個人の装いを超えた問題を突きつけることになる。そこには、文化と歴史、民族、宗教、ジェンダーといった様々なコンテクストが交錯し、表象と認識がせめぎあう場となる。

ただ注意すべきなのは、必ずしも装いがその人物を的確に指し示すとは限らないということだろう。その人物の本質を敢えて衣服によって覆い隠し、他者を偽り欺く可能性も否めないからだ。「外観というものは、一番ひどい偽りであるかもしれない。世間というものはいつも虚飾に欺かれる」（『ヴェニスの商人』第三幕第二場）というウィリアム・シェイクスピアの言葉通りに。

本論では、英領ガイアナに生まれ、幼少時にロンドンへ移住した女性作家、ポーリン・メルヴィル初の短編集であり、ガーディアン小説賞をはじめとして、数多くの賞を獲得した『シェイプ・シフター』（一九九〇）の中から「真実はその服の中に」を取り上げ、宗主国イギリスで生きるカリブ系移民たちが織り成す世界観を読み解く。

一　偽装の天才、その名はアナンシー

アナンシーとは何者なのか？　現代では、子供向け絵本の中でもおなじみのキャラクターではあるが、元をたどればガーナのアカン族の神話に登場するトリックスターである。普段は蜘蛛の姿をした半神半人であるものの、変幻自在にその姿を変えることができる。アンドリュー・サルキーの詩「アナンシー」（一九七〇）は、アナンシーのもつアンビヴァレントで破天荒な特性を的確に表現している。ある時はずる賢く怠惰なお調子者であるが、いざ危機的状況に追い込まれると敵をしたたかに欺き、見事な機知と行動力によって困難を乗り越える英雄となる。パトリック・テイラーが指摘するように、「清濁併せもった曖昧で人間臭いところがアナンシーの特質」（一三六）なのだ。

メルヴィルの短編集のタイトル、「思い通りに変身できる者」を意味する『シェイプ・シフター』（*Shape-shifter*）は、まさにこのアナンシーを示唆したものであり、「海が波を生みだすように、シェイプ・シフターは、数多くの異なった人物と霊魂を呼び覚ますことができる」（九）という本作のエピグラフからもアナンシーが本作の狂言回し役であることがわかる。事実、十二篇からなる本短編集のあちらこちらに「蜘蛛」に関する記述、あるいは「トリ

ックスター」という言葉がちりばめられているのだ。アナンシーはときに大胆に相手を欺き、ときに慎重に身を潜め、偽り装いながら糸を紡ぎ、クモの巣を張り巡らすようにこの短編集を織り成していえるだろう。

歴史的にいえば、アナンシーの物語はアフリカ奴隷とその子孫らによって数世紀の時を経てカリブ海地域、北米、南米各地へと語り継がれてきた民話であり、虐げられし者たちのパフォーマティブな口承芸術でもある。言い換えるならば、アナンシーは「西アフリカからカリブ海への悪名高い中間航路の文化的生き残り」（ヘレン・ティフィン　一七）なのだ。

ジャマイカでフィールドワークに勤しみ、当地に伝わる民話やそれと一緒に興じられる歌や踊りを収集したイギリス人のウォルター・ジキルは、「耕す手を止め、畑から大きな笑い声が聞こえてくると、誰かがアナンシーの話をしていることに気が付くだろう」（一）と記している。地面を笑い転げながら話を楽しむ黒人たちの姿からアナンシーの話がいかに彼らにとって日常のなかの貴重な娯楽であり、癒しであったかがわかる。しかしそれは単なる娯楽ではなく、奴隷制に代表される抑圧的な状況下で、いかに生き残るかといった知恵と活力を彼らに与えてきたのだ。マルシア・デイヴィッドソンは、「アナンシーは、生き残るために機知と狡猾さを用いる。多くの場合、物語の大きな動物、ライオンやヘビ、サルがジャマイカの白人の表象である」（一—二）と述べている。黒人たちは、白人支配者を強者の動物に、自分たち自身をアナンシーに見立てて、強者を煙に巻いて危機を脱する痛快なアナンシーの姿に、弱者ながらに生き残る術を見出してきたと考えられる。「トリックスター英雄型の話が生き残ってきたのは、偶然ではなく、社会的に、心理学的に新天地における黒人たちの状況に一番マッチしていたのだ」（二一五）というオーランド・パターソンの指摘は鋭い。西アフリカの民話にカリブ海地域特有の状況を取り込みながら変容してきたアナンシーの物語には、文化的遺産としての側面と支配的な植民者に対する「抵抗」と「反逆」の伝統的な文脈が秘められているのだ。ティフィンは「西アフリカでは、実際にアナンシーの話を語ることは、伝統的で本質的に保守的な行動であったが、カリブ海地域でそこから連想されるものは、必然的により反抗的で急進的なものであった」（二三）と分析している。

愚かで怠惰なキャラクターをコミカルに装いながら、「支配者に屈服することなく、向こう見ずな行動を避けて生き残る」（タイラー　一二九）アナンシーの姿に「攻撃と防御を同時に成しえる」（一三一）被植民者ならではのカモフラージュ法を見出していたのである。ジキルは「アナンシーの言葉は、実に、考えていることを偽装する芸術だ」（五三）と述べているが、悲哀や皮肉、怒りや反発といった本音を隠しながら、笑いに昇華させて「生き残る」こと試みた被植民者たちの過去数世紀にわたる凝縮した苦渋の生き残り術を体現するもの、それが偽装の天才、アナンシーなのだ。

二　アナンシーはデザイナー

ロンドンを舞台としたメルヴィルの短編「真実はその服の中に」では、メイジーという名の南アフリカ共和国ソウェト[1]出身の洋服デザイナー兼仕立て屋の女性が、アナンシーの化身だと考えられる。ただ、このアナンシーはコミカルな存在ではなく、なんともミステリアスだ。「わたしの服は、人を殺すこともできるし、人を癒すこともできるの。言っておくけど、真実はその服の中にあるのよ」（一五四）というメイジーの謎めいた言葉には、アナンシーのもつ両極端な二面性が潜んでいる。本作品の語り手であり、作家である「わたし」は、そんな彼女に好奇心と胡散臭さを禁じえない。メイジーに関する作品を書くことと引き換えに、自分の洋服を縫ってもらう約束をしたものの、「わたし」は「彼女の力は、ペテン師のようなものだ」（一五一）と辛辣に冒頭で断言する。詐欺師が人の心をうまく操る術と黒魔術の類は相通ずるものだとして、メイジーが主張する超自然的な力を否定しようとするのだ。

しかしその一方で、彼女の類まれなデザイナーとしての才能と彼女が生み出す洋服に不可思議な力があることを「わたし」も認めている。「わたし」の友人でトリニダード出身の歌手、ゼフラが着ていたステージ衣装が彼女の周りの人々を翳《かす》ませるほど自身を光り輝かせ、彼女の衰弱気味な精神状態をも好転させていたからだ。それほどメイジーの洋服は着る者に計り知れない影響力を与えるのである。ゼフラの洋服は、次のように描写されている。

大きなバットウィングスリーブ[2]がふくらはぎのあたりまであるショッキングピンクの綿布。その布地には黒字でプリントされたアフリカ人の頭部と灼熱のオレンジ色の太陽を背にした見事な緑色のバナナの木が描かれていた。彼女の帽子はピルボックスのかたちで、同じピンク色で縁取りは黒色、両側が蝙蝠の翼のかたちのように補強してあった。（一五二）

メイジーの大胆なこの衣装デザインは、アフリカを想起させるが、もっと明確なアフリカとの関連性を意識させるのは、「わたし」がメイジーの服に興味を抱き、ロンドンからマンチェスターまで出かけて行った際のバンドマンの衣装だろう。「彼は驚くような、アフリカのかたちのスーツを着ていた」（一五七）と描写される彼の衣装は、「右の袖が西海岸の巨大な出っ張りからなっていた。左の袖は、エチオピアの海岸の輪郭をたどり、ソマリランドとアフリカの角（アフリカ北東部のソマリアを中心とする突出部）を揶うように鋭くカットされていた」（一五七）。さらに、メイジーが「あなたに何かを作ってあげる。美しいジャケットを」（一五五）と語った直後、「わたし」はロンドンのアパートに居ながら、突如、大きな木の木陰で木製のベンチに座っているメイジーの姿を目にする。そこはまさしくアフリカなのだ。メイジー (Maisie) という名から「わたし」は「トウモロコシ」、「肥沃」、「蜂蜜酒」[3]を連想することになるが、それらはいずれも母なる大地、アフリカを想起させるものなのである。ジャマイカ生まれの移民である「わたし」にメイジーは、「アフリカ的なもの」を繰り返し何度もちらつかせる。そこには、アフロ・カリブ系移民が移住先のイギリスに同化していく過程のなかで、故郷の文化や祖先が辿ってきた負の歴史を意識の外へと次第に追いやっていくことへの警鐘が込められていると考えられる。

メイジーの仕事場を訪ね、彼女がいかに天才的な手腕で創意に富んだ服作りをしているのかを目撃した「わたし」に、彼女は「わたしはお金のために服を作らないわ。神が私に語りかけるのよ。わたしは神に導かれているの。わたしは神が仰ることには何であれ従うわ。アメリカでわたしは魔女だって言われていたけど」(一五八—五九)と語る。呪術的な魔力を仄めかす一方で、「わたしの母はアングリカンチャーチの信徒で、父はメソジスト教徒よ」(一五九)と付け加えることも忘れない。幼い頃に教会の説教のなかで耳にした色とりどりの洋服の話が洋服作りへと駆り立てたと語るメイジーには、文化的重層性が垣間見られる。特にカリブ海地域では、その地域特有の土俗的宗教とキリスト教の混淆、シンクレティズムがアフリカ系に顕著であるが、メイジーの場合もそれを象徴する存在であると考えられる。アフリカの呪術的宗教（魔女）とキリスト教（神）の混淆というカリブ海地域独自の世界観を示しているのだ。

そしてメイジーの仕事場を離れる際に、また不可思議な幻想を「わたし」は目にする。窓際に立つメイジーが古代エジプト王オジマンディアス[4]に変身し、砂漠にそびえ立つ姿をはっきりと見たのだ。ここでも古代エジプト文明発祥の地、アフリカとの結びつきを色濃く印象付けるのである。

数日後に届けられた「わたし」のジャケットは、気高いロイヤル・ブルーのカフタン風の袖をもつ、太腿の丈ほどある長めの上着だった。その装飾は次のようにとても凝ったものである。

> 裏地は深紅だった。ヘリの辺りには金色の鈴とザクロが交互に配されており、袖の縁取りも同様であった。ブルーの表地と赤い裏地の全体に際立ってプリントされていたのは、黒いかたちをしたものだった。目をよく凝らして見てみた。それはスカラベで、古代エジプトの聖なる虫であった。（一六二）

「わたしは」このメイジーの服を早速、身に着けてみるが、すぐに落胆する。その服は完璧に身体にフィットするものの、青ざめて疲れ果てたように見えるからだ。何度試しても同じで、クローゼットに吊るしたまま放置することになる。超自然的な力を宿す服という考えがなんとも馬鹿げたことだと感じ始めた「わたし」は、メイジーについて何か作品を書くという約束を果たさない。世界中を旅する彼女からの催促の電話も適当にあしらい、彼女を「詐欺師」として非難した作品を書こうと試みるも、原稿を丸めてゴミ箱に捨ててしまう。

そんな時、「わたし」は信じられない体験をするのだ。あのジャケットにプリントされていたスカラベが動きだしたかと思うと、布地から抜け出し、部屋の壁や天井一面にびっしりと蠢《うごめ》きはじめたのだ。興奮した飼い猫が体当たりした壁の穴を覗くと、そこには地下墓所が広がり、断末魔のうめき声をあげる男がいた[5]。蜂の巣状の通路を抜けると、そこは見慣れた場所だった。数年前に住んでいたロンドンのフラットの最上階の部屋へと続く階段だったのだ。居間のドアを開けると、驚いたことに、そこはあるはずのない福音派教会の中であった。袖の長い白衣を黒のガウンの上にだらりと着たアングリカンチャーチ司祭の説教は、『旧約聖書』の「出エジプト記」三九章の二四節から二六節に加え、「伝道の書」の三章、一節から三節までである。「上着の裾の周りには、青、紫、緋色の毛糸のより糸でねじったザクロの飾りを付けた。また、純金の鈴を作って、それを上着の裾の回りのザクロの飾りの間に付けた。鈴の次にザクロの飾りと、上着の裾の回りに付けた。これは、主がモーセに命じられたとおりに仕えるためであった」(二四―二六節)という聖書の言葉は、まさにメイジーが「わたし」に縫ったジャケットのデザインと一致している。また「天の下では、何事も定まった時期があり、すべての営みには時がある。生まれるのに時があり、死ぬのに時がある。植えるのに時があり、植えたものを引き抜くのに時がある。殺すのに時があり、癒すのに時がある」(一―三節)という「伝道の書」の文言は、「わたしの服は、人を殺すこともできるし、人を癒すこともできる」というメイジーの言葉と重なる。

これらの説教の言葉には、トリックスターであるメイジーのメッセージが込められていると考えられる。「出エジプト記」の中で、大司祭が聖所で主の前に出るとき、エポデという祭服の下に青色の服の着用が義務付けられている。その服の裾には、ザクロと金の鈴が交互に並べられことになっているのだ。金の鈴は、主の責めによって死罪をもたらされないように鳴らすものであり、ザクロには、災いを避ける果実という意味が託されているとされる。[6] つまり、メイジーについて何かを書くという約束は、神との契約に等しいものであり、その約束を違えようとしている「わたし」がその罰を免れるためには、すべての営みには時があるように、今こそ「書くとき」なのだ、というメッセージである。

それ故に、その説教を耳にしながら教会の扉をすり抜けた後に「わたし」はメイジーの物語を書き始めることになる。驚いたことに、教会の扉の外は、懐かしの故郷、ジャマイカであった。昔なじみのドローリスがエリオットさんの家の庭先で洗濯物を干しているところに出くわし、彼女が手にした「長くて目がくらむような白い服」(一六八）は、「ポコマニア（ジャマイカの民間宗教）の儀式で着る衣服を思い起させた」（一六八）。この白い儀式用の白衣は、先のアングリカンチャーチ司祭の袖の長い白衣と相重なるものであり、ここでも土俗的宗教とキリスト教のシンクレティズムが示唆されていると考えられる。

ためらいもなく、エリオットの家の中に入り、部屋の扉を閉めると、そこは「すべてが安らかで、唯一の家具は木製の小さなテーブルとイスだけだった」（一六八―一六九）。テーブルの上にあるタイプライターで「わたし」は、「真実はその服の中に」と作品のタイトルを無心に打ち始めるのである。アナンシーの化身、メイジーの手中で「わたし」は巧みに操られて彼女の物語を書くことになる。サラ・ローソン・ウェルシュは「彼女（メイジー）の本当のアイデンティティは隠されていて、装い偽る術を天賦の才として与えられている」（一五八）と指摘し、「芸術家であり、魔術師、あるいはシャーマン像の混在」（一五八）をメイジーの中に見てとるが、メイジーは服をデザインして人を装わせるだけでなく、その服の中に「真実」を潜ませる才をもつ。

「わたし」に与えられた服に託された「真実」とは何だろうか。ひとつは、メイジーの物語を書くという使命を果たすことであり、もうひとつは、自らのルーツを忘れてはならないというアフロ・カリブ系移民への戒めであろう。それは、メイジーの故郷、ソウェトが、アパルトヘイト反対運動の出発点となった地であること、度重なるアフリカへの言及、ロンドンのフラットから突然故郷ジャマイカに舞い戻って書き始めることになった経緯に色濃く暗示されていると考えられる。アナンシーが中間航路の「文化的生き残り」であるように、アフロ・カリブ系移民たちもアフリカ奴隷たちの子孫であるという、忘れてはならない「真実」への喚起がそこに織り込まれているのだ。

三　アナンシーの遺伝子を引き継ぐもの

パトリック・テイラーは、デニース・パルメの論を援用しながら「アナンシーの曖昧で強調された人間臭さ」（一三六）に着目し、パスカル・ドゥ・スザも「アナンシーが自身を不確定性の突出した代表例とみせている」（三四九）と述べている。確かに、アナンシーが内包する両義性、相反する要素の混在は、捉えどころなく、善悪といった二元論では語りえない複雑な感情に揺れ動く人間の姿そのものを映し出しているといえるだろう。

ここで敢えてその曖昧さがもたらす効用について考えるならば、その曖昧性がゆえに後世になっても大胆かつ自由に改作が可能である点ではないだろうか。タイラーは「トリックスターの話は、奴隷制社会と奴隷解放後に根ざしているが、ネオコロニアルなカリブ社会においてもいまだ重要な形式だ」（一四九）と述べている。それは、現代カリブ海文学においても同様である。デニス・スコット、エドワード・ブラスウェイト、ウィルソン・ハリス、V・S・ナイポール、デレク・ウォルコット、アーナ・ブロッドバーら錚々たる現代カリブ作家たちがアナンシーをモチーフに新たな作品を描き出している。アナンシーの曖昧なキャラクターは、現代作家たちに格好の題材を与え、彼らの創造力をも刺激するミューズなのだ。もちろん、メルヴィルもその恩恵を得たひとりである。

ガイアナ、南米インディオ、アフリカ、スコットランドの血を引く父親と、南ロンドンの労働者階級の大家族出身である母との間に一九四八年、英領ガイアナでメルヴィルは誕生した。「わたしも混乱を引き起こすの。私は完全にイギリス人に見えてしまうから」（『アフリカの娘たち』七三九）と彼女自身が語るように、彼女の外見は白人そのものであり、碧い眼が実に印象的だ。「トリックスターの神様は、今、もう一方の偽装した姿で現れているわ。遺伝学の科学的なマントを着てね」（七四〇）と語るメルヴィルに対して、ジョーダン・ストークは「彼女は、自身をクレオールとして位置づけ、彼女の個人的なバックグランドとトリックスター像を結び付けている」(一)と分析している。要するに、黒人をはじめとして様々な血筋を引く自分が「白人」として広く認識されてしまうのは、偽装の達人であるアナンシーの遺伝子のせいだとユーモアたっぷりに述べているのだ。確かに、彼女はアナンシーの遺伝子を引き継ぐものといってよいだろう。四十代になってから作家活動を開始したが、それまではテレビ、舞台、映画で活躍する女優であった。様々な役柄を演じる女優は、まさに変幻自在のアナンシーの申し子といっても過言ではない。

さらにメルヴィルは、外観を偽り装うことによってアイデンティティを撹乱する仮装カーニバルに関しても次のように言及している。

> わたしのアイデンティティを縛りつけるものは、人生においてほとんど興味がない。わたしはカーニバルを満喫する。というのも誰でもあらゆるものになれるからだ。エジプトの女神、マバルマ(ガイアナの都市)の戦士、サルタン、悪魔、カエルにもなれる。人種、ジェンダー、階級、生物、神は皆、るつぼの中にあって、わたしは混血ハイブリッドのチャンピオンだ。カーニバルはアイデンティティを弄ぶ。装い偽ることが唯一の真実である仮装舞踏会。昨年、ノッティングヒル・カーバルで警察機動隊がお祭り騒ぎの人たちを突っ切って進んでいくのを見た。ある意味、警察も仮装カーニバルに加わったのだ。(七四二―四三)

ノッティングヒル・カーニバルは、一九六四年、イギリス在住のアフロ・カリブ系住民たちにより、トリニダードのカーニバルを手本にロンドンのノッティングヒルで始められた仮装パレードである。この研究に関しては、木村葉子著『イギリス都市の祝祭と人類学』(二〇一三)に詳しい。一九四八年に「連合王国および植民地生まれの者もすべて連合王国の国民」とする国籍法が制定されて以来、イギリス植民地であったカリブ海地域からも大勢の移民たちが宗主国へ殺到することになった。一九七一年の国勢調査によれば、アフロ・カリブ系はイギリス人口の約一%を占めるまでになり、二〇一一年の国勢調査では、六十三万人以上の人口を有している。アフロ・カリブ系のロンドン居住率は顕著で、今でこそ高級住宅街として知られるノッティングヒルであるが、かつてはカリブ系移民の多い貧困地区であった。移民増加と不景気により危機感を募らせた白人労働者階級と黒人移民との衝突、人種差別問題に端を発する暴動が頻発していくなかで、出身島ごとに結束しがちであったカリブ系移民たちが「ルーツとしてのアフリカ」をキーワードに仮装芸術をともに作り上げるコミュニティ活動を通じて、自らのエスニック・アイデンティティを確認しあう契機となったのがノッティングヒル・カーニバルである。奴隷貿易禁止法成立二百年を記念する二〇〇七年には、アナンシーの仮装パレードも登場した。「カリブ海地域で奴隷として人間性を剥奪された過去、イギリスでの移民として人種差別を受けた過去という「負」の遺産を現代の芸術や文化の遺産に変える場所がノッティングヒルである。アフロ・カリブ系は、奴隷が身体を通して伝承してきた音楽や踊りを現代のロンドンのカーニバルでも継承していく使命を持っている」（三一三）と木村氏は述べている。今でこそ、ノッティングヒル・カーニバルは、様々な国籍、人種、階層の人々が参加する国際的な仮装カーニバルとなったが、その根底にあるものは、やはり「アフリカ」であり、木村氏も「『奴隷制』によって破壊される以前の豊かな「アフリカ」を「想像の共同体」として共有することで、「アフリカ」をルーツとする人々ともつながり、「アフリカン・アイデンティティ」、「ブラック・アイデンティティ」を創り出す装置となろうとしてきた」（三一四）と分析している。

興味深いのは、アイデンティティという枠組みに縛られることを嫌うメルヴィルが、外観を敢えて偽り装う「仮装」がもつひとつの可能性、抑圧的アイデンティティを攪乱しえる面白みを指摘しているのに対し、実際に仮装カーニバルに参加しているアフロ・カリブ系たちは、「仮装」を通じて自分たちのエスニック・アイデンティティを生み出そうとしているという、「仮装」とアイデンティティをめぐる多様なスタンスの顕在化であろう。

ただ、メルヴィル作品に秘められた真実が、ルーツとしてのアフリカへの喚起であったように、旧宗主国に生きるカリブ系移民のひとりとして、「アフリカ」、あるいは「アフリカ的なもの」を重要視していることは確かだ。マヤ・ジャギとのインタヴューで「わたしはイギリス人のように見える。だからもう一方の側を表現する物語を書くとほっとする」(三)と語り、「権力が行き過ぎるようなことがあれば、作家、あるいは喜劇役者はそれを正さなければ」(四)と続けている。彼女のなかのアナンシーの遺伝子は「抵抗と反撃」を決して忘れてはいないのだ。

「真実はその服の中に」に登場したアナンシーは終始謎めいたまま、一着の服と引き換えに、作家を巧みに操り一篇の作品を手にする。かつて虐げられし者たちにとっての癒しであり、生き抜く術を織り込んだ語りの文学は、数世紀の時を経て、虚と実の間《はざま》の幻惑のなかに読者を引きずり込む力をもつに至った。それはもはや「弱者の文学」ではなく、変幻自在に独創的な世界を構築し、かつての支配者に異を唱え、自分たちの歴史を、文化を再評価する主体性を奪取している。次はいかに偽り装いながら相手を翻弄し、どんな衣装を創り、纏うことになるのか。アナンシーの出現するところに魅惑的な「物語」が新たに生まれる。

注

1 南アフリカ共和国ヨハネスブルグ南西にある最大の黒人居住区。一九七六年、アパルトヘイト反対を唱える黒人学生が立ち上がった地としても有名。南アフリカは、中国製品流入以前までは、衣料産業が非常に盛んであった。ヨハネスブルグもその中心的都市のひとつ。

2 バットウィングスリーブは、広げると蝙蝠の翼のようなかたちで袖ぐりが深く、手首の方が細く詰まったデザインの袖。トーマス・クンツによれば、西欧文化で蝙蝠は吸血鬼や死など不吉なイメージをもつが、アフリカやカリブ海地域におけるヴードゥー教の祭祀では蝙蝠が用いられている。また、世界的に有名なラム酒「バカルディ」のロゴマークは蝙蝠であり、カリブ海地域では「健康と富裕、家族の結束」などを示すとされている。

3 世界最古の酒といわれる。神の恵みを示すとされる。

4 オジマンディアスは、ファラオラムセス二世のギリシア名で、シェリーのソネット（一八一七）に登場する。

5 本文中では明確にされていないが、ヒュドラの毒が浸み込んだ服を着たために苦しみもがきながら死に至るヘラクレスを示していると考えられる。

6 株式会社ペルシャザクロ薬局の「ザクロの歴史」(http://www.zakuro.com/rekishi1.html) を参考とした。

参考文献

Davidson, Marcia. "Anancy Introduction." *Jamaican Culture.* 2 August 2003. <http:Jamaicans.com/culture/Anansi/anancy_introshtml>

Jaggi, Maya. "Pauline Melville." *The Guardian.* 2 January 2010. <http://www.theguardian.com/books/2010/jan/02/pauline-melville-interview>.

Jekyll, Walter. *Jamaican Song and Story: Anancy Stories, Digging Sings, Ring Tunes, and Dancing Tunes.* New York: Dover Publications, INC., 2005.

Kunz, Thomas H. "Bat Facts and Folklore." *Center for Ecology and Conservation Biology.* 24 March 2016. <http://www.bu.edu/cecb/bat-lab-update/bats/bat-facts-and-folklore/>

Melville, Pauline. "Beyond the Pale." *Daughters of Africa: An International Anthology of Words and Writings by Women of African Descent from the Ancient Egyptian to the Present*. Ed. Margaret Busby. London: Vintage, 1993. 739–43.

——. *Shape*-shifter. London: Telegram, 2011.

Patterson, Orland. *The Sociology of Slavery*. London: MacGibbon and Kee, 1967.

Salkey, Andrew. "Anancy." *Caribbean Voices: An Anthology of West Indian Poetry*. Ed. John Figueroa. London: Evans brothers Ltd., 1970. 137–38.

Shakespeare, William. *The Oxford Shakespeare: The Complete Works*. Ed. Johan Jowett, William Montgomery, Gary Taylor and Stanley Wells. Oxford: Clarendon Press, 2005. 467.

Souza, Pascale De. "Creolizing Anancy: Signifyin(g) Processes in New Spider Tales." *A Pepper-Pot of Cultures: Aspects of Creolization in the Caribbean*. Ed. Gordon Collier & Ulrich Fleischman. Amsterdam & New York: Editions Rodopi, 2003, 340–63.

Stouck, Jordan. ""Return and Leave and Return Again": Pauline Melville's Historical Entanglements." *A Caribbean Studies Journal*. Vol. 3, Issue1. June, 2005.

Taylor, Patrick. *The Narrative of Liberation: Perspectives on Afro-Caribbean Literature, Popular Culture, and Politics*. Ithaca and London: Cornell University Press, 1989.

Tiffin, Helen. "The Metaphor of Anancy in Caribbean Literature." *Myth and Metaphor*. Adelaide: Center for Research in the New Literatures in English, 1982.

Welsh, Sarah Lawson. "Pauline Melville's Shape-Shifting Fictions." *Caribbean Women Writers: Fiction in English*. Ed. Mary Conde and Thorunn Lansdale. London: Macmillan Press Ltd., 1999. 144–71.

木村葉子『イギリス都市の祝祭の人類学』明石書店、二〇一三年。

『聖書スタディ版』日本聖書協会、二〇一四年。

＊本研究は、ＪＢＰＳ科研費 25370312 の助成を受けたものです。

先住民の衣装と犯罪者の偽装
――トニー・ヒラーマンのミステリーを解く

余田　真也

一　新しいインディアン・ヒーロー

一九七〇年代に隆盛を見たインディアン・ブームにおいて、紋切型の先住民像が称揚される一方で、新たな流行の胎動が看取された。たとえば映画の世界では、混血ナヴァホのビリー・ジャックという正義のヒーローが登場し、第四作までシリーズ化された。それ以前の先住民ヒーロー、たとえば一九三三年にラジオドラマとして誕生し、一九四九年から五七年にかけてテレビドラマとなって絶大な人気を誇った『ローン・レンジャー』の白人ヒーローの相棒トントが、紋切型の域をでなかったのに比べて、一匹狼のビリー・ジャックは、元グリーンベレーのヴェトナム帰還兵にしてカンフーの達人で、敵の一団に囲まれてもゆっくりブーツとソックスを脱いでから悪漢どもを一掃するというニュータイプの先住民ヒーローである。

ちょうど同じ頃に、南西部の白人作家トニー・ヒラーマンが、ナヴァホ保留地を主な舞台としてナヴァホ警官が活躍するミステリーを書き始める。一九二五年にオクラホマ州の小村に生まれたヒラーマンは、身近に先住民のいる環境で貧しいながらも幸福な幼少期と少年期を過ごした。陸軍兵として体験した二年にわたる第二次世界大戦で深刻なトラウマを負って復員し、ジャーナリズム専攻で高等教育を終えてから十数年をジャーナリストとして過ごした。四十代半ばの一九七〇年に作家としてデビューし、二〇〇八年に没するまで新たな先住民ヒーローをフィーチャーした良質なミステリーを書き継いだ。

一般に犯罪小説が文学として魅力的だといえるとき、その構成要件となるのは、斬新な状況設定、独特な雰囲気、巧緻なプロット、卓抜なトリック、非凡な推理、探偵や犯罪者の個性といった特性である。ヒラーマンが一九七〇年の『祝福の道』から二〇〇六年の『あやかし』にいたるまで書き継いだ全一八巻の「ナヴァホ部族警察シリーズ」は、右記の特性に加えて、同時代の先住民や保留地事情の導入、先住民の文化伝統への探訪といったエスニックな因子が魅力の源泉をなしている。

ヒラーマンのミステリーに登場する探偵役の一人ジョー・リープホーン警部補は、ナヴァホの伝統社会に育ち、大学および大学院で人類学を専攻し、抜群の捜査能力で知られた伝説的な警官で、ナヴァホ文化の理解者ではあるが、犯罪捜査においては非科学や偶然を信用しない合理主義者である。もう一人の探偵役のジム・チーは、警官という近代的な職業と、歌い手《ハターリ》（ナヴァホの儀式を司るメディスンマン）という伝統的な役割を両立させようとしており、しばしば独断にもとづく非常識なふるまいをするが、リープホーンが見込んだ有能な若手である。また彼らが奮闘する小説には、ナヴァホやプエブロの伝統文化に関する知見が巧みに織りこまれ、保留地内外の人種・民族間の人間関係が書き込まれ、現代の南西部における多文化性の一端を垣間見ることができる。「エスニック・ミステリー」という分類に留まらず「ポストコロニアル・ミステリー」とも評されるヒラーマンの作品は、ミステリー界の名だたる賞に輝いているだけでなく、先住民からも概ね好意的な評価を受けている。たとえば、ナヴァホから友好の盾が贈られた彼の作品は、保留地学校の英語の授業にも用いられて広く読まれ、人気も高いという（ヒラーマン&ビュロー　一四―一七、ブラウン　三四―三五)。

しかし、ヒラーマンに対しては厳しい評価もある。なかでもヒラーマンより一世代若い先住民作家シャーマン・アレクシーは批判の急先鋒といえよう。ヒラーマンの小説が政治的には妥当であるとしても、あるいはその人類学的な内容が先住民に認めてられているとしても、先住民作家よりも恵まれた位置に立つ白人作家が、必ずしも十分とはいえない研究成果にもとづいて先住民を描き、市場の想定を覆すような鋭い問いを突きつけることもなくベストセラー作家として経済的な成功を収めていることへの批判を込めて、ヒラーマンの小説は「植民地文学」に分類されるべきだと主張している(ピーターソン　六、三〇、一〇八、一一八)。

アレクシーは自作の小説でもヒラーマンに言及している。白人夫妻の養子として育った都市先住民ジョン・スミスのアイデンティティ探求の物語と、白人を標的にする扇情的な連続殺人事件に絡む物語が並行して展開する長編『インディアン・キラー』(一九九六)には、ヒラーマンの小説を読んでいて任務をなおざりにした警官が、犯罪者にこけにされる場面が挿入されている(二九九―三〇〇)。それればかりか、『インディアン・キラー』にはヒラーマンを彷彿させる白人ミステリー作家が登場し、都市在住の先住民たちの批判の矢面に立たされる。

十九世紀末にゴーストダンスを先導したウォヴォーカ(パイユート族)の英語名と同じ「ジャック・ウィルソン」を名のるその作家は、孤児院で育った金髪碧眼の白人だが、少年期からインディアンに憧れ、シルショミッシュ族の最後の末裔と公言し、先住民理解においては人後に落ちないと自負している。八年間を刑事として勤めた後、シアトルを舞台にして先住民の私立探偵が活躍するミステリーを書いてベストセラー作家となっている。その探偵が先住民であるばかりかメディスンマンでもあるという設定には、ヒラーマンのナヴァホ警官への仄めかしが読みとれる。またウィルソンは先住民のよき理解者として地元の先住民から受け入れられていると自認しているものの、先住民が集うバーでは嘲笑の的になっている。こうした揶揄にもヒラーマンに対するアレクシーの嫌悪が投影されているだろう。

ヒラーマンのナヴァホ警察シリーズに対してはこのように相反する評価が存在することをふまえたうえで、本稿では衣装に焦点化してヒラーマンが紡ぎだす先住民の世界を解きほぐしてみたい。

二　ミステリーと衣装

先にあげたアレクシーの『インディアン・キラー』において、新作の執筆に行き詰まったウィルソンは、情報を求めて警察署に出むき、旧知の巡査部長からシアトルを騒然とさせている連続殺人事件（インディアン・キラー事件）の内部情報を得るのだが、そのやりとりは衣装の観点から興味ぶかい。巡査部長はウィルソンに漏洩した情報を内密にするよう釘を刺して、「このことは帽子の下に (under your hat) 隠しておいてくれよ」と言うと、ウィルソンは「帽子はかぶってない」と返し、さらに巡査部長は「それならパンツのなかに (in your shorts) 隠しておいてくれ」と加える（一六四、傍点引用者）。これは二人の間のおきまりのジョークに過ぎないが、「帽子の下に」や「シャツの下に」(under one's shirt) という英語の表現は、「秘密に」という意味の慣用句であり、衣装が生身の身体を覆い隠していることからの連想と考えれば、その含意は理解しやすい。帽子やシャツ（ここではパンツ）といった衣装は、身体以外の大事な秘密を覆い隠すものの比喩として用いられている。

文学に限らず衣装はしばしば個人の指標となるが、隠された秘密を暴くミステリーというジャンルにおいて、衣装は謎を解く鍵、つまり身元不明の被害者を割りだし、容疑者を絞りこむための手がかりになる。題名に衣装が含まれる作品は、その典型例といえる。精神障碍者と資産家の女相続人の相似に目をつけた准男爵の陰謀を描くウィルキー・コリンズの『白衣の女』(一八五九)、人身事故の現場から消えた茶色の服の男を追うアガサ・クリスティの『茶色の服の男』(一九二四)、最愛の婚約者を事故でなくした女性による復讐を描くコーネル・ウルリッチの『黒衣の花嫁』(一九四八)などが直ちに想起されよう。

比喩として定着した衣装も少なくない。「ブルーユニフォーム」(青い軍服)は南北戦争時の北軍の軍服に由来する換喩だが、十九世紀の西部の先住民にとっては無慈悲なアメリカ軍の比喩でもある。また「ブラックローブ」(黒衣)は先住民から見たキリスト教宣教師の換喩として頻繁に用いられる。逆に「ホワイトローブ」は、罪のない天使や聖職者の比喩から転じて、改宗した先住民を表す。しかし衣装は、当該の人物の社会的な位置(職業、階層、人種、民族、国籍、性別など)を伝える記号でもあり、それが偏見や誤解を含む場合は紋切型の連想に結びつきやすい。とりわけ先住民の衣装は、紋切型のイメージの再生産として批判の対象になることも少なくない。

アメリカ史において白人が模倣するインディアンや、ハリウッド西部劇映画に登場するインディアンの多くは紋切型といってよいが、類例は二十一世紀の現代にもことかかない。たとえばファッション誌のイギリス版『エル』(二〇一四年七月特別号)の表紙写真に、先住民風のヘッドドレスを被ったグラミー受賞後のファレル・ウィリアムズの写真が使われたときに、それに対する抗議があり、同誌はウェブサイトのキャプションを修正し、ウィリアムズも謝罪するという事態になった。紋切型のインディアン・イメージに由来するヘッドドレス(およびフリンジのついた服や靴)は、今ではハロウィーン用のコスチュームの定番となっているが、あらゆる年代や性別の一般人がヘッドドレスを被るという事態は、先住民差別がなくなってその文化が受け入れられているというよりも、むしろ先住民が見えなくなってその文化がないがしろにされていることを証す徴候なのである。

ミステリーにおいて衣装は捜査の重要な手がかりとなるが、文化記号としての衣装は紋切型と結びつきやすいため、エスニック・ミステリーにおける衣装は紋切型の手がかりを提供するばかりという事態に陥りやすい。エスニックな要素と謎解きの過程が単に裏腹な関係にしかない場合、その作品は犯罪捜査を通してエキゾティックな民族性に照射しながら最終的には帝国の優位を再生産する「植民地文学」の誹りを免れえないだろう。しかしヒラーマンはその点について意識的である。保留地の現実という観点からすれば、彼の描くナヴァホはいささか理想化されすぎているきらいがあるとしても（テンプルトン　四五）、彼は紋切型と多様性の両方に目配せしながら衣装を描き分けている。

ヒラーマンはミステリーを執筆する際に、前もって緻密にプロットを定めて書くのではなく、テーマを深めながら手探りでプロットを展開させていく。それゆえ彼の作品は、ナヴァホ警官が別々の事件の捜査に当たるうちに少しずつ結びつきを見せるというパターンをたどる。また、ヒラーマンは先住民の伝統文化に関して真正な小説を書くことに誇りを持っている。シリーズ第一作『祝福の道』の謝辞に述べているように、彼の作品の民族学的な記述は、彼自身の実体験に由来する部分もあるが、大部分は既存の学術研究の成果や、インフォーマント（ナヴァホの友人）からの情報や忠言にもとづいている。ナヴァホばかりでなく他の部族の伝統や慣習についても正しい知識の探求が行われている。ナヴァホ警官は他の部族の文化の内実には必ずしも詳しくないので、捜査の過程には他文化理解も欠かせない。したがって読者は、探偵の文化理解を追体験しながら、同時に進行する複数の捜査を先行き不透明なままに読み進めることになる。ヒラーマンはこうした意匠によって、差異に無頓着な先住民の一般化や、多様性を無視した保留地の抽象化を回避しているのである。

三　紋切型と多様性

本節では、ヒラーマンがいかに紋切型をかわしているのかを衣装の観点から観察する。ヒラーマンのミステリーに登場する先住民は、衣装を指標とするかぎり、南西部の他のアメリカ人と大差ない。主役格のナヴァホ警官(リープホーンやチー)は普段の勤務では制服を着ているだけで、先住民らしさを連想させる描写もない。ナヴァホ以外の先住民も少なからず登場するが、警官は制服姿である。ホピ族の大柄な保安官補はカーキ色の制服姿であり(『黒い風』七八)、またインディアン総務局のシャイアン族の巡査部長も保安部の制服姿である。ヤンキースの帽子を被っているところは彼の個性といえようか(『聖なる道化師』三九)。普段は制服姿のナヴァホ・ヒーローも、『話す神』のような首都ワシントンへの出張時には装いが変わる。リープホーンは地元の廉価量販店シアーズで十年以上前に買ったような、古ぼけた大きめの三つ揃えのスーツ姿で(一三五)、チーはよそ行きのジーンズと革のジャケットにボロタイという格好である(九九)。お洒落には縁のないリープホーンは言うまでもなく、保留地の洒落者チーの装いも、人種を問わず半分以上の男性が黒っぽいスーツとネクタイ姿の首都では、いささか場違いに映り、それが余所者としての彼らの状況を暗示してもいる。

疲れた中年リープホーンのいでたちの描写が乏しいのに対して、年若くしかも部族の文化伝統の担い手でもあるチーの服装にはバリエーションが見られる。非番の日には油じみたジーンズにクアーズのTシャツというラフな装いで(『時の盗み手』五六)、犯人捕獲の前(狩猟前)には石を熱したスウェットバスに下着だけで入って歌い(『黒い風』二五〇)、歌い手として儀式をおこなうときには、ファーミントン(保留地の外の町)で買った新品のズボン、一張羅の赤と白のワイシャツ、よそゆきのブーツ、黒いフェルト帽といういでたちである(『スキンウォーカーズ』二二四)。歌い手としてのチーの装いは、紋切型のメディスンマンとはほど遠いが、けっして伝統から外れた儀式をおこなう怪しい呪術師ではなく、真摯に修行に励む正統な歌い手である。ナヴァホのシャーマンの一種である女性の水晶占い師も、長年着用している黄色いパンツスーツ姿でピックアップトラックを運転して依頼人の元に赴いている(『話す神』一三)。

先住民の普段着は、ジーンズにシャツかTシャツ、デニムの上衣にブーツという装いが標準のようだ。たとえば『黒い風』の冒頭で発見されるナヴァホと思しき腐敗の進んだ身元不明の死体は、ジーンズにチェックのシャツにデニムの上衣にブーツの姿である。『スキンウォーカーズ』における殺人事件の容疑者の娘は、「アイ・ラヴ・ハワイ」と書かれたTシャツを着て、ジーンズにフリンジつきのブーツを履いている(三五)。また、同じ格好がチーの目を惹いた二人のナヴァホ青年は、色あせた赤い格子縞のシャツを着て、ジーンズにカウボーイ・ブーツを履いている。ただ、赤い革のヘッドバンドを巻いている点は、先住民の紋切型に一致する(『スキンウォーカーズ』八〇)。チーばかりでなく、他のナヴァホもしゃれた服を求めて保留地の外の町に出かける傾向にあるようで、保留地内で営んでいた交易所を売りに出している老店主は次のようにこぼしている。「流行が好きなやつらは、もうおれの店では服なんか買わなくなった。どいつもこいつもデザイナー・ジーンズばかり履いてやがる」(『スキンウォーカーズ』二二四)。

保留地の外で生育したナヴァホ(あるいは混血)は、いささか事情が異なるようだ。たとえば、ナヴァホ人とスコットランド系白人の娘で、やがてチーと恋仲になる弁護士ジャネット・ピートは、最初に「白い絹のブラウスを着た若い女」としてチーの前に登場する(『スキンウォーカーズ』一一四)。首都ワシントンの法律事務所での勤務を終えてナヴァホ保留地で部族民のために尽くす都会的で自立した彼女がチーに与えるインパクトの強さを示唆するかのように、彼女はしばらく「絹のブラウス」(Silk Shirt) という換喩で言及されている。淡いブルーのブラウスにツイードのスカート(『スキンウォーカーズ』一九四)や、白いブラウスと青いスカートにジャケット(『聖なる道化師』七八)といったＤＣ仕込みの洗練された装いにはチーも目を見張っている。

また、『スキンウォーカーズ』の主要な登場人物であるイエローホース医師は、オグララ・スーの父とナヴァホの母から生まれた混血である。孤児となって保留地外のモルモン教の施設で育つが、長じてナヴァホ保留地で病院を創設し、現在は所長として病院経営にも携わりながら昔ながらの水晶占いも行い、さらに地区を代表する議員やナヴァホ議会の司法委員も務めている。デニムのシャツを着て、「銀とトルコ石のコンチョが巻かれ、七面鳥の羽毛を飾った黒いフェルト地の保留地帽」をかぶり、「〈父なる太陽〉のまわりに湾曲した〈虹の人〉が彫られた銀細工のレプリカ」で飾られたバックルと「トルコ石の鋲飾りがついたベルト」を腰に巻いたいでたちからは(二八)、真正なナヴァホであろうとする思いがにじみ出てくる。

非先住民(白人)はどうだろう。カトリックの神父は黒衣姿だろうか。リープホーンにズニの神話を解説する聖フランシス教団の神父がはおっているのは、植民地時代以来のブラックローブではなく、古着の海軍のウィンドブレイカーである(『死者の舞踏場』一三八)。流暢なナヴァホ語を操り、周辺の部族民からも敬意を集める神父の装いは、先住民を先導するよりも、先住民の社会に溶けこみ、彼らとともに歩む姿勢を示唆している。それに比べてＦＢＩの捜査官は常にスーツにネクタイである。リープホーンから見れば、彼らの没個性的な装いには、ナヴァホや他の先住民への理解に乏しい知的に凡庸で権威主義的な人物像が投影されている。また「ローン・レンジャーズ」を名のり、ナヴァホの権利擁護を謳う白人運動家たちは、先住民にも似て着古したデニムの上下という装いだが、グループのユニフォームとして毛布をはおっている(『話す神』三八)。毛布をはおる先住民の姿は紋切型として知られるが、ヒラーマンの保留地にはそのような先住民は見あたらない。

先住民贔屓の白人の衣装は一様に紋切型に近い。たとえば『スキンウォーカーズ』に登場するナヴァホ警察の鑑識の医師は、リープホーンが「インディアン好き」に分類しているように、ナヴァホのシンボルである「コーン・ビートルの模様が織りこまれた赤い布地のヘッドバンド」を身につけ、髪を肩まで伸ばし、すりきれたデニムの上衣を着ている（九三）。また、『話す神』の重要な登場人物である白人学芸員は、首都の博物館に勤めながらナヴァホの養子になりたいと願い、「一九二〇年頃の伝統的なナヴァホが自慢げに着ていたような銀ボタンのダークブルーのビロードシャツを着て、シャツと同じぐらい昔風の銀色のコンチョを巻いた山高のフェルト帽をかぶり、重い銀飾りのついたベルトをしめ、ジーンズとブーツを履き」、「フリンジのついた革のジャケット」をはおっている（四二—四三）。彼らの装いは、リープホーンのような進歩派のナヴァホ人の嫌悪や侮蔑を誘う。

ヒラーマンは先住民であれ白人であれ、紋切型に短絡させず、多様性の文脈に合うようにその衣装を描き分けている。またことさらに強調することなく、保留地外の情勢に応じて変化する保留地内の日常生活についても衣装を通じて素描している。

四　伝統文化と犯罪捜査

ヒラーマンはナヴァホ保留地を舞台に不世出の先住民ヒーローを創りだしたが、現実の保留地では重大な事件は郡（保安官）や州（警察）や連邦（ＦＢＩ）の管轄となってしまうため、ナヴァホ警官にはリープホーンやチーのような活躍の機会はないという（ヒラーマン&ビュロー　一四）。ヒラーマンのミステリーがナヴァホの読者に人気があるのは、そのような事情とも無縁ではないのだろう。しかもヒラーマンはナヴァホ警官を名探偵に仕立てるばかりか、犯罪捜査を通じて現代にも息づく先住民の伝統文化に照射している。本節では先住民の伝統文化と犯罪捜査の絶妙な絡みを最大の魅力とするヒラーマンのミステリーにおいて衣装がいかなる役割を担っているのかを考察する。

ヒラーマンならずとも犯罪捜査の有力な手がかりとなる衣装といえば、なにより靴であろう。リープホーンもチーも、優秀な探偵の例にもれず、靴の痕跡としての足跡を追うのが得意である。（たとえば『黒い風』のチーや『話す神』のリープホーン。）ただし、足跡を見つけて追跡するのが上手な先住民という特徴は、映画やTVドラマや大衆文学に根強く残っている紋切型でもある。たとえば『黒い風』で、ある弁護士の発言「インディアンは追跡が上手だと聞いている」に対して、チーはまず自分が「インディアン」ではなく「ナヴァホ」であると訂正した上で、すべてのナヴァホが追跡上手なわけではないと断り、法律と同じように、学習によって身につく能力だと述べている（七三）。

捜査能力の有無はともかく、ここでは靴跡も含めて捜査の手がかりとしての衣装が先住民の伝統文化に絡む事例を検証する。たとえば『祝福の道』において、リープホーンは「敵対の道」(Enemy Way) というナヴァホの儀式と犯罪者の帽子とのつながりを見いだす。メキシコ人を切りつけて逃亡している羊飼いの青年を出頭させるために、リープホーンは被害者が命を取り留めたという情報を交易所で広め、容疑者の耳にその噂を届けさせようとする。偶然その場に居合わせた背の高いナヴァホは、フェルト帽を盗まれたので新しい帽子を買い、それに持参した銀のコンチョ（帽子用のバンド）をつけるのだが、リープホーンは価値のあるコンチョを残して帽子だけが盗まれるということに違和感を抱いていた。一方、外の世界から来た狼（魔物）による実害を被っていたナヴァホの羊飼いの一族は、三日にわたるナヴァホ流の悪魔祓いの儀式「敵対の道」を歌い手に依頼する。そのクライマックスに行われる「頭皮打撃」(scalp shooting) という儀式のために、魔物の頭皮の代用物が必要なのだが、魔物によって兄ルイスを殺された弟は、魔物が乗っていた車のタイヤの跡をつけて、彼の帽子を盗み出していたのである。リープホーンと、本作で相棒役を務める人類学者マッキーは、その帽子の持ち主であるロサンジェルス育ちの背の高いナヴァホと白人の仲間たちが、米軍のミサイル誘導システムの機密情報を盗んで売るという陰謀に関わっており、そのために羊の放牧に来るナヴァホを追い払い、口封じのために羊飼いを殺害したという真相を突きとめる。

シリーズ第二弾の『死者の舞踏場』では、ズニ族のシャラコの儀式（精霊カチーナを村に迎える祭）を間近に控えた時期に、カチーナの到来を告げる〈火の神〉――身体を黒く塗り、斑点のある仮面をかぶり、火の杖を手に持つ――の役を務める予定の少年が、〈サラモビア〉というカチーナの扮装――黄色で縁どった丸く黒い目、黒い仮面、黒いシャツ、嘴、逆立つ七面鳥の羽根飾り――をした何者かに連れ去られる。誘拐の現場には踵のないモカシン靴の跡が残されていたのだが、真犯人はズニの仕業に見せかけるためにカチーナに偽装した白人の人類学者だった。古代先住民の石器の発掘現場にお手盛りの証拠品を仕込んで人類学上の重要な発見を捏造していたその学者は、ズニの少年が悪戯心から、それとは知らずに捏造の暴露につながる証拠品を盗んだので、サラモビアの装いで少年を脅して盗品を取り戻そうとした。しかし少年は逃げ回るばかりか、別のナヴァホの少年にも盗品を渡してしまっていたので、秘密の暴露をおそれた犯人は二人の少年とその父を手に掛けていたのである。学術上の捏造と冷酷な殺人ばかりでなく、偽装によってズニの神聖な文化を蹂躙していた犯人は、リープホーンに捕らえられるよりも先に秘密裏に処罰される。

『黒い風』では、小型飛行機の墜落事故と、麻薬の密売と、息子の仇討ちと、ホピの秘密の儀式が絡みあう。その冒頭で二人のホピが発見するナヴァホ男性と思しき身元不明の死体は、服装こそごく普通だが、両足の裏の皮膚がそぎ取られ、花模様の縫い飾りのあるカウボーイ・ブーツが傍に置いてある（二）。これはナヴァホ伝承の魔物スキンウォーカーの仕業に見せかけて指紋を消して被害者の特定を遅らせようとした犯人の偽装工作である。犯人は麻薬密売に関わって殺害された息子の仇討ちのために、関係者五人を殺害して麻薬を入手し、黒幕をおびき寄せようとしていた。そのクライマックスは、秘儀が行われるホピの集落の外れで起こる。飛行機事故のために麻薬を売れなかった送り主に、その麻薬を買い戻させる約束を取りつけた犯人——ホピの女性との結婚歴のある白人で、ナヴァホ相手の交易所の店主——は、ホピの村で行われていたアストトカヤ（村の宗教団への加入儀式）のための見回り役のうち〈二つ角〉役——亀の甲羅のガラガラを膝の下に結びつけ、頭には雄羊の角のように曲がった二本の大きな角がついたヘルメットのようなものをかぶり、手には杖のようなものを持っている——の衣装を奪って変装し、取引場所に現れた「麦藁帽の男」を殺害する。犯人はこの黒幕の男こそが息子の殺害を命じた仇だと思い込んでいたのだが、チーの介入によって真相を取り違えていたということを知る。

　これらの事例では、先住民の衣装を悪用した犯罪者たちが、偽装の罪に問われるかのように、想定外の報いを受けている。国家機密情報の売却を隠蔽するために狼に変装してナヴァホに危害を加え、殺人まで犯していた『祝福の道』の犯人（都会のナヴァホ）は、ナヴァホの儀式に使われた己の帽子から犯罪の全貌が暴かれ、攻防の末に仲間とともに命を落とす。ズニの神聖な衣装のレプリカを変装に用いて己の学術上の偽装工作を隠蔽しようとした『死者の舞踏場』の連続殺人犯は、伝統文化を蹂躙した廉で葬られる。ナヴァホの魔物伝承を利用して殺人を偽装し、ホピの伝統的な衣装で変装して仇討ちを決行した『黒い風』の連続殺人犯は、まちがいの仇討ちの果てに落命する。いずれも部外者による伝統文化の乱用の事例であるが、そのからくりを看破しえたのは、探偵役がナヴァホやズニやホピの伝統文化を正しく理解し、犯罪者の意図を正しく読みとったからである。

『聖なる道化師』には、部外者による他文化の解釈と探偵による犯罪現場の解釈との類似に自己言及している箇所があって興味ぶかい。保留地外の町ギャラップのドライブインシアターで、弁護士ジャネット（混血ナヴァホ）と警官ブリザード（都会のシャイアン）とチーの三人が、再上映中のジョン・フォード監督の『シャイアン』（一九六四）を鑑賞している。シャイアン役を務めるエキストラのナヴァホが随所で放つナヴァホ語のでたらめな台詞を聞いて、ナヴァホ語を知る観客は喝采するが、ジャネットやブリザードにはその意味がわからないのでチーに解説を求めるのである（一三八―四一）。同じものを見ても部外者は見落としてしまうことがあるということを端的に伝える場面である。『聖なる道化師』の最初の重要な犯罪現場は、カチーナ（精霊）のダンスとコーシャー（道化の芝居が行われた架空のタノ族の集落である。チーは先のような見識をタノの祝祭に当てはめて、タノには一目瞭然でも、部外者の自分たちが見落としていたものを探り当てようとする。コーシャーの道化芝居の途中に見物人が静まりかえる場面があったことを思いだし、その原因を探るうちに、異なる場所で起きた殺人事件が、プエブロの聖物（「リンカンの杖」）のレプリカ作成に与する部外者たちを介して結びつくのである。

ミステリーは通常、犯人の化けの皮ならぬ偽装の衣を剥いで丸裸の状態にすれば、あとは裁判と処罰を待つばかりである。しかしヒラーマンのミステリーには、チーが抱え続けている葛藤――警官と歌い手の両立は可能かという問題――が残る。警官は近代法の執行者であり、歌い手はナヴァホの調和の導き手であり、ときに両者の価値観は重なるが、両立しないこともある。チーにとって白人の正義かナヴァホの正義か、刑罰のために裁くか調和のために裁くか、が大きな問題になる（『聖なる道化師』三二六）。罪を犯した者を逮捕して、処罰によって罪を償わせることが近代法治国家の常識であり、白人の正義だとすれば、「ダーク・ウィンド」の影響で乱れた犯罪者の心を癒し、調和を回復させるのがナヴァホの「美の道」である。美の道は法治国家の根本をゆるがしかねないが、法にもとづく処罰だけでは調和の回復が必ずしも十分ではない。ヒラーマンのミステリーは最終的に犯罪者を同定するものの、同時に現実社会では両立しないこの二つの道を探求し続けてもいる。

引用・参考文献

Alexie, Sherman. *Indian Killer*. New York: Warner Books, 1996. 金原瑞人訳『インディアン・キラー』東京創元社、一九九九年。

Browne, Ray B. *Murder on the Reservation: American Indian Crime Fiction*. Madison: U of Wisconsin P, 2004.

Hillerman, Tony. *The Blessing Way*. 1970. New York: Harper, 1990.

——. *Dance Hall of the Dead*. 1973. New York: Harper, 1990. 小泉喜美子訳『死者の舞踏場』早川書房、一九七五年。

——. *The Dark Wind*. 1982. New York: Harper, 2001. 大庭忠男訳『黒い風』早川書房、一九九一年。

——. *Sacred Clowns*. 1993. New York: Harper, 2009. 大庭忠男訳『聖なる道化師』早川書房、一九九四年。

——. *Seldom Disappointed: A Memoir*. New York: Perennial, 2001.

——. *Skinwalkers*. 1986. New York: Harper, 2002. 大庭忠男訳『魔力』早川書房、一九九〇年。

——. *Talking God*. 1989. New York: Harper, 2010. 大庭忠男訳『話す神』早川書房、一九九二年。

——. *A Thief of Time*. 1988. New York: Harper, 1990. 大庭忠男訳『時を盗む者』早川書房、一九九〇年。

Hillerman, Tony and Ernie Bulow. *Talking Mysteries*. 1991. Albuquerque: U of New Mexico P, 2004.

Macdonald, Andrew, Gina Macdonald, and MaryAnn Sheridan. *Shape-Shifting: Images of Native Americans in Recent Popular Fiction*. Westport: Greenwood, 2000.

Macdonald, Gina and Andrew Macdonald with MaryAnn Sheridan. *Shaman or Sherlock?: The Native American Detective*. Westport: Greenwood, 2002.

Peterson, Nancy J. ed. *Conversation with Sherman Alexie*. Jackson: UP of Mississippi, 2009.

Reilly, John M. *Tony Hillerman: A Critical Companion*. Westport: Greenwood, 1996.

Templeton, Wayne. "Xojo- and Homicide: The Postcolonial Murder Mysteries of Tony Hillerman." Ed. Adrienne Johnson Gosselin. *Multicultural Detective Fiction: Murder from the "Other" Side*. New York: Taylor and Francis, 1999. 37–59.

アメリカ喜劇映画における「女装」の文化史

中垣　恒太郎

序・アメリカ文化における「異性装」の系譜——マーク・トウェインが繋ぐ大衆文化

第三十二代アメリカ合衆国大統領をつとめたフランクリン・ローズベルト (Franklin Roosevelt, 1882–1945)、あるいは、作家アーネスト・ヘミングウェイ (Ernest Hemingway, 1899–1961) らが幼少期に女の子の服装を着て写っている有名な写真がある。男性性を誇示し、メディア・イメージに対する意識を強く持っていた作家ヘミングウェイの人格形成に、姉のお下がりの衣類を着せられていた幼少期の体験が大きな影響を及ぼしたのではないかという考察は伝記研究、精神分析、ジェンダー研究の観点から一定の成果を挙げている。[1] 一方、病弱な子どもに異性装をさせることで、病をもたらす魔物の標的になることを避けようとした風習もあり、病弱であった幼少期のローズベルトが女の子の服装で写真に写っている写真（一八八四年）などは、迷信による言い伝えに基づいたものであったとされる。

家庭や文化の事情など、時代によっても状況によってもその動機や背景も異性装のあり方も多様である。本稿ではその中でアメリカ文学文化における「女装」が大衆文化、とりわけ喜劇映画文化史においてどのように機能し、発展を遂げてきたのか、その系譜を展望する。遡れば、異性装は文学のモチーフの一つとして長い歴史を有しながらも、ハリウッド映画においては長年にわたり、「性的倒錯」としてタブー視され、規制の対象とされてきた。どのような観点から異性装が忌避され、また、その表現が後に解禁されたことによりどのような問題が浮かび上がるのかを考察していく。

まず、ヘイズ・コードと称される映画産業内の自主規制が制定される以前の映画草創期について検討するために、チャールズ・チャップリン(Charles Chaplin, 1889–1977)の初期作品をとりあげる。そして、その自主規制が効力を弱めていく揺らぎの時期を代表する『お熱いのがお好き』(*Some Like It Hot*, 1959)、さらに、ヘイズ・コード撤廃後、一九七〇年代のフェミニズム思想・運動を経た後の時代思潮の代表例として『トッツィー』(*Tootsie*, 1982)の三期に大別し、女装をモチーフにしたアメリカの喜劇映画を素材に、ジェンダー観および表現規制をめぐる文化背景の変遷を軸に分析を試みる。

女装/異性装、服装倒錯(トランスヴェスティズム)だけでも様々な含意を持ち、さらに性的越境(トランスジェンダー)をめぐる議論など細かく慎重な検討を要する領域とも必然的に重なってくる。本稿ではあくまでアメリカ喜劇映画における女装のモチーフを分析することに限定し、その社会的機能を探ることに力点を置く。

喜劇映画史をめぐる考察に入る前に、映画メディアの誕生以前の文化状況を探るために十九世紀後半のアメリカ文学を代表する「ユーモア作家」、マーク・トウェイン(Mark Twain, 1835–1910)における異性装のモチーフを参照しておきたい。

たとえば、『王子と乞食』(*The Prince and the Pauper*, 1882)はその中でも代表例となるものであるが、中世を舞台にしたこの物語では、高貴な家柄の出自を持つ王子と、経済的に困窮した家庭に育つ貧しい少年の二人は服装を取り換えることでお互いのアイデンティティをも交換する。この二人の少年の企ては周囲に違和感を抱かせつつもごく身近な家族でさえもその入れ替えを見破ることができない。それだけ衣装がもたらす先入観に人々が大きな影響を受けていることを前提にすることによって物語が成り立っている。

同様のモチーフはトウェインの複数の作品に見られるものであり、『アーサー王宮廷のコネティカット・ヤンキー』(*A Connecticut Yankee in King Arthur's Court*, 1889) では、アーサー王が衣装を平民の衣類に取り換えて、お忍びで自らが統治する人々の暮らしを巡回する旅に出る。平民の衣類を身にまとった王は訪問先で地域を統括する役人に虐げられるばかりか、自らの身分を明かした後も誰にも信じてもらえず、苦境を自ら脱することができない。アイデンティティ、社会的身分が衣装と密接に結びついている例を示す設定であり、前近代としての中世英国を舞台にしていることからも、目に見える形で階級や社会的身分を表す役割を衣装が担ってきたことを再確認する試みにもなっている。

中世英国における階級社会の側面を炙り出すばかりではない。『まぬけのウィルソンの悲劇』(*The Tragedy of Pudd'nhead Wilson*, 1894) は、奴隷制度下、一八三〇年代当時のアメリカ南部を舞台にした物語であり、黒人乳母が自らの赤子と、主人である伯爵の赤子を入れ替えてしまうのだが、この入れ替えもまた、衣装の取り換えによって成立している。赤子の人生の可能性を大きく入れ替えてしまうこの大胆な企てもまた、周囲の誰からも見破られることがないまま二人の赤子は成長し、成人に達するに至る。人種の概念までもが衣装の入れ替えを通じて乗り越え可能であることを示唆するかのようなこの物語は、社会的構築物としての人種概念のあり方を根源的に捉え直す視座をもたらしてくれる。同時に、入れ替えられた双子が破滅を迎えるに至る結末は、その問いかけ自体がタブーを侵犯するものであることを示すものでもある。

舞台となる一八三〇年代はもちろん、作品が発表された奴隷制度撤廃後の一八九〇年代においてさえも、当時の社会通念によって規定された「人種」概念により、それぞれの社会的な立場はまったく異なるものにならざるをえない状況にあった。また、むしろ本稿の文脈においては、主人公が経済的に困窮した状況を打開するために町で窃盗をくり返す際に、「女装」して他者を装う場面に注目しておくべきであろう（第一〇章）。母親の服を借用し、女装した主人公は自らの姿が目撃されていることを意識して、窃盗の疑いを自分の存在から遠い他者に向けさせるべく、実際には存在しない女性の闖入者に対する強い印象を周囲に与えるように大胆にふるまっている。目撃証言からは謎めいた粗野な女性の存在が浮かび上がることになり、人種問題を主題に据えた深刻な物語に喜劇の彩りを添えている。

女装場面としては他にも『ハックルベリー・フィンの冒険』(*Adventures of Huckleberry Finn*, 1885) の有名な一場面がある。郷里と自らのアイデンティティを捨て、自由を目指す主人公ハックは様々な他人に「なりすます」ことで移動を続けていく。ハックは逃亡奴隷のジムとの逃避行中、女の子の衣装を身に纏い、女の子になりすまして、その街の様子を探るために引っ越してきたばかりのロフタス夫人宅を訪問する。しかし、その女装はすぐに夫人に見破られてしまう。

「そんなキャラコの古着を着て女の前を動きまわるもんじゃないよ。女の子の役はかなり下手だけど、男だったら騙せるだろうさ。かわいそうに、針に糸を通そうとするんだったら、糸を動かすんじゃなくて、針に糸を突っ込むんだよ。女はいつだってそういうふうにするもんだけど、男はいつだって違うやり方をするのさ。（略）とにかく、あんたが針に糸を通しているのを見たとき、すぐに男の子だとわかったよ」（『ハックルベリー・フィンの冒険』七四―七五）

イライジャ・ウッドがハック役をつとめたディズニー・カンパニー制作による映画版（スティーブン・ソマーズ監督、一九九三）においてもこの場面は、逃亡奴隷をめぐる深刻な物語に喜劇の彩りを添える見せ場となっている。

ハックの女装はなぜすぐに見破られてしまったのか。老婦人曰く、「女の子はそのようなふるまいをしない」とハックに諭す。ではこの場合の「女の子らしいふるまい」とはどのようなものであるのだろうか。

男の子が女の子になりすますだけでなく、短編「ワッピング・アリス」（“Wapping Alice”）などをはじめとする未完となった晩年の作品群においては女性が男性になりすますことも含めて、ジェンダーと異装をめぐるモチーフはさらにトウェインの文学において発展して継承されていく。

「ワッピング・アリス」の主人公である男性は女装し、女性として日常生活を送っている。思いがけず結婚の問題に巻き込まれ、男性同士で結婚せざるをえなくなりそうな展開となったところで、最後に男性であることを明かす。この筋立ては大衆文化芸能における「笑劇」（ファルス、道化芝居）の典型的なパターンを踏襲している。そして「文学的コメディアン」を自任していたトウェインもまたユーモア小話としてこの短編を出版社に売り込んだ。しかしながら、同性愛、性的倒錯、女装といった要素が出版社から忌避され、未発表のままになってしまっていた。トウェインの未発表原稿は彼の死後、断続的に発表されていくことになるが、「ユーモア作家マーク・トウェイン」のブランド・イメージを重視していた遺稿管理人の方針にそぐわないとみなされ、この短編はその中でももっとも公刊が遅れた作品の一つに位置づけられる。[2]

人種や階級、ジェンダーといった社会的構築物とされる概念に対する問いかけが晩年のトウェイン文学において主要なモチーフとしてくりかえし用いられている。そしてこの関心は、それぞれ衣装を取り換える場面と連動することで成立している。こうしたモチーフは、「笑劇」と称される大衆文化の伝統に根差したユーモアを通して展開されており、悲喜劇（トラジコメディ）も含めた喜劇の形式を踏襲していることに注目する必要がある。同時代においては危険視される問いかけであっても、笑劇の伝統を踏まえることにより笑いの対象にすることができる。モチーフの源泉を笑劇の伝統に辿ることにより、トウェインの文学を捉え直す試みも有効であろう。

異装（異性装）の文学伝統をさらに遡るならば、その源流にたとえば、シェイクスピア『十二夜』(*Twelfth Night*, 1601) があり、トウェインを含むアメリカ大衆文化に対しても大きな影響を及ぼしている。時代を飛び越えて、現代アメリカ大衆文化の受容に目を向けても、映画『彼女はハイスクール・ボーイ』(*Just One of the Guys*, 1985) や、『アメリカン・ピーチパイ』(*She's the Man*, 2006) などは、『十二夜』を現代アメリカに生きる高校生たちの生活に置き換えて翻案されていることが制作陣によって公言されている。『彼女はハイスクール・ボーイ』は学校新聞部を舞台に女子高校生が男子になりすます物語であり、『アメリカン・ピーチパイ』は女子高校生が男子になりすまして男子サッカー部で活躍する物語である。両作品ともに現代のアメリカ社会において女子の視点からジェンダーによる差異がどのように映るのかを喜劇文化の伝統を通して探る試みになっている。

こうしたジェンダーや階級、人種といった社会的構築物となる社会通念の有り様を問い直す試みは、これまで概観してきたように現代の大衆文化においても継承されており、衣装の取り換えによってなされるその問いかけの手法は笑劇に代表される喜劇文化の伝統に基づくものである。

本稿では充分に論証する余地がなく示唆するに留まるが、アメリカ大衆文化における喜劇映画文化史の伝統を考える際に、マーク・トウェインの異装のモチーフを探ることで、シェイクスピアに連なる笑劇などの大衆文化芸能がアメリカの土壌でいかに発展を遂げてきたのかが浮かび上がってくる。そしてアメリカ社会の諸相にトウェインがどのように関心を寄せ、笑劇の伝統を援用することによりどのように作品に取り込んでいったのかを比較参照することにより、大衆文化の系譜とそれぞれの時代の特質も見えてくるはずだ。

一 「女装する」チャップリンと英国ミュージック・ホールの伝統

マーク・トウェインがアメリカ大衆文化芸能の伝統を文学に導入し、発展させることで文学の可能性を拡張したように、世紀転換期に新しいメディアとして誕生したアメリカ映画の黎明期においても、大衆喜劇文化の伝統は様々に影響を及ぼしている。トマス・エジソン (Thomas Edison, 1847–1931) が発明したキネトスコープはそれ以前の見世物文化から役者、観客、演者（見せ物師）を引き継ぐところから出発している。

アメリカの喜劇映画文化史において、チャールズ・チャップリンが及ぼした影響には多大なものがある。英国出身であるチャップリンが英・米の大衆文化の伝統、そして伝統的な演劇の領域と新興産業としての映画とを繋ぐ役割を担う立場にあった。

チャップリンは英国の大衆文化を代表するミュージック・ホールの役者出身であり、五歳から二十四歳まで軽演劇の分野で活躍していた。ミュージック・ホールは労働者向けの娯楽の殿堂であり、一つの演目は三十分ほどであった。そのチャップリンは一九一〇年冬に、所属していたカーノー劇団の米国巡業に同行し、得意としていた酔っ払い芸などを主に披露した。このアメリカ巡業の最中にアメリカ喜劇映画の父とみなされるプロデューサー、マック・セネット (Mack Sennett, 1880–1960) に見出され、映画産業に関与することになるのだが、巡業を通して、英国では大好評で迎えられていた笑劇のいくつかがアメリカでは不評に終わってしまったことで笑いに関する文化の違いに戸惑う体験を得ている。中でも女装の演題は英国で評判をとっていた実績がアメリカではまったく通用しない最たる例となった。

そうした試行錯誤の中で、チャップリンが女装をモチーフに取り入れた映画作品は三編あり、すべて初期作品に位置づけられる短編作品である。この三作品は笑劇として女装を扱うものであったが、その後、チャップリンが自身のスタイルを確立させていく過程で女装のモチーフは姿を消していくことになる。

簡潔にその三作品の概要に触れておこう。まず『多忙な一日』(*A Busy Day*, 1914) は、パントマイムによる喜劇の伝統を踏まえた作品であり、チャップリンは気性の荒い下層階級の妻役を演じている。パントマイムとは、歌、踊り、軽業、道化芸などを詰め込んで客を楽しませる英国のおどけ芝居であり、道化劇に付随する舞台として十九世紀初頭に定着したものである。チャップリン扮する下層階級の女性はこうもり傘を叩きつけたり、スカートで鼻を拭いたりするなど粗野で品がないふるまいを笑いの対象にしている。伝記作家のデイヴィッド・ロビンソンによれば、英国のパントマイムとしては伝統的な女装ものに位置づけられる (Robinson 第四章)。この作品は作中で女装場面が描かれているわけではなく、チャップリンが女性役を演じているものである。

続く『男か女か』(*The Masquerader*, 1914) は、「女装」が笑いの主題として焦点化される。チャップリン演じる主人公チャーリーは映画俳優として様々な作品に出演しては共演女優と浮名を流し、作品制作も台無しにしてしまった挙句、解雇される。そこでチャーリーは女装して別人になりすまし、映画業界への復帰を目指すがやがてその女装が露見してしまうことからドタバタ喜劇の様相を帯びる。逼迫した状況を打開するために女装によってまったくの他者であるアイデンティティを主人公が必要とする背景による。この展開は喜劇映画においてこの後もパターン化されていくことになる。

最後の女装作品となる『チャップリンの女装』(*A Woman*, 1915) は、主人公チャーリーが交際相手の女性の家を訪問し、彼女の母親に食事をもてなされている場面からはじまる。そこに彼女の父親が友人を伴って突然、帰宅したために慌ててチャーリーは女友達になりすます。チャーリーは髭を剃り落とし、女性用のドレスを着て、彼女の女友達としてふるまうのだが、彼女の父親が連れてきた男性に見初められ、求愛されてしまうことからドタバタ喜劇がくり広げられていく。

チャップリンが独立し、自身のスタジオを構える一九一八年に至るまでを初期と位置づけるのが一般的であり、さらにその初期は三つの製作会社に雇用されていた時期であったことから、それぞれの製作会社の名称をとって、「キーストン期」、「エッサネイ期」、「ミューチュアル期」の三期に分けられる。英国の演劇出身であったチャップリンがアメリカ巡業中に映画産業に出会い、最初は役者として、やがて監督もつとめるようになっていく中で自身のスタイルを確立させていく過程をこの初期時代に探ることができる。チャップリン自身が女装を取り入れている三作品は、『多忙な一日』、『男か女か』がキーストン期、『チャップリンの女装』がエッサネイ期に相当するものであり、以後、このモチーフは用いられなくなる。つまり、英国ミュージック・ホールの大衆演劇から米国の喜劇映画へと移行していく模索期において女装のモチーフは抹消されていった。『チャップリンの女装』はアメリカの観客から、粗野で猥褻で悪趣味、下品であるという批判を受け、さらに北欧では一九三〇年代まで『チャップリンの女装』は上映禁止とされていた。他にも初期作品においては人種差別に根差したユーモアも取り込んでいたチャップリンであったが、言語や国籍を越えた笑いを追求し、やがて「世界市民」を志向していく中で万人受けしない要素は削ぎ落とされていく。

一方で、チャップリンの女装モチーフが発表されていた同時代に「女形」俳優ジュリアン・エルティンジ（Julian Eltinge, 1881–1941）が登場し、人気を博していた事実もある。ヴォードヴィル劇から初期のブロードウェイ劇への移行期に、その洗練された女装演技が評判を得ていた。エルティンジは十歳の時から女の子役で舞台に上がっており、一九〇四年に初めてブロードウェイの舞台に立つ。同時代の世紀転換期に流行していた「ギブソン・ガール」と呼ばれるファッションを身に纏い、「サンプソン・ガール」という題名のヴォードヴィル芝居を得意としていた。公演告知には性別を付さず「エルティンジ」とのみ記されており、歌や踊りのパフォーマンスの後、最後にウィグを取って女装であることを明かし、観客を驚かせるという演目が定番であった。芝居『魅惑の未亡人』（*The Fascinating Widow*, 1911）が大成功を収めた後、一九一七年から断続的に映画にも携わり、『女装の快漢』（*Clever Mrs. Carfax*, 1917）などの作品にて主演をつとめている。邦題を『女装の快漢』とする作品（『賢明なるカーファックス夫人』）は、財産横領を企てる悪漢の策略を女装によって介入することで未然に防ぎ、同時に男性としてヒロインと恋に落ちるという恋愛喜劇（ロマンティック・コメディ）となっている。

チャップリンの女装をモチーフにした作品が不興を買った背後で、ヴォードヴィル芝居の領域で女形役者としてジュリアン・エルティンジは人気の絶頂にあった。しかしながら、そのエルティンジにしても映画産業で成功を収めたとまでは言い難く、今日ではその作品の多くが消失してしまっている。

『旧訳聖書』「申命記」（二二章五節）の一節（「女は男の着物を着てはならない。また男は女の着物を着てはならない。あなたの神、主はそのような事をする者を忌み嫌われるからである」）を根拠に、服装倒錯を「異常」視する文化的背景がアメリカ社会の中で醸成されていた。チャップリン以後もアメリカ映画においては女装がタブー視されることになる。その最大の分水嶺となるのが、「ヘイズ・コード」と称される自主規制の導入である。一九三〇年に導入が決定され、一九三四年から施行されたヘイズ・コードは一九六〇年代後半まで効力を有し、アメリカ映画における表現のあり方に大いなる影響を及ぼしていた。服装倒錯は性的倒錯と重ねて捉えられ、規制の対象とされており、女装はアメリカの喜劇文化の中で抑圧され、長い空白期間を迎える。

その停滞期の中で、後に「悪趣味文化」という独自の観点から再評価されることになるエド・ウッド (Ed Wood, 1924–78) による『グレンとグランダ』(*Glen and Glenda*, 1953) という服装倒錯を主題とした作品についても参照しておきたい。当時、写真家であるジョージ・ジョーゲンセンが世界ではじめて性転換手術を行い、クリスティーン・ジョーゲンセン (Christine Jorgensen, 1926–89) となったことが話題を集めていた。これに目をつけたプロデューサー主導による企画『私は性転換した』にて、それまでに監督経験がなかったウッドは監督に抜擢され、ジョーゲンセンに出演を依頼するも断られてしまう。自らも服装倒錯の趣味を密かに育んでいたウッドは代わりに自らが主演し、性同一性障害や性転換のテーマから、服装倒錯をめぐる主題に変容させ、自身の企画として制作を進めていく。

エド・ウッドが演じる主人公グレンは、婚約者の服を着て「グレンダ」という女性の人格になりすまし、街を歩くのを好んでいた。彼は異性の恋人がいるのだが、女性の服装を身に着けたいという秘められた趣味に対する悩みも深めており、科学者にその悩みを打ち明ける。カウンセリングを受けながら同性愛や性同一性障害などの様々な性的問題、服装倒錯にまつわるレクチャーを受け、やがて服装倒錯者としての自身を肯定するに至る。

ティム・バートン (Tim Burton, 1958–) 監督による伝記映画『エド・ウッド』(*Ed Wood*, 1994) に代表されるように、現在では悪趣味文化の観点からエド・ウッドはカルト映画の先駆的存在として独特の人気を得ている。中でも、この『グレンとグランダ』はウッドの最初の長編映画であり、自ら抱えていた個人的な問題を主題に据えていることからも、エド・ウッドの作品世界を考える上で特別な作品である。加えて、同時代のアメリカ映画表現をめぐる文化的背景、服装倒錯者をめぐる状況を参照することにより、特殊な個性を持つ人間が感じる鬱屈や窮屈さ、社会常識への懐疑という新たな主題も立ち現れてくる。作中の主人公は、同性愛と服装倒錯を峻別した上で、異性装を趣味嗜好の一つとして認めてほしいという主張をくりかえし述べており、当時のアメリカにおける同性愛者が感じていた社会的抑圧のあり様が痛切に示されている。しかしながら実際には、悪趣味映画と称されることからも映画作品としての完成度は低く、物語も破綻しており、せっかくの主題も展開されないまま未消化に終わってしまう。現在でこそエド・ウッドは悪趣味文化という後の尺度から捉え直されることで喜劇映画としての受容がなされているものの、ウッドの作品の多くはＳＦ、ホラーのジャンルの範疇に相当するものであり、この作品もまた、喜劇映画のジャンルを意識して制作されていたわけではない。

アメリカの喜劇映画における「異性装」表現に大きな転換がもたらされるまでには、『お熱いのがお好き』まで待たなければならない。

二　ヘイズ・コードの終焉――『お熱いのがお好き』の女装とビリー・ワイルダーの挑戦

『お熱いのがお好き』(*Some Like It Hot*, 1959) はビリー・ワイルダー (Billy Wilder, 1906–2002) 脚本・監督作品であり、コメディエンヌとしてのマリリン・モンロー (Marilyn Monroe, 1926–62) の魅力に加え、ジャック・レモン (Jack Lemmon, 1925–2001)、トニー・カーティス (Tony Curtis, 1925–2010) のテンポの良いかけ合いが高く評価され、二〇〇〇年に発表された、アメリカ映画協会 (American Film Institute) による「アメリカ喜劇映画ベスト一〇〇」のランキング企画においても第一位に選出されている。

また、映画製作配給業者協会（のちのＭＰＡＡ）の承認を得ることなしに上映された背景から、それまで圧倒的な効力を有してきたヘイズ・コードの衰退を象徴的に示す作品ともなっている。一九三〇年代の禁酒法時代を舞台にしているこの作品は、従来の規制の基準からすれば、ギャング同士の抗争や違法による酒の取引などが問題視されるものであるが、その中でも女装場面が大きく取り上げられている点に特色がある。

「ヘイズ・コード (Hays Code)」とは、一九三〇年に導入が決定され、一九三四年から施行されたアメリカ映画に対する検閲制度であり、映画が子どもたちに与える影響の大きさを懸念するカトリック信者たちの提案によって制定された。本来、業界の自主規制にすぎないのだが、当時の映画スタジオの代表者たちは政府による政治介入を避けるためにこの提案に同意し、多大な影響力を伴っていた。描いてはならない要素として、「ヌードシーン」、「薬物の違法取引」、「出産場面」、「人種・国家・宗教に対する悪意を持った攻撃」、「異人種間混交（特に白人と黒人が性的関係を結ぶこと）」などと共に「性的倒錯」も挙げられており、これによって同性愛および異性装を描くことが長年にわたりタブー視されることになった。

『お熱いのがお好き』は、ブロンドの髪をシンボルとする旬の女優マリリン・モンローを起用しながら、カラー映画ではなくモノクロ映画として制作されたことでモンローの不興を買うが、それもまた女装の描写を効果的に見せることを優先しての選択であった。

ジャック・レモンとトニー・カーティスが演じる二人がギャングの抗争に巻き込まれるところから物語は展開される。「聖バレンタインデーの悲劇」と呼ばれる一九二九年二月十四日にシカゴで起こったギャング同士の抗争を下敷きにしている。密造酒の偽取引を持ちかけ、敵対するギャングをおびき出し、倉庫の壁に並ばせて一斉射撃を行ったという事件である。物語の中では、葬儀屋が霊柩車で密造酒を運ぶ設定になっており、追跡していた警官と撃ち合いになる。これは実際に、禁酒法時代のシカゴでは、葬儀屋を装った秘密クラブにて密造酒をコーヒーと偽り、提供していた史実を背景にしている。偶然、この事件を目撃してしまった主人公の二人はギャングに追われることになり、その追跡をかわすために女装する。女性だけの楽団の演奏旅行にベースおよびサックス奏者として入り込んだ「彼女」たちは、汽車でフロリダに向かう。

一九五〇年代はすでにアメリカ映画においてジャンルの成熟期に相当し、『お熱いのがお好き』は様々なジャンルが交錯する形で成立している（ギャング映画、ロマンティック・コメディ、ロード・ムービーと追跡劇、あるいは、マリリン・モンローの歌唱場面が効果的に導入されていることからもミュージカルの要素など）。

この作品における「異装」は二重に凝らされている。まずはギャングの追跡をかわすために女装し、女性だけの楽団の中に入り込むわけであるが、いわゆる「女の園」としての男子禁制の世界を覗き見する視点の導入が娯楽喜劇映画としての効果をあげている。トニー・カーティス演じるジョーは、女装することでジョセフィンという女性サックス奏者に成りすましているのだが、マリリン・モンロー演じるウクレレ奏者・歌手のシュガーと恋におちたことから、今度は遠征先のフロリダで大会社の御曹司ジュニアを名乗り、別人格を演じることになる。ここでも他の人格になりすますことは衣装を媒介にしてなされており、二重の異装によってジェンダーと階級を越える設定が施されている。一人が性別の異なる別の二人の人格を演じなければならず、なりすましが露見しそうなぎりぎりのところで衣装を早業で切り替え、危機を回避するところにドタバタ喜劇としての真骨頂がある。

中性的、女性的というわけではない俳優がやむにやまれぬなりゆきにより女装する物語の展開、すね毛や髭を剃り、女性の服を身につけ、メイクを施し、ハイヒールを履くなどのふるまいが笑劇の伝統に基づいている。物語中で女性になりすましていることを成立させているのは女性の服を着ているからにほかならないわけであり、衣装は社会規範を示す記号として機能している。女性だけの楽団に入り込み、汽車での移動など団体行動をしているにもかかわらず、女性同士においても訝しがられることがないまま物語は進行する。この作品は、恋愛の要素を交えることで再び男性の別人格を装うことになる展開にその後、移行してしまうこともあり、女装を通して当時のジェンダーをめぐる文化的状況を深く掘り下げるというよりも、あくまで男性が女性の姿や仕草を模倣しようとすることから生じる笑いに力点が置かれている。

むしろ文化史において重要であるのは、タブー視されていた女装のモチーフが人気女優マリリン・モンローを起用した主流の映画作品において取り上げられたことであり、それまでのタブーを打ち破ったことから、ヘイズ・コードという表現規制の制約が実質上、効力を失っていることを公に示したことである。[3] この後、ヘイズ・コードは一九六八年に廃止され、現在に繋がる「レイティング・システム」と称される年齢による視聴制限の新たな基準に移行していく。一九六〇年代後半に現れる「アメリカン・ニューシネマ」と称されるアメリカ映画文化の潮流は、まさにこのヘイズ・コードの規範を乗り越えるところにその原動力があり、主に暴力、性交渉の描写で新しい文化表現の可能性を切り拓くことになる。

三　大いなる女装——『トッツィー』とフェミニズム以後の「女装」喜劇映画

女装をモチーフにしたアメリカ喜劇映画の系譜をさらに展望していくならば、「アメリカン・ニューシネマ」以降の代表作としてシドニー・ポラック（Sydney Pollack, 1934–2008）監督による『トッツィー』（*Tootsie*, 1982）を挙げることができる。前述のアメリカ映画協会による「アメリカ喜劇映画一〇〇」のランキング企画において『お熱いのがお好き』に続く第二位に選出されており、人気も評価も高い作品である。また、文化史的には『お熱いのがお好き』から一九七〇年代以降のフェミニズム思想・運動、少数派に対する権利意識拡張の時代思潮を経ており、この『トッツィー』においてもそうした社会意識が反映されている。にもかかわらず、二十一世紀現在も高く評価され、なおも根強い人気を誇る『お熱いのがお好き』とは対照的に『トッツィー』はすでに忘れられた喜劇映画と化しつつある。

ダスティン・ホフマン（Dustin Hoffman, 1937–）演じる主人公のマイケルは気位の高い舞台俳優であり、演技に熱心なあまり演出家と対立してしまうことが多く、その結果、役をもらえなくなり実質上の失業状態にある。ウェイターの仕事をしたり、役者志望の若者に演技指導をしたりすることで生計を立てている。ある時、彼の生徒の一人が病院を舞台にしたテレビドラマのオーディションを受けることになるのだが、自らが女装してドロシーと名乗り、「気の強い病院理事の女性役」を得ることになる。主人公が業界で不興を買い仕事を得にくくなった背景により、女装することで再起をはかろうとする展開は『チャップリンの男か女か』の設定を想起させる。当初は当座の生活費稼ぎであったマイケルであったが、ドロシーの人気は高まる一方で雑誌の表紙に起用されるなどメディアの寵児となっていく。さらに、ドロシーとして女性になりすましている主人公が看護師役の女優ジュリーに一目惚れしてしまう上に、医師役の中年俳優やジュリーの父親に女性として気にいられてしまうことにより、恋愛ドタバタ喜劇の様相を帯びていく。この顛末もチャップリン作品を彷彿とさせるものである。

マイケルがテレビで活躍する女優ドロシーになりすましている事実は物語の進行上、知られてはいけない秘密として扱われており、その事実は観客にしか知らされていない。同じように恋愛の要素を盛り込んだドタバタ喜劇を基調としているにもかかわらず、『お熱いのがお好き』と比して、その喜劇的効果は大きく異なるものである。中でも顕著なのは女装していた事実が露見する場面である。皆がずっと女性であると信じて疑わなかったドロシーが実は男性であることをテレビの生放送中に告白した瞬間、皆は恐怖と嫌悪の反応を示す。それだけ性別に対する固定観念が覆されることは驚愕を引き起こすものとして扱われている。

主役のマイケルを演じているのは小柄な俳優であるダスティン・ホフマンであり、演技派として知られ、代表作を数多く持つベテランの域にあった。彼は「女性らしく」見えるように入念に役作りを行い、当時の最高水準となるメイキャップを施してこの作品に臨んでいる。しかしながら、主人公が女性になりすまし、作り上げることになるドロシーという女性像は、脚本では「魅力的な」と形容しうる女性として描かれているにもかかわらず、実際に女装した姿は到底、魅力的と言える女性には見えず、ホフマンは愕然としたという（DVDコロンビア映画九〇周年記念版「映像特典」による回想）。そしてさらに、それまでいかに女性を外見のみで見ていたかという自身の価値観の狭量さをはじめて認識する契機ともなったと回想している。ホフマンはその後、魅力的な女性の会話、内面の美しさにまで気を配った演技を心がけ、ドロシーを魅力ある女性として表現するために尽力し、『トッツィー』を興行的な大成功に導いた。

制作当時の社会状況を反映した社会派コメディの側面も重要な要素であり、作中でも言及がなされるように一九七〇年代のフェミニズム思想の動向を踏まえ、女性をめぐる社会的に不公平な取り扱い、家族や子育てをめぐる問題などにも目配りがなされている。タイトルとなっている「トッツィー」はアメリカの俗語表現で、親しみを込めて女性に呼びかける際に用いる「かわいこちゃん」などの言葉に相当する。ドロシーは気丈な女性として、またメディアの寵児としてもてはやされることになるのだが、その一方で不遜な態度でいるテレビのディレクターはそんなドロシーに対して「かわいこちゃん（トッツィー）」と呼びかけ続けている。女性をめぐる当時の過渡的な社会状況が示されている。

結・「女装」から見えるアメリカ社会文化史

『トッツィー』を女装の観点からアメリカ喜劇映画文化史に位置づけることにより、チャップリンの初期作品および『お熱いのがお好き』に連なる系譜を確認することができる。さらに遡り、ハック・フィンの女装に立ち返り比較参照するならば、『トッツィー』のダスティン・ホフマン演じる主人公は異性装に加え、「女性的なふるまい」を「巧みに」取り入れることにより、物語上で誰に見破られることなく、女性としてなりすますことができていた。だからこそ、女装していた事実を明らかにするドラマの生放送中の場面では、恐怖のあまり絶叫する者、失神する者、激怒する者などが現れる。

『トッツィー』は一九八〇年代初頭の女性をめぐる文化状況を見る上で有効な素材となりうるだろうが、二十一世紀を越えた現在、エンターテインメント作品としての魅力は減じてしまっている。ジェンダー・イクォリティ教育の推進およびジェンダー、セクシュアリティを取り巻く社会文化状況の多様化、ＰＣ（「政治的正しさ」）の風潮が進み、「女性的なふるまい」はもはやかつてのような形では通用しなくなり、日常生活および特別なイベントなどにおける異性装の場も様々に広がってきている。セクシュアリティをも含めた多様な異性装をめぐる表象については議論の場をあらためて持ちたいが、喜劇に徹した『お熱いのがお好き』が時代を越えて人気を保ち続けているのに比して、『トッツィー』が後の時代から古びて映るのも必然と言える。『トッツィー』をヒットに導いた女性的なふるまいに対する入念な演出こそが、その時代の産物であるからだ。さらに、『彼女はハイスクール・ボーイ』や、『アメリカン・ピーチパイ』などによる「男性になりすます」モチーフをも比較参照することにより、社会におけるジェンダー規範のあり方を時代ごとに探る試みも有効であるだろう。

異性装／女装という笑劇において衣装は社会的規範を象徴する存在として機能しており、その異装が暴かれることによって生じる笑い、ないし、恐怖のあり様を通してそれぞれの時代における社会状況が露わになる。異性装／女装という笑劇の大衆文化芸能に由来するモチーフの系譜を探ることで、それぞれの時代におけるジェンダーおよび表現規制の文化状況を展望することができる。

注

1　ヘミングウェイのジェンダー観をめぐる研究については、たとえば、Verna Kale, *Teaching Hemingway and Gender* などにより、これまでの言説史を概観することができる。

2　一九〇七年に書きあげられた作品であるが、一九八一年まで公刊されることがないままであった。一九八〇年代後半に、トウェインの作品から見出せる人種概念の揺らぎを再検証する研究動向と併せて、社会的構築物としてのジェンダーを問い直す観点から、トウェイン晩年におけるジェンダー観の揺らぎを示した未完作品に関心が集められるようになった。*How Nancy Jackson Married Kate Wilson and Other Tales of Rebellious Girls and Daring Young Women* は、異性装や同性愛などの主題に挑むトウェインの未完作品に焦点を当てたアンソロジー集であり、「ワッピング・アリス」はその中で主軸を担っている。

3 ビリー・ワイルダーは続く『アパートの鍵貸します』(*Apartment*, 1960) でもジャック・レモンを主役に起用し、当時の表現規制のタブーに再度挑んでいる。上司に不倫のための密会の場所として自室を貸すことにより、社内で出世していくという物語であり、「不倫（婚外交渉）」に加え、報われない恋に悩むヒロインが「自殺」を図るという要素がヘイズ・コードに抵触するものであった。にもかかわらず、この作品はアカデミー賞作品賞、監督賞、脚本賞を獲得するほど高い評価と人気を得ており、時代の変容を象徴する記念碑的作品に位置づけられる。

参考文献

Anthony, Barry. *Chaplin's Music Hall: The Chaplins and Their Circle in* The Limelight. London, UK: IB Tauris, 2013.

Bruzzi, Stella. *Undressing Cinema: Clothing and Identity in the Movies*. Routledge, 1997.

Bullough, Vern L., and Bonnie Bullough, eds. *Cross Dressing, Sex, and Gender*. U of Pennsylvania P, 1993.

Doherty, Thomas Patrick. *Pre-Code Hollywood: Sex, Immorality, and Insurrection in American Cinema 1930–1934*. Columbia UP, 1999.

Ekins, Richard, and David King, eds. *Blending Genders: Social Aspects of Cross-Dressing and Sex Changing*. Routledge, 1995.

Kale, Verna. *Teaching Hemingway and Gender*. The Kent State UP, 2016.

Kibler, M Alison. *Rank Ladies: Gender and Cultural Hierarchy in American Vaudeville*. U of North Carolina P, 1999.

Garber, Marjorie. *Vested Interests: Cross-Dressing and Cultural Anxiety*. Routledge, 1991.

Lewis, Robert M, ed. *From Traveling Show to Vaudeville: Theatrical Spectacle in America, 1830–1910*. Johns Hopkins U, 2007.

Maslon, Laurence. *Some Like It Hot: The Official 50th Anniversary Companion*. Harper Collins, 2009.

Morris, Linda A. *Gender Play in Mark Twain Cross-Dressing and Transgression*. U of Missouri P, 2011.

Okuda, Ted and David Maska. *Charlie Chaplin at Keystone And Essanay: Dawn of the Tramp*. iUniverse, 2005.

Robinson, David. *Chaplin: His Life and Art*. Revised Ed. Penguin, 2001.『チャップリン（上・下）』宮本高晴・高田恵子訳（文藝春秋、一九九三年）。

Strayer, Chris, "Redressing the 'Natural': The Temporary Transvestite Film." *Film Genre Reader* II. Ed. Barry Keith Grant. U of Texas P, 1995: 402–27.

Suthrell, Charlotte A. *Unzipping Gender: Sex, Cross-Dressing and Culture*. UK: Berg Publishers, 2004.

Tomasulo, Frank P. "Masculine/Feminine: The 'New Masculinity' in *Tootsie* (1982)." *Velvet Light Trap: A Critical Journal of Film and Television*, Vol. 38 (1996): 4–13.

Twain, Mark. *Adventures of Huckleberry Finn*. Ed. Victor Fisher. U of California P, 2002.

——. *How Nancy Jackson Married Kate Wilson and Other Tales of Rebellious Girls and Daring Young Women*. Ed. John R. Cooley. Bison Books, 2001.

石井達朗『異装のセクシュアリティ（新版）』新宿書房、二〇〇三年。

大野裕之『チャップリン――作品とその生涯』中公文庫、二〇一七年。

瀬川裕司『ビリー・ワイルダーのロマンティック・コメディ』平凡社、二〇一二年。

中垣恒太郎『マーク・トウェインと近代国家アメリカ』音羽書房鶴見書店、二〇一二年。

グレイ、ルドルフ『エド・ウッド――史上最低の映画監督』稲葉紀子訳、早川書房、一九九五年。

（ＤＶＤ／ブルーレイ）

『お熱いのがお好き（特別編）』二〇世紀フォックス、二〇〇三年。

『エド・ウッドコレクション「グレンとグランダ」』ブロードウェイ、二〇一六年。

『チャップリン・ザ・ルーツ傑作短編集・完全デジタルリマスターDVD-BOX』ハピネット、二〇一二年。

『「トッツィー」コロンビア映画九〇周年記念デラックスエディション』ソニーピクチャーズ、二〇一五年。

あとがき

ふだんは黒い服を着るようにしている。ネクタイは好かない。いずれも、文字通り身から出た錆、首の太いスタウトな体系を少しでもシャープに見せたいからである。しかし、残念ながら、写真に映る自分の姿は、必ずしもその企てがうまくいっていないことを物語る。それでもなお黒にこだわるのは、黒に包まれた自分が心地よいからだろう。見わたせば、バイクのヘルメットから皮の手袋、財布、はたまた下着に至るまで、圧倒的に黒だらけだ。身に着ける物、ことさら身を包む衣装は、このように人の心理を強力に支配する。ネクタイといえば、私とは違って首の細い主人公がそれまで悦に入って締めていたネクタイを「まるで奴隷の首にかかった縄のよう」だと価値観を一変させるカリブの短編があったことを思い出す。ネクタイ一本で、西欧近代の価値観によって自らの首を絞める旧植民地の心理を見事に暗示させる作家の明哲さに思わず膝を打ったものだ。

本書に収められた論文はいずれも、このように民族や社会や時代を浮き彫りにする衣装の集合的な側面に着目した点にある。時代を目撃し、民族を映す衣装。表象として物事の本質を雄弁に語り、ときに人を欺くための装置と化す衣装。そんな衣装に真摯に向き合い、その声に丁寧に耳を傾けたこれらの論文が、文学批評や文化論のフロンティアをさらに押し広げんことを祈ってやまない。

なお、本書の出版に際しては、金星堂の福岡正人氏、倉林勇雄氏に並々ならぬお世話になった。また、ほんのしろの本城正一氏のご尽力も得た。この場を借りて感謝の意を表したい。そして、自身も執筆者の一人である峯真依子氏には編集補助としてご協力を願った。感謝申し上げる次第である。

山本　伸

二〇一七年六月

編著者紹介

西垣内　磨留美（にしがうち・まるみ）　長野県看護大学教授
著書に、『アイリッシュ・アメリカンの文化を読む』（共著、水声社、二〇一六年）、『ジョン・ブラウンの屍を越えて――南北戦争とその時代』（共著、金星堂、二〇一六年）。訳書にゾラ・ニール・ハーストン『マグノリアの花――珠玉短編集』（共訳、彩流社、二〇一六年）

山本　伸（やまもと　しん）　四日市大学教授
著書に『琉神マブヤーでーじ読本――ヒーローソフィカル沖縄文化論』（単著、三月社、二〇一五年）、『土着と近代――グローカルの大洋を行く英語圏文学』（共著、音羽書房鶴見書店、二〇一五年）、『カリブ文学研究入門』（単著、世界思想社、二〇〇四年）。訳書に『クリック？クラック！』（単訳、五月書房、二〇〇一年）

馬場　聡（ばば　あきら）　日本女子大学准教授
著書に『ジョン・ブラウンの屍を越えて――南北戦争とその時代』（共著、金星堂、二〇一六年）、『アメリカン・ロードの物語学』（共編著、金星堂、二〇一五年）。訳書に『ブルースの文学』（共訳、法政大学出版局、二〇一五年）

執筆者紹介（執筆順）

伊達　雅彦（だて　まさひこ）　尚美学園大学教授
著書に『ホロコーストとユーモア精神』（共編著、彩流社、二〇一六年）、『アメリカ映画のイデオロギー――視覚と娯楽の政治学』（共著、論創社、二〇一六年）、『アイリッシュ・アメリカンの文化を読む』（共著、水声社、二〇一六年）

君塚　淳一（きみづか　じゅんいち）　茨城大学教授
著書に『ジョン・ブラウンの屍を越えて――南北戦争とその時代』（共編著、金星堂、二〇一六年）、『エスニック研究のフロンティア』（共編著、金星堂、二〇一四年）、『亡霊のアメリカ文学――豊穣なる空間』（共著、国文社、二〇一二年）

濱田　雅子（はまだ　まさこ）　元武庫川女子大学教授
著書に、『アメリカ服飾社会史』（単著、東京堂出版、二〇〇九年）、『黒人奴隷の着装の研究――アメリカ独立革命期ヴァージニアにおける奴隷の被服の社会的研究』（単著、東京堂出版、二〇〇二年）、『アメリカ植民地時代の服飾』（単著、せせらぎ出版、一九九六年）。訳書に、ピーター・F・コープランド『図説　初期アメリカの職業と仕事着』（単訳、悠書館、二〇一六年）

本多 俊和（ほんだ　しゅんわ、スチュアート ヘンリ）　元放送大学教授
著書に、『アイスランド・グリーンランド・北極を知るための六五章』（共著、明石書店、二〇一六年）、『北極読本　歴史から自然科学・国際関係まで』（共著、成山堂書店、二〇一五年）、『エスニック研究のフロンティア』（共著、金星堂、二〇一四年）

林 千恵子（はやし　ちえこ）　京都工芸繊維大学教授
著書に『エコクリティシズムの波を超えて――人新世の地球を生きる』（共著、音羽書房鶴見書店、二〇一七年）、『バード・イメージ――鳥のアメリカ文学』（共著、金星堂、二〇一〇年）。論文に「アラスカ先住民族クリンギットの口承伝統――『わたしたちの祖先』をもとに」（単著、『多民族研究』第6号、二〇一三年）

峯 真依子（みね　まいこ）　中央学院大学助教（二〇一七年四月～）
著書に、『エスニック研究のフロンティア』（共著、金星堂、二〇一四年）、『亡霊のアメリカ文学――豊穣なる空間』（共著、国文社、二〇一二年）、『バード・イメージ――鳥のアメリカ文学』（共著、金星堂、二〇一〇年）

西原 克政（にしはら　かつまさ）　関東学院大学教授
著書に『アメリカのライト・ヴァース』（単著、港の人、二〇一〇年）、『想像力の磁場』（単著、北星堂書店、一九九八年）。訳書に『アメリカ子供詩集』（共訳、国文社、二〇〇八年）

清水 菜穂（しみず　なお）　宮城学院女子大学非常勤講師
著書に『バード・イメージ――鳥のアメリカ文学』（共著、金星堂、二〇一〇年）。訳書にヒューストン・A・ベイカー・ジュニア『ブルースの文学――奴隷の経済学とヴァナキュラー』（共訳、法政大学出版局、二〇一五年）。ヘンリー・ルイス・ゲイツ・ジュニア『シグニファイング・モンキー――もの騙る猿／アフロ・アメリカン文学批評理論』（監訳、南雲堂フェニックス、二〇〇九年）。

川村 亜樹（かわむら　あき）　愛知大学教授
著書に、『ヒップホップの政治学――若者文化によるアメリカの再生』（単著、大学教育出版、二〇一二年）、『アメリカン・ロードの物語学』（共著、金星堂、二〇一五年）、『エスニック研究のフロンティア』（共著、金星堂、二〇一四年）

中地　幸（なかち　さち）　都留文科大学教授

著書に *Richard Wright: Writing America at Home and Abroad*（共著、University Press of Mississippi, 2016）、*African American Haiku: Cultural Visions*（共著、University Press of Missisippi, 2016）、『レオニー・ギルモア　イサム・ノグチの母の生涯』（共訳、彩流社、二〇一四年）

岩瀬　由佳（いわせ　ゆか）　東洋大学准教授

著書に『エスニック研究のフロンティア』（共著、金星堂、二〇一四年）、『亡霊のアメリカ文学――豊穣なる空間』（共著、国文社、二〇一二年）、『ハーストン、ウォーカー、モリスン――アフリカ系アメリカ女性作家をつなぐ点と線』（共著、南雲堂フェニックス、二〇〇七年）。

余田　真也（よでん　しんや）　東洋大学教授

著書に『アメリカ・インディアン・文学地図――赤と白と黒の遠近法』（単著、彩流社、二〇一二年）、『〈法〉と〈生〉から見るアメリカ文学』（共著、悠書館、二〇一七年）、『英語圏文学――国家、文化、記憶をめぐるフォーラム』（共著、人文書院、二〇〇二年）

中垣　恒太郎（なかがき　こうたろう）　大東文化大学教授

著書に、『英米文学に見る検閲と発禁』（共著、彩流社、二〇一六年）、『マーク・トウェインと近代国家アメリカ』（単著、音羽書房鶴見書店、二〇一二年）。論文に、「チャップリンと一九一〇年代アメリカ――『放浪者』像の生成」『アメリカ文学』（日本アメリカ文学会東京支部会報）第七十六号（二〇一五年）

衣装が語るアメリカ文学

2017 年 3 月 31 日　初版第 1 刷発行
2020 年 9 月 30 日　初版第 2 刷発行

編 著 者　西垣内 磨留美
山本　伸
馬場　聡

発 行 者　福岡　正人

発 行 所　株式会社 金 星 堂

（〒101–0051）東京都千代田区神田神保町 3–21
Tel. (03)3263–3828（営業部）
(03)3263–3997（編集部）
Fax (03)3263–0716
http://www.kinsei-do.co.jp

編集協力／ほんのしろ　Printed in Japan
装画／本田智子
印刷所／モリモト印刷　製本所／牧製本

ISBN978-4-7647-1172-3 C1098